ANTHOLOGIE

HOSPITALIÈRE

et LATINESQUE

TOME II

27.57

" ..... *et scyphas.* "

ANTHOLOGIE

HOSPITALIÈRE

et LATINESQUE

TOME II

Anthologie
Hospitalière
et Latinesque

RECUEIL

de Chansons de Salle de garde,
anciennes et nouvelles, entre-lardées
de Chansons du Quartier Latin,
Fables, Sonnets, Charades, Elucu-
brations diverses, etc...

RÉUNIES PAR

COURTEPAILLE

TOME II

Avec un Avant-Propos

de TAUPIN ● ●

PARIS
CHEZ BICHAT-PORTE-A-DROITE
—
1913

AVIS

Cet ouvrage n'est pas mis dans le commerce.

Il en a été tiré un nombre limité d'exemplaires (sur papier vergé et 50 sur papier de Hollande), réservés aux seuls souscripteurs.

Les exemplaires sur papier de Hollande seuls numérotés, de 1 à 50.

AU LECTEUR

—◆◆—

Lorsque — il y a de cela presque trois ans — nous mîmes nos amis au courant de l'édition projetée des CHANSONS DE SALLE DE GARDE ET DU QUARTIER LATIN, ce ne fut qu'un cri : — " Bravo ! "

Oui, bravo ! pour avoir émis l'idée de réunir, afin de les empêcher de tomber dans l'oubli, ces refrains et ces vieux souvenirs chers à tous ceux qui passèrent leurs plus belles années de jeunesse sur les pavés du Quartier et dans les différents hôpitaux de la Capitale. Bravo ! pour celui qui, sachant pertinemment que dans tout homme — fût-il devenu un Pontife altier et austère — sommeille..... une âme toujours prête à s'émouvoir quand sa jeunesse lui repasse sous les yeux, n'allait pas hésiter à encourir la rudesse des lois en rappelant à ses contemporains que la France était le pays de Rabelais. Bravo ! enfin, pour le courage que notre intention dénotait, spécialement à une époque où le rire n'était plus permis qu'à lèvres pincées, où l'austérité apparente était une nécessité, où l'hypocrisie était une loi !

Et, pour nous aider dans l'œuvre envisagée, un mouvement général se produisit, splendide. Des quatre coins de notre beau territoire gaulois nous vinrent des collaborations et des chansons ! Des salles de garde se révolutionnèrent et se mobilisèrent pour nous documenter ! De pontifiants et haut placés personnages sentirent leur jeunesse revenir à la surface et nous en firent profiter ! Des jeunes étudiants cambriolèrent les tiroirs de leurs vénérables ascendants, pour y dénicher des Péchés de Jeunesse ! Et c'est ainsi que put être fécondée l'*Anthologie Hospitalière et latinesque* !!

Puis l'ouvrage parut ; c'était au début de l'année dernière. Un autre cri s'éleva alors, poussé par les mêmes poitrines qu'auparavant : — " Une suite ! .... Il en manque !!..... Fouillez partout et complétez votre œuvre !!! "

On nous demandait de continuer notre œuvre de sauvetage, de recueillir et faire revivre tout ce qui n'avait pu l'être pour l'*Anthologie* qui venait de naître. Car, certainement, nous avions dû en oublier, de ces souvenirs de jeunesse ; il devait s'en trouver encore, dans des coins ignorés ou des tiroirs jalousement gardés. Nous devions, nous dit-on, poursuivre notre récolte, notre chasse ; la reconnaissance universelle nous était acquise d'avance, nous affirma-t-on.

Nous persévérâmes. Fouillant à droite, quémandant à gauche, faisant comprendre aux uns qu'ils contribuaient ainsi à un rajeunissement de la race nationale, aux autres qu'ils n'avaient pas le droit de conserver pour eux seuls ces chefs-d'œuvre, nous eumes vite réussi à glaner les différentes pièces que ce second volume renferme.

Si le Tome I contenait des morceaux connus de tous ou presque tous, les flancs du Tome II en recèlent de moins connus mais tout aussi..... grandioses et dont le naufrage dans l'Oubli eut été, cette fois, irréparable.

Nous avons donc conscience — abandonnons ici toute

fausse modestie et reconnaissons nous-même notre effort — d'avoir rempli le désir cher à tous nos amis et de leur donner, en ces pages, la suite, qu'ils attendaient si impatiemment, au premier volume de l'*Anthologie*.

Qu'à la lecture de notre œuvre leurs yeux se mouillent, que leurs cœurs bondissent, que leur cheveux se dressent, et, tandis que leurs mains se joindront comme pour une prière, que leurs lèvres laissent doucement passer un : — " Merci Courtepaille. " — Notre ambition s'arrête là.

COURTEPAILLE.

AVANT-PROPOS

Ores, esbaudissez-vous, mes amours,
et gayement lisez tout, à l'aise du corps
et des reins, et que le maulubec vous
trousque, si vous me reniez après m'a-
voir lu.

(Dr François RABELAIS,
notre grand et bon Maître).

Sacré nom de Dieu........ Nom de Dieu ! ainsi que l'on chante à l'Hôtel-Dieu....... Et nous ajoutons : quelle erreur ! Il n'y a pas UN Dieu : Non il y en a DEUX : le Soleil et notre.... Voyez, dans " *L'Examen de Flora* ", le nom moderne que vous lui choisirez...

Avec ce Dieu-là et le Dieu Soleil, exista, existe et existera toujours, un merveilleux cadran solaire qui marque les grandes heures de l'Humanité..

Quand l'un de ces dieux disparaîtra, notre monde aura pris fin.

Les autres dieux, seigneurs de bien moindre importance, n'ont eu de durée et de beauté que parce qu'ils usurpaient, à l'un, ses rayons, à l'autre, ses génitoires.

Tous les dieux, de tous les peuples, de toutes les époques, de toutes les civilisations, qu'ils aient été créés par le fétichisme ou représentent, froids et purs, quelque abstraction philosophique, tous ces dieux ont eu leur genèse, leur splendeur, et puis leur décadence. La plupart virent s'agrémenter leur culte d'une concurrence de boutique extravagante ; et, au total, les Religions qui grandirent à leur ombre engendrèrent fanatisme et haine. Leurs temples s'éclairèrent de brandons de discorde. On s'entretua en leur honneur en des massacres que l'Histoire, auguste radoteuse, a, tour à tour, magnifiés ou réprouvés ; cela dépendait des points de vue... Voyez, de l'Histoire dite *Sainte* à celle qui va enregistrer les faits de guerre actuels, dans ces Balkans où le croissant d'Allah tente de crêper le chignon de notre vieux goupillon chrétien...

Ainsi ne va point chantant nos divinités à nous, cette bonne et aimable *Anthologie* que vous tenez en mains. Car nos Dieux sont de bons bougres ; ils sont principes créateurs de tout ce qui respire et vit, et ont en horreur les hachis humains. Leur culte est clair et joyeux. Leur religion épanouit la nature. Au bruit de nos chansons, vous vous émerveillerez avec nous devant le Dieu Soleil et devant Messire Dieu Bracquemard. Car il faut le nommer, lui qui fut le Dieu Lingham des Hindous, le Dieu Priape des Egyptiens, le Dieu Phallus des Gréco-Romains...

Oui, le voilà bien, le Dieu reconnu à tout jamais ; voilà l'éternel levier du monde, et vous connaissez son charmant point d'appui :........... Notre *Anthologie* l'évoquera dans sa splendeur, le montrera magnifique dans sa bonté et bien opposé à la pingrerie de certains. Lui, au moins, ne nous fait pas attendre : son paradis est sur terre. Il faut le chanter ! de la fidélité à son culte, il dépend de toujours le trouver grand et généreux, prêt à nous gratifier le plus longtemps possible de ses paradisiaques extases.

Oui, qu'elle fuie, hurlante, la meute des moralistes ! Ce sont des hypocrites qui, généralement, ont été fort religieux en leur temps de virilité. Quand les ingrats ne peuvent plus admirer le Dieu en sa magnificence, quand leur immonde et flasque masse abdominale le leur cache à tout jamais, alors seulement ils le réprouvent et renient.

Croyez-y fermement : il est sain, il est moral, il est patriotique, de chanter avec nous le bon coït, l'excellente et logique religion de tous les siècles. Il faut repeupler le pays ; il faut faire la guerre aux ignobles schismes de la religion naturelle, ces schismes importés de l'Etranger : l'odieuse sodomie florissant sur les bords de la Sprée, l'Amparichtaka aux caresses lesbiennes détraqueuses, le louche et lâche onanisme, tous ces honteux produits d'une prétendue morale d'abstention. N'hésitez pas à aller à nos bonnes divinités, quand votre corps a faim d'amour. Si vous restez à jeûn, anémiés par des appétits refoulés, vous tomberez infailliblement sur des mets malpropres. Défendons-nous tous contre l'ennemi, contre ces pratiques de vieux ou de vieilles pervertissant la généreuse jeunesse. Allons au simple et saint coït, et soyons bons dévôts.

L'amour franc, c'est la conservation des mondes. L'antiquité a été sage en le déifiant ; soyons fiers de reprendre ses principes. Nos aïeux avaient une merveilleuse logique et la plus noble conception de l'Art. Les orgies rituelles des civilisations d'autrefois furent préférables elles-mêmes aux manifestations de notre civilisation hypocrite. Jadis, le grand Nu était sacré, moralisateur, et combien éducateur ! Maintenant, ce ne sont que cachotteries, fourberies, et laideurs du vêtement dit pudique. Nous avons l'aguichement des fameux dessous mousseux, les odeur énervantes et écœurantes, produits de synthèse portant noms de fleurs exotiques. Revenons à l'antique " à poil "; chantons à pleine voix les bons principes que nous présente si énergiquement la chanson des " Odeurs suaves " (T. Ier, p. 277). Un peu brutale, soit : d'exagération voulue, c'est entendu : mais préférez-vous l'exagération opposée, ce paquet de chiffons parfumés que deviennent nos femmes d'à-présent ? Non, n'est-il pas vrai ? Chantez avec nous le rut beau et normal : exaltez les deux vrais Dieux, les seuls bons, les seuls moraux, les fécondateurs : le Soleil et Priape le Grand. Dans le pays où le Soleil est glorieux, il y a du bon vin et point d'ivrognes. Dans les pays où l'Amour est loyalement pratiqué, sans toutes les fourberies de pudicité et de chasteté, il n'y a pas de stupre.

Si vous êtes convaincus, vous pouvez lire les joyeuses pages qui suivent. Tenez votre livre à deux mains et qu'éclatent vos chansons : Et vive le Soleil et le bon vin ! vive l'Amour !

TAUPIN ● ●

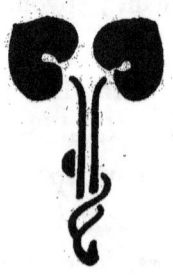

LA CIGALE ET LA FOURMI

La Cigale ayant baisé
       Tout l'été
Se trouva fort dépourvue
La chaude-pisse étant venue.
Pas un seul petit fétu
De cubèbe ou de copahu.
Elle alla montrer sa pine
A la fourmi sa voisine,
La priant de lui prêter
Quelque astringent pour arrêter
Cet écoulement rebelle.
— " Je vous ferai, lui dit-elle,
Minette, foi d'animal !
Si vous guérissez mon mal. "
La fourmi rit de la farce
Et, se grattant le bibelot :
— " Que faisiez-vous au temps chaud ? "
Demanda-t-elle à la garce.
— " Nuit et jour, à tout venant,
Je baisais, ne vous déplaise. "
— " Vous baisiez, j'en suis fort aise ;
Eh bien ! coulez maintenant. "

(Saint-Louis, 1860).

SAINT-ANTOINE ET SON COCHON

Scie de Salle de garde en 29 couplets.

à Edmond D. BERNARD.

Dans sa pauvre chaumière,...
A l'abri d'un rocher,
Antoine, sans lumière,
Rentrait pour se coucher.
— " Où donc es-tu, Bichon ? "
Dit-il à son cochon.

Jésus ! miséricorde !
Aucun bruit ne répond :
Ayant rongé sa corde,
Bichon, jeune fripon,
Avait fait le dessein
D'abandonner le Saint !

Antoine, à la Villette,
L'ayant conduit, un jour,
Pour une cochonnette,
Bichon s'éprit d'amour :
Sa queue en tir'-bouchon
Avait séduit l' cochon.

Sans qu'Antoine y vît goutte,
L'amoureux demanda :
— " Votre nom, ma louloute ? "
— " Je m'appelle : Amanda.
" Avec mon papa, veuf,
" J'habite au Soixant'neuf ! "

Lorsqu'Antoine, à la ville,
Allait chercher son lait,
L'autre, d'un pied agile,
Chez Amanda filait...

Ah ! les tendres moments
Que goûtaient les amants !

Mais adieu la conduite,
Quand on est amoureux !
Un soir, il prit la fuite,
Volant — le malheureux ! —
Un pot de réséda
Pour la jeune Amanda !

C'est pourquoi, l'âme en peine,
Antoine, très surpris,
Dit : — " La chose est certaine :
" Le Diable me l'a pris...
" Me ravir mon Bichon,
" C'est un tour ... de cochon ! "

Le Saint, l'aube venue,
Explora les chemins.
On plaisante, à sa vue :
— " Tiens ! disent les gamins,
" Le pauvre ratichon
" A perdu son cochon. "

— " P't'êtr' qu'à la " *Truie-qui-File* ",
" L'animal égrillard,
" Sans soucis de ma bile,
" Fait cent points... au billard ! "
Espoirs bien superflus :
La " Truie " n'existait plus. (1)

Sonnant chez la Baronne (2)
(Un endroit très vilain),
Une aimable personne
Lui dit, d'un air câlin :
— " Des cochons, par ici !
" Ça n' manqu' pas, Dieu merci ! "

Plus loin — ô raillerie ! —
Du haut en bas, fendu,
Devant un' charcuterie,
Un porc était pendu...
— " B'rr'... j'en ai le *frichon* : (3)
" Si c'était mon cochon ! "

Mais, quand il l'examine,
Il dit, du premier coup :
— " Le mien avait la mine
" Meilleure et de beaucoup !
" Celui-ci n'est rien bon
" Qu'à faire du jambon. "

C'était jeûne, la veille ;
Satan, pour le tenter,
Lui susurre, à l'oreille :
— " Il faut te sustenter !
" Si Dieu te fit jeûner
" C'est pour mieux déjeûner ! "

Ce conseil diabolique
Venait au bon moment :
Un moine catholique
N'en est pas moins gourmand :
— " Avec des cornichons,
" J'mang'rais bien du cochon ! "

La charcutière, accorte,
Fit un signe de croix,
Dès qu'il franchit la porte.....
— " C'est Antoine, je crois ;
" Il n'a pas, aujourd'hui,
" Son goret avec lui. "

D'une voix sympathique :
— " Bon père capucin,

" Voyez dans ma boutique :
" Tout est bon, frais et sain ;
" Vous n'avez qu'à choisir
" Selon votre plaisir.

" Que désirez-vous prendre :
" Andouillette ou boudin ?
" Voyez comme il est tendre...
" Et fait de... ce matin.
" Quant à notre jambon,
" Je l'affirme très bon ! "

Riant dans sa moustache,
Le démon, — un gourmet, —
Lui souffle : — " A la pistache,
" La hure est un fin mets.
" Tu pourras, d'un cruchon,
" Arroser ton cochon. "

En avant la goguette !
Muni de son paquet,
Antoine, à la guinguette,
Entre et dit au troquet :
— " Je boirai du Bordeaux ;
" Mais n'y mettez pas d'eau ! "

" Exquis ! " disait Antoine,
Sans songer au péché ;
Jamais l'austère moine
N'avait si bien liché :
— " Si tu r'viens, polisson,
" J' te mets en saucisson ! "

Le goût du jus de treilles
Lui parut si divin
Qu'il en but ... trois bouteilles...
— " Pour acheter du vin,

" Faudra que, ces jour-ci,
" Je m'en aille à Bercy ! "

Après l'café, la goutte,
La bière et cætera...
Il n'y voyait plus goutte :
— " Je suis un scélérat !
" J'ai mal au cabochon :
" J' suis paf comme un cochon.

" Moi, grand Saint en vadrouille !
" Avec un coup d' sirop !
" Ma mémoire se brouille :
" J'ai dû boire un peu trop...
" On va, dans tout Paris,
" Dire qu'on m'a vu gris ! "

Saint-Antoine, en ribotte,
Par l'amour, fut conduit
A suivre une cocotte,
Pour y passer la nuit...
— " Avec moi, (dit Fanchon)
" Pas besoin d' capuchon ! "

Pour aller chez la belle,
Il offrit un sapin.
— " Beau moine, lui dit-elle,
" Surtout pas de lapin ! "
— " J'te promets un manchon
" De la peau d' mon cochon. "

En lui montrant la porte :
— " Va donc ! eh ! vieux noceur !
" Un miché de ta sorte,
" Pour la peau !... Et ta sœur !

" Si tu crois qu' c'est " *à l'œil* ",
" Tu peux en fair' ton deuil. "

Sans demander son reste,
Prestement, il s'enfuit...
Dans sa cabane agreste,
Il rentra vers minuit...
— " Vous m'nez, — lui dit Bichon, —
" Une vie de patachon.

" Ça s' voit à vot' figure... "
— " Insolent animal,
" Veux-tu fermer... ta hure !
" C'est toi d'où vient le mal... "
— " De nous deux, (dit Bichon,)
" C'est pas moi l' plus cochon ! "

MORALE :

Pour châtier l'ermite,
Dieu dit à Lucifer :
— " Mets-les dans ta marmite :
" Il méritent l'Enfer ;
" Prends, à califourchon
" Antoine et son cochon ! "

PASCALON.

(Saint-Antoine, 1896.)

(1) À Montmartre, naguère.

(2) Baronne d'Ange, alors célèbre, 16, rue St-Georges.

(3) Antoine était Auvergnat.

ODE A L'AIMÉE

(Pièce inédite)

Madame, vous aviez le cul hugrement sale,
    Ce matin d'avril plein de fleurs !...
Je fus pris au gosier d'une odeur colossale
    De foutre et de grelots en pleurs !...

Sur votre ventre épais, aux bourrelets énormes,
    Les poils frisaient, poudrés à blanc,
Et sur votre sternum, deux mamelles informes,
    Hideuses, pendaient en tremblant !...

Les lèvres du vagin sortaient noires, lippues,
    Pleines d'un fromage puant,
Et c'est en cet endroit de vos cuisses trapues
    Que j'ai mis mon sperme gluant !...

C'est là que j'ai jeté l'éternelle semence,
    Le germe divin et sacré !...
Je fus pris ce jour-là d'une étrange démence,
    Et par votre odeur attiré !...

Vous sentiez si mauvais ! Vous sentiez la charogne,
    La pourriture et le fumier !
Et dans cet antre impur j'osai mettre ma trogne,
    Sans crainte d'être le premier !

Je vous bouffai le cul ! O délices impures !
    O mes rêves réalisés !
Je couvris votre ventre et toutes vos ordures
    De mes plus sonores baisers !...

Je me vautrai longtemps dans toute cette fange !
    Cela puait ! C'était si doux !
Et quand je m'éveillai de cette ivresse étrange,
    J'étais encore à vos genoux !

Et j'y restai longtemps, et j'y serais encore,
　　Si vous ne m'aviez pas chassé.....
J'avais ainsi joui jusqu'à la blonde aurore,
　　Repu, mais non encore lassé.....

Et quand les fleurs d'Avril, entr'ouvrant leurs corolles,
　　Versaient d'ineffables senteurs,
Vous vous élargissiez, et vos deux fesses molles
　　Nous prodiguaient leurs puanteurs.....

Et comme au nid soyeux naît la chanson divine,
　　Avec la nouvelle saison,
De même en votre cul les chancres, la vermine,
　　Grouillaient en pleine floraison !....

　　　　　　　　(X...., *Toulouse, 1884*).

LE TAMBOUR-MAJOR

Air : *Le Caïd.*

C'est l' tambour-major
Qu' a la pine en or et les couill's en cuivre ;
C'est l' tambour-major
Qu' a des poils du cul tout le long du corps.
En avant-deux, la mère Angot,
Tap' ton cul contr' mes deux roupettes ;
En avant-deux, la mère Angot,
Tap' ton cul contr' mes deux rouleaux.
C'est l' tambour-major
Qu' a la pine en or et les couill's en cuivre ;
C'est l' tambour-major
Qu' a des poils du cul tout le long du corps.

LA CUVETTE DE LA PITIÉ

Le flanc meurtri, sur un tas d'immondices,
Une cuvette gémissait sur son sort.
Elle disait : — " O Dieux ! soyez propices
En mon martyr, envoyez-moi la mort.
Périr ainsi ! après si noble vie.
Ingrats humains, employée à vos soins,
A La Pitié, qui voit mon agonie,
J'ai bien longtemps servi tous vos besoins.

" J'ai vu un jour Margot gentiment peinte
Que sous mes yeux Levrey vint suborner
Et dont les os, sous la peau faisant pointe,
En me heurtant ont failli me briser.
Je me disais : " Pourquoi donc la cuvette ?
Si petit cul, gros au plus comme un poing,
Tiendrait bien mieux dans le creux d'une assiette. "
Mais elle fut : je ne la revis point.

" Le lendemain je changeai de spectacle :
Un chat énorme, au poil noir et luisant,
Me faisait craindre, à moins que d'un miracle,
D'être étouffée sous son poids écrasant.
C'était le tien, aimable surveillante
Qui de Gosset sut charmer les loisirs
Et dont la main ou la langue vaillante
Sut à son gré lui varier les plaisirs.

" Parfois aussi c'était, honneur insigne,
Mathilde, enfant de l'administration,
Et je pouvais contempler, quoique indigne,
Le noble Wiart arrosant le gazon.

C'était charmant de voir la poésie
Qui s'exhalait de leur doux entretien,
Quand, tout fini, pleine de modestie,
Elle lavait ses trois poils en mon sein.

" C'était touchant, ici je le confesse,
De les voir tous, là-haut se succédant,
Laver leur nez où l'autre mit ses fesses,
Où le troisième a noyé son enfant.
Tout se passait gentiment en famille :
On n'est pas fier, quoique de l'internat.
Et, tour à tour, chacun, garçon ou fille,
Venait chez moi prendre en paix ses ébats.

" Et c'est ainsi que j'ai passé ma vie
Dans ce grenier où le sort m'a jetée,
Sachant toujours contenter leur envie,
Parfois cuvette, et plus souvent bidet. "

AIR DE CHASSE

Le duc de Bordeaux
Ressemble à son frère,
Son frère à son père,
Son père à mon cul.....

Et de là je conclus
Que le duc de Bordeaux
Ressemble à mon cul
Comme deux gouttes d'eau !

Taïaut ! Taïaut !

LA VISITE

Quand Wallich eut rempli de ses formes puissantes
Le grand fauteuil d'acier aux lames complaisantes
Et qu'il eut fait l'appel en s'essuyant le front,
Il toussa, puis nous dit ces mots d'un air profond :

— " Messieurs, depuis hier, je vois dans le service
Cinq accouchements : or il n'y a rien qui puisse
Nous arrêter aux trois premiers; les deux derniers
Sont très intéressants, les cas sont singuliers.
Il s'agit, en effet, de deux hémorragies.
Je vais donc vous parler des méthodes suivies
Dans ces cas par M. Pinard. Bien entendu,
Je n'insisterai pas, ce serait temps perdu,
Sur tous les procédés, sur toutes les méthodes
Que l'on a proposées en d'autres périodes.
Je voudrais seulement m'arrêter un moment
Sur l'inefficacité du tamponnement,
Proposé par Fournier et suivi par sa clique.
Pourquoi ne le fait-on jamais à la clinique ?
C'est qu'on a reconnu son inconvénient,
Que la mortalité est de 35 pour cent.
Ici, — n'est-il pas vrai, Mademoiselle Rose, —
Nous n'avons jamais de décès pour cette cause.
Je m'en vais vous énumérer rapidement
Les causes qu'on assigne à ces pertes de sang.
C'est un point important, fort utile à connaître,
Souvent trop négligé, bien qu'il puisse y paraître.
D'abord le placenta au segment inférieur :
Je n'y insiste pas ; le manque de longueur
Du cordon, sa brièveté, accidentelle
Ou bien congénitale, est cause très réelle

D'accidents du même ordre. Après ces raisons-ci
Je dois vous signaler la cause que voici :
Dans l'empoisonnement gravidique, il existe
Des foyers congestifs au placenta : ces kystes
Que vous voyez gorgés de sang, comme truffés.
Vous comprenez, messieurs, que ces foyers, creusés
Au sein du placenta, l'attaquent par derrière
Et cette hémorragie est rétro-placentaire.
Lorsqu'au segment d'en-bas le placenta s'insère,
Le pronostic, Messieurs, est mauvais pour la mère ;
Car cette insertion nous expose parfois
A des pertes de sang dans les trois premiers mois,
A des présentations de l'épaule ou du siège.
Enfin (ceci, Messieurs, jadis était un piège
Aux examens), on voit, dans ces cas-là, souvent
Les membranes se rompre et l'eau couler avant
Le terme régulier fixé par la nature ;
Alors l'accouchement suit de près la rupture.
Dans ces cas-là, voici ce que Pinard prescrit :
La patiente, trois mois, devra garder le lit,
Cesser de travailler et, si, dans son urine,
L'analyse décèle un soupçon d'albumine,
On la mettra de suite au régime intégral
Du lait : alors l'accouchement sera normal.
Mais, m'objecterez-vous, quelquefois dans ces cas
Il est peu d'albumine, ou l'on n'en trouve pas.
Voici, Messieurs, voici le grand signe clinique
Possédant la valeur vraiment diagnostique :
L'utérus, au palper, présente, sous le doigt
Qui l'aborde en tous sens, la dureté du bois.
Le traitement ? Eh bien ! il est simple et facile,
Je dis, bien entendu, pour l'accoucheur habile.
C'est ici qu'intervient le ballon Champetier :

On rompt la poche avec la pince de Stapfer,
On place le ballon : l'hémorragie s'arrête
Très souvent aussitôt, d'une façon complète.
Le col est dilaté : le ballon sort et puis,
Presqu' aussitôt, on voit le fœtus qui le suit.
Et vous savez, Messieurs, ce qu'il vous reste à faire. "

Ayant ainsi parlé, Wallich quitta la chaire,
Fut faire sa visite et bientôt s'en alla.
Hein ! ce que j'en ai pris de notes, ce jour-là !

FLEUR DES NUITS

Quando lavabo, esta nuevo.

Sur le lac enchanté, lorsque la pleine lune
De rose veloutée étale sa blancheur,
On voit, se détachant tout au fond, dans la brune,
Le bouton purpurin qui précède la fleur.

La douce fleur des nuits entr'ouvre sa corolle ;
Elle boit à longs traits l'eau du lac enchanté
Qui la rend vierge encor, et ne redevient folle
Qu'en s'ouvrant pour une nouvelle volupté.

(Trouvé dans un bidet de château).

LA VENGEANCE
EST LE PLAISIR DES DIEUX

Jadis, X... — depuis illustre —
Fut maltraité par un rustre.
Un jour sous son scalpel tomba le scélérat.

MORALITÉ :

Frappez et l'on vous ouvrira !

MONOLOGUE DE RUY BLAS

AUX MINISTRES LIBIDINEUX

Bon appétit ! Messieurs ! qui — pareils à des chèvres —
Aux noirs gazons pubiens aimez plonger vos lèvres ;
Vous tous qui, délaissant vos livres pour Vénus,
Inscrivez vos décrets en marge de l'anus ;
Ministres insensés qui, — dans les maisons closes —
Cueillez des clitoris sous des feuilles de roses.
Donc vous n'avez ici pas d'autres intérêts
Que vider vos scrotums et roupiller après ;
Donc vous ne connaissez pas d'autre portefeuille
Que celui — magnifique — où l'Amour vous accueille ;
Et le cul d'une garce et ses joyeux propos
Ont des attraits plus doux que le soin des drapeaux,
Des peuples à combattre et des traités qu'on signe ;
L'hymen d'une donzelle est d'un prix plus insigne
Que l'état du Trésor, le souci des budgets ;
Donc vous ne soupçonnez de plus nobles objets
Que l'équilibre heureux de vos chaudes roupettes,
Et l'orgueil de baiser — il sied qu'on le répète —
Gonfle seul désormais vos lourds cotylédons ?
Réfléchissez ! Messieurs ! le sceptre — à l'abandon —
Chancelle et s'amollit entre les mains royales ;
Madrid, sombre fumier de pourriture, exhale
Une odeur de débauche au quatre coins du ciel,
Et vous, — tristes frelons d'un méprisable miel —
O descendants déchus des nobles connétables !
Que faites vous ? Le jour vous surprend à vos tables,
Ivres, la coupe en mains, le braquemart au vent ;

Calmes, vous insultez au fier soleil levant
Par le spectacle amer de vos folles orgies ;
On voit sur vos pourpoints des taches de bougie
Et de sang quelquefois, car vos nœuds inhumains
Brisent la frêle vulve éparse en vos chemins ;
Du seuil de vos palais, si l'on n'y met un terme,
Bientôt s'échapperont d'épais ruisseaux de sperme.
La clameur de vos ruts déferle à l'horizon.
La nonne en son couvent, le père en sa maison
Tremblent à chaque instant de vous voir apparaître
La verge au poing, plus vils qu'une horde de reîtres.
Vous ne respectez rien dans votre élan brutal,
Se ruant au coït comme un dogue à l'étal ;
Car votre gland fougueux défonce sans vergogne
La pâle vierge en pleurs, la duègne qui trognonne
Dont la mamelle flasque est comme un raisin sec.
Vous voyez une robe et vous couchez avec,
Oui, Messieurs ! quel que soit le poil qui se dérobe
— Noir ou gris — sous la majesté de cette robe.
Vous allez par la ville, aveuglés de désirs
Immondes — déchaînés — impatients de saisir
Sous vos ongles ardents quelque fesse docile.
Vous avez enculé, — se rendant au Concile —
Deux moines, vénérés entre tous, hommes saints
Dont vous avez broyé, sous vos dards assassins,
L'étroit sphincter bagué d'hémorroïdes dures ;
A la face de Dieu vous jetez vos ordures,
Et le débordement de vos crimes — Coquins ! —
Dans son sépulcre sombre éveilla Charles Quint !

Dr ROBERT.

LES ETUDIANTS EN GOGUETTE

Refrain :

Plus nous noçons,
Plus nous faisons
Enrager la portière,
Qui monte à chaque instant
Nous dire, en bégayant,
Que le propro, que le pripri, que le propriétaire
Va se voir obligé
De nous donner congé !

Tous les soirs au cinquième étage,
Dans un garni d'étudiants,
Nous ameutons le voisinage
Par nos jeux, nos cris et nos chants.
Nous faisons là ce qu'on appelle,
Dans le joyeux Quartier latin,
Un potin de Polichinelle,
Jusqu'à cinq heures du matin.

L'étudiant, c'est le vrai type
Du véritable sans-souci ;
Autant que le bock et la pipe,
La grisette est faite pour lui.
C'est pourquoi, bravant la menace
Des voisins qui sont au-dessous,
On rit, l'on chante et l'on s'embrasse
Quand ces dames sont avec nous.

Quand le portier, bleu de colère,
Nous somme de cesser le bruit,

3

Nous le forçons à prendre un verre,
Que jusqu'au bord on lui remplit.
Et, quoiqu'impotent d'une jambe,
Avec nous il lui faut danser
Autour d'un punch ardent qui flambe
Et qu'on l'oblige à nous verser.

On sent que l'ivresse vous gagne,
Quand on a dansé tous en rond,
Et bu ce gredin de champagne
Dont le bouchon saute au plafond.
Avec la pelle et les pincettes,
On frappe alors à tour de bras :
Les pots, les vitres, les cuvettes,
Tout se brise et vole en éclats.

Etourdis par tous les liquides
Qu'on s'est introduits dans le corps,
Au milieu des bouteilles vides,
On s'endort enfin sans remords.
Comme il faut qu'on ait sa licence,
Lorsque docteur on vous reçoit,
Le lendemain ça recommence :
Et c'est ainsi qu'on fait son droit.

CARRÉ et POURNY (1880).

FABLE

Un jour, le con au cul vint dire :
— " Je n'en puis plus : j'expire ;
Pour un moment, remplace-moi. "

MORALITÉ :

On a souvent besoin d'un plus petit que soi.

LES VAUXGRAS

Air : *La Femme à Papa.*

Les étudiants militaires,
C'est la crème des étudiants ;
Ils n'ont pas du tout l'air austère,
Bien qu'ils le soient profondément.
En effet, une fois par semaine,
Et juste le dimanche matin,
Ils prennent le tramway, sans peine,
Pour le Gros-Caillou et Saint-Martin.
Et à sept heures, bravement,
Sur l'impériale, le nez au vent,
Ils donnent l'exemple du dévouement,
Tout le monde n'en ferait pas autant.
Trouvez-vous pas qu' c'est épatant ?
        Tara tatara, fla fla fla.

Leurs découvertes sont énormes :
Sappey n'a rien trouvé de pareil
Au petit muscle myrtiforme,
Moteur de l'ongle du gros orteil.
Artaud l'a disséqué splendide,
Lasserre, un jour qu'il voyait bien,
Trouva le ligament bifide
Occipito calcanéen.
Depuis que Proust est président,
Il a trouvé, dans chaque dent,
Un petit muscle perforant.
Tout le monde n'en ferait pas autant :
Trouvez-vous pas qu' c'est épatant ?
        Tara tatara, fla fla fla.

Artaud a vu la veine-porte
S'ouvrir dans le canal rachidien ;
Et quant au sphincter de l'aorte,
C'est depuis lui qu'on le connaît bien.
Proust a vu que les testicules,
Chez l'enfant et chez le fœtus,
Sont au-dessus des clavicules :
C'est c' qu'on appelle le thymus.
Sur un jeune caporal,
Ils ont vu ce fait anormal :
L' larynx à l'orifice anal.
Tout le monde n'en ferait pas autant.
Trouvez-vous pas qu' c'est épatant ?
          Tara tatara, fla fla fla.

D'ignorance, personne ne les taxe :
Ils se demandent, avec Robin,
S'il n'y aurait pas un névraxe
Dans les télégraphes sous-marins.
Ils ont vu des cils vibratils,
Couvrir le casque d'un cipal,
Ce qui prouve bien que cet ustensile
N'est qu'un système épithélial.
Ils ont constaté qu'en traitant
Robin par un acide puissant,
On recueillait un gaz hilarant.
Tout le monde n'en ferait pas autant.
Trouvez-vous pas qu' c'est épatant ?
          Tara tatara, fla fla fla.

La Médecine opératoire
Avec eux a fait un grand pas :
Ils conseillent les vésicatoires,
Pour percer l'Isthme de Panama.

Sur leurs indications exactes,
Collin construit un instrument,
Pour opérer de sa cataracte
Le Niagara qui sera bien content.
Une opération de trépan
Qu'ils font tous les jours couramment,
C'est l'ablation de l'ergot de Morand.
Tout le monde n'en ferait pas autant.
Trouvez-vous pas qu' c'est épatant ?
      Tara tatara, fla fla fla.

Sur la Médecine légale
Nous sommes particulièrement forts,
Témoin l'affaire originale
Sur laquelle Proust fit un rapport :
Un vieux fœtus alcoolique
Se suicida dans son bocal ;
On l' trouva pendu comme une chique
A son cordon ombilical.
Ce lugubre évènement
Doit être un avertissement,
Pour les jeunes gens intempérants :
Vous pourriez bien en faire autant.
Trouvez-vous pas que c'est épatant ?
      Tara tatara, fla fla fla.

                                (1881).

FABLE

      Pierre baisa Blanchette,
      Puis il lui fit minette.
      MORALITÉ :
Quand le coup est tiré, il faut le boire.

ATTILA

Attila ! tu voulais, par un lâche calcul,
M'empêcher de chier, en me bouchant le cul ;
Tu voulais m'empêcher de péter à mon aise.
Il restait un cul franc sur la terre française ;
Ce cul, c'était le mien. Ne te doutais-tu pas
Qu'un jour, de ton bouchon, mon rectum serait las,
Et qu'émettant un pet, par un effort énorme,
Vers ta gueule de bois il l'enverrait informe !
Mais non ; car ton orgueil, encore inassouvi,
T'excitait au projet qui t'a si mal servi :
En voulant prouver trop, tu prouvas le contraire.
J'avais, depuis longtemps, un vieux ver solitaire
Qui, dans mon jejunum cachant son front crochu,
Jusqu'à l'anse oméga s'étendait tout tordu.
Partageant avec moi le combat, la ballade,
Depuis plus de dix ans, c'était mon camarade.
Il narguait le semen et le bouillon pointu ;
Côte à côte, à Wagram, nous avions combattu ;
Il avait vu Moscou, Waterloo, Ste-Hélène...
Il est mort... L'ouragan l'a frappé, tel un chêne.
Attila, je te hais !
                    Le pays tout entier
Portera son obole au tonneau de Merlier,
Et nous te narguerons en allant à la selle....
La France, chaque jour plus puissante et plus belle,
Pour y faire un étron gros comme un éléphant,
Lance ses cuirassés vers un port allemand,
Attendant de pouvoir, à l'heure solennelle,
Sous les murs de Berlin poser sa sentinelle !

Juin 1895.

69

alut ! grosse putain, dont les larges gargouilles
Ont fait éjaculer trois générations !
Et dont la vieille main tripota plus de couilles
Qu'il n'est aux cieux d'étoiles et de constellations ! (1)
J'aime tes gros tétons, ton gros cul, ton gros ventre,
Ton nombril au milieu, noir et creux comme un antre
Où s'emmagasina la poussière des temps ;
Ta peau moite et gonflée, et qu'on dirait une outre
Que des troupeaux de vits injectèrent de foutre
Dont la viscosité suinte à travers ses flancs....
Ça ! monte sur ton lit sans te laver la cuisse ;
Je ne redoute pas le flux de ta matrice ;
Nous allons, s'il te plaît, faire soixante-neuf !
J'ai besoin de sentir, ainsi qu'on hume un œuf,
Avec l'âcre saveur des anciennes urines,
Glisser en mon gosier les baves de ton con ;
Tandis que ton anus, énorme et rubicond,
D'une vesse furtive égaye mes narines.
Je ne descendrai pas aux profondeurs des puits ;
Mais je veux, étreignant ton ventre qui chaudronne,
Boire ta jouissance à son double pertuis,
Comme boit un ivrogne au vagin d'une tonne ;
Les vins qui sont très vieux ont toujours plus de goût.
En ta bouche à chicots, pareille aux trous d'égoût,
Prends mon bracquemard, dur et gros comme une poutre,
Promène ta gencive autour du gland nerveux,
Enfonce-moi deux doigts dans le cul si tu veux,
Surtout, ne crache pas, quand jaillira mon foutre.

GUY DE MAUPASSANT.

VARIANTE :

(1) Qu'il n'est d'étoiles d'or aux constellations !

CHANSON DE BAILLON

Air : *Barbari mon ami.*

En l'an seize-cent-trente-neuf,
　　Au pays d'Amérique,
S'en vint un homme à gueule de bœuf
　　Très fort en botanique.
C'était le Professeur Baillon,
La faridondaine, la faridondon,
　　De la Faculté de Paris,
　　　　Biribi,
　　A la façon de Barbari,
　　　　Mon ami.

Un jour qu'il prit, à son lever,
　　Ses claques et ses cliques,
Il trouva de quoi boul'verser
　　Toute la thérapeutique.
Pour appeler la chose par son nom,
La faridondaine, la faridondon,
　　Il trouva le quinquina gris,
　　　　Biribi,
　　A la façon de Barbari,
　　　　Mon ami.

Du haut d'un arbre, les sapajous,
　　Le prenant pour un frère,
Lui jetèrent dans les bajoues
　　De la poudre des Pères ;
Il en mit dans son pantalon,
La faridondaine, la faridondon,
　　Pour en rapporter à Paris,
　　　　Biribi,
　　A la façon de Barbari,
　　　　Mon ami,

Il rapporta, tout triomphant,
 Son sulfate de quinine,
Pour le montrer dans le grand am-
 phithéâtre de médecine.
Mais on criait : — " Conspuez Baillon ! "
La faridondaine, la faridondon.
 Il en fit une maladie,
  Biribi,
 A la façon de Barbari,
  Mon ami.

On lui donna du quinquina,
 Comme fébrifuge tonique.
Mais malgré ça l'influenza
 Lui z'a coupé la chique.
Il donnera sa démission,
La faridondaine, la faridondon,
 Et ne r'cal'ra plus nos amis,
  Biribi,
 A la façon de Barbari,
  Mon ami.

———— >←< ————

A MARIE
Qui me demandait des vers.

Merde ! J'y perds mon temps : autrefois j'aurais pu
Aligner chaque jour des vers pour faire un livre,
Rien ne vient plus. Depuis qu'avec toi j'ai foutu,
Il ne me vient qu'un mot : Avec toi je veux vivre
Et mourir langue au bec, doigt au con, pine au cul.

Pierre GARET,
Directeur-fondateur de la Bibliothèque Elzévirienne.

———— >←< ————

ENTRE AMIES

— " Tu sais bien, mon mari, lui qui semblait de glace,
Et dont je me plaignais sans cesse amèrement,
Lucien, qui n'accordait hebdomadairement
Qu'une maigre pitance à mon con si vorace.

Eh bien ! c'est aujourd'hui le plus fougueux amant
Que l'on puisse rêver ! Richelieu, Lovelace
N'étaient rien près de lui. Jamais il ne se lasse.
Je meurs quand il me ploie dans son embrassement ! "

— " Ah bah ! Quel doux secret as-tu trouvé, Lucie ? "
— " C'est le hasard toujours : dans une pharmacie
J'achète, redoutant de voir la toux sévir,

Un flacon qui portait le conseil salutaire
Que j'applique à Lucien. Le voici sans mystère :
Agiter fortement avant de s'en servir "

―――――○―――――

L'AMOUR

De son vit, couturé de chancreuses ornières,
Pénétrer pantelant au fond d'un con baveux ;
Mettre en contact puant les canaux urinaires ;
De scrofule pourris nous créer des neveux ;
De spermes combinés faire un hideux fromage ;
Au fond de la cuvette, humide carrefour,
En atomes gluants voir le foutre qui nage....
Voilà l'Amour.

―――――✖―――――

LE RÉGIMENT

Air : *La femme à Papa.*

Tous les vits redressant la tête,
V'là qu'il s'avance, le régiment,
Pour se fair' sucer la quéquette
Par les dam's de l'établissement.
— " Mes enfants, baise en capote ",
— Dit la maq'rell', — " car mes putains
" Ont la vérole à pleine motte,
" De l'avis de tous les méd'cins. "
— " Pas de capote. Vite ! en avant ! " (1)
— Dit l' colonel en s'élançant,
Suivi de tout son régiment.
Les clairons allaient, bandant,
Et les tambours également, (2)
    Taratata, taratata, taratata.

Pendant une année toute entière,
Le régiment n'a pas r'paru ;
La chose n'est pas singulière :
On lui passait des langues dans l'cul.
On r'nonçait à trouver sa trace,
Quand un matin, subitement,
On le vit paraîtr' sur la place,
Mais dans quel état, mes enfants !
L' colonel marchait tristement,
La min' piteuse, le... r'gard pendant,
Suivi de tout le régiment.
Les clairons allaient en coulant
Et les tambours en suppurant,
    Taratata, taratata, taratata ! (3)

A la caserne du Prince Eugène,
L'on ramène le régiment.
— " Jésus, Marie, quelle déveine ! "
— S'écrièrent toutes les bonnes d'enfant. —
Le lendemain, à la visite,
Les hommes arrivaient par peloton :
Ce n'était que véroles, orchites,
Et toutes sortes de bubons !
— " Cré nom de Dieu ! qu' c'est dégoûtant ! "
— Dit le major en inspectant
Toutes les pines de son régiment. —
" Ils ont tous des écoulements
Ou bien des chancres infectants. " (4)
　Taratata, taratata, taratata.

Pour couper l'mal dès l'origine,
Le ministre, dans la garnison,
Ordonna de couper la pine
A tout soldat, sans exception.
Sans exception, l'infanterie,
Les dragons, artilleurs, hussards,
Tous sur l'autel de la Patrie
Vinrent déposer leur bracquemard.
Et le colonel imprudent,
Qui avait, en si peu de temps,
Démembré son régiment,
Perdit simultanément
Sa pine et son commandement,
　Taratata, taratata, taratata !

ENVOI :

Accepte, ô madame Judic !
L'hommage de cette chanson,
Tu la chanteras en public,
Dans les couvents et les pensions.

Et devant ta mine ingénue,

Ta bouche en cœur, tes yeux... cochons,

De nos culottes distendues

S'envoleront tous les boutons.

Et, pour tout remerciement,

Prends ma pine entre tes dents,

Suce-là bien gentiment,

Pendant qu' pour qu'y ait rien d' perdu

J' te foutrai ma langue au cul,

    Taratata, taratata, taratata ! (5)

NOTE. — Cette chanson fut, paraît-il, chantée par Judic elle-même, au
ouper de 100e de la *Femme à Papa*. — Ceci, sous toutes réserves.

VARIANTES :

(1) Jamais de capote. En avant !

(2) Les clairons la pine au vent
    Et les tambours toujours bandant.

Variante du 2e Couplet :

(3) Pendant une année toute entière,

Le régiment n'a pas r'paru ;

La chose n'est pas singulière :

On lui passait des langues dans l' cul.

Mais l' colonel, voyant qu' les couilles

De ses soldats étaient à sec,

Dit un jour que les grenouilles

N'avaient plus rien à faire avec !

Les caporaux et les sergents,

Le colonel, les lieutenants

Se traînaient tous péniblement

Les clairons allaient coulant

Et les tambours suppurant,

    Taratata, taratata, taratata !

(4) — " Cré nom de Dieu ! c'est emmerdant ! "
 Dit le major, en inspectant
 Les pines de son régiment.
 " Ce ne sont qu'écoulements,
 " Chancres mous et suppurants. "
  Taratata, taratata, taratata !

Variantes du 4e Couplet et de l'Envoi :

(5) Pour effacer, dès l'origine,
 Le germe de la contagion,
 Le major fit couper la pine
 Aux soldats de la garnison.
 Sans en excepter l'infanterie,
 Artilleurs, dragons, hussards,
 Tous, sur l'autel de la Patrie,
 Vinrent déposer leur bracquemard !
 Et le colonel imprudent,
 Auteur du fatal accident
 Qui démembra ce régiment,
 Se vit retirer vivement
 Sa pine et son commandement.
  Taratata, taratata, taratata !

ENVOI :

Daigne accepter, chère Judic,
Ce couplet de notre façon,
Tu le chanteras en public,
Tu f'ras craquer les pantalons,
Et l'on verra toutes les pines,
Mues comme par des ressorts,
Car tu sais bien qu'avec ta mine
Tu pourrais faire bander les morts.

Reçois donc ce compliment
Que tu chanteras bien gentiment
Dans les salons, dans les couvents.
Je te d'mande, pour remerciement,
De mettre ma pine entre tes dents.
Taratata, taratata, taratata !

CONCORDANCES

Dieu fit le con, ogive énorme,
Pour les chrétiens ;
Et le cul, plein-cintre difforme,
Pour les païens.
Pour les sétons et les cautères,
Il fit les pois,
Et pour les pines solitaires
Il fit les doigts.

TESTAMENT

Je veux qu'après ma mort cent putains toutes nues
Soient, dessus mon tombeau, cent fois par jour foutues,
Et que, sans consulter tant de législateurs,
On partage mon bien aux plus fameux fouteurs ;
Que l'on vende mes os à un apothicaire,
Pour servir de canules à donner des clystères,
Afin qu'après ma mort, ainsi que j'ai vécu,
Je sois encore utile au service du cul.

LESBOS

Mère des jeux latins et des voluptés grecques,
Lesbos, où les baisers, languissants ou joyeux,
Chauds comme les soleils, frais comme les pastèques,
Font l'ornement des nuits et des jours glorieux ;
Mère des jeux latins et des voluptés grecques !

Lesbos, où les baisers sont comme les cascades
Qui se jettent sans peur dans les gouffres sans fonds
Et courent, sanglotant et gloussant par saccades,
Orageux et secrets, fourmillants et profonds ;
Lesbos, où les baisers sont comme les cascades !

Lesbos, où les Phrynés l'une l'autre s'attirent,
Où jamais un soupir ne resta sans écho,
A l'égal de Paphos les étoiles t'admirent,
Et Vénus à bon droit peut jalouser Sappho !
Lebos, où les Phrynés l'une l'autre s'attirent !

Lesbos, terre des nuits chaudes et langoureuses,
Qui font qu'à leurs miroirs, stérile volupté !
Les filles aux yeux creux, de leur corps amoureuses,
Caressent les fruits mûrs de leur nubilité ;
Lesbos, terre des nuits chaudes et langoureuses !

Laisse du vieux Platon se froncer l'œil austère.
Tu tires ton pardon de l'excès des baisers,
Reine du doux empire, aimable et noble terre,
Et des raffinements toujours inépuisés.
Laisse du vieux Platon se froncer l'œil austère.

Tu tires ton pardon de l'éternel martyre
Infligé sans relâche aux cœurs ambitieux,
Qu'attire loin de nous le radieux sourire
Entrevu vaguement au bord des autres cieux !
Tu tires ton pardon de l'éternel martyre !

Qui des Dieux osera, Lesbos, être ton juge,
Et condamner ton front pâli dans les travaux,
Si ces balances d'or n'ont pesé le déluge
De larmes qu'à la mer ont versé tes ruisseaux ?
Qui des Dieux osera, Lesbos, être ton juge ?

Que nous veulent les lois du juste et de l'injuste ?
Vierges au cœur sublime, honneur de l'Archipel,
Votre religion comme une autre est auguste,
Et l'amour se rira de l'Enfer et du Ciel !
Que nous veulent les lois du juste et de l'injuste ?

Car Lesbos, entre tous, m'a choisi sur la terre,
Pour chanter le secret de ses vierges en fleurs,
Et je fus, dès l'enfance, admis au noir mystère
Des rires effrénés mêlés aux sombres pleurs ;
Car Lesbos, entre tous, m'a choisi sur la terre.

Et depuis lors je veille au sommet de Leucate,
Comme une sentinelle, à l'œil perçant et sûr,
Qui guette, nuit et jour, brick, tartane ou frégate,
Dont les formes, au loin, frissonnent dans l'azur ;
Et depuis lors je veille au sommet de Leucate,

Pour savoir si la mer est indulgente et bonne ;
Et parmi les sanglots dont le roc retentit,
Un soir ramènera, vers Lesbos qui pardonne,
Le cadavre adoré de Sappho qui partit ;
Pour savoir si la mer est indulgente et bonne !

De la mâle Sappho, l'amante et le poète,
Plus belle que Vénus par ses mornes pâleurs !
— L'œil d'azur est vaincu par l'œil noir que tachète
Le cercle ténébreux tracé par les douleurs
De la mâle Sappho, l'amante et le poète !

— Plus belle que Vénus se dressant sur le Monde
Et versant les trésors de sa sérénité
Et le rayonnement de sa jeunesse blonde
Sur le vieil Océan, de sa fille enchanté ;
Plus belle que Vénus se dressant sur le Monde !

— De Sappho qui mourut le jour de son blasphème,
Quand, insultant le rite et le culte inventé,
Elle fit son beau corps la pâture suprême
D'un brutal dont l'orgueil punit l'impiété,
De Sappho qui mourut le jour de son blasphème.

Et c'est depuis ce temps que Lesbos se lamente
Et, malgré les honneurs que lui rend l'univers,
S'enivre chaque nuit du cri de la tourmente
Que poussent vers les cieux ses rivages déserts !
Et c'est depuis ce temps que Lesbos se lamente !

BAUDELAIRE.

NOMBRIL

Nombril, je t'aime, astre du ventre,
Œil blanc dans le marbre sculpté,
Et que l'Amour a mis au centre
Du sanctuaire où seul il entre,
Comme un cachet de volupté.

Théophile GAUTIER.

VERS SUR UN CAHIER

servant à marquer les rendez-vous,
perdu, puis retrouvé.

Petit cahier, qui si longtemps
Restas caché, par ce beau temps
Te voilà donc sur mon passage,
Petit cahier qui n'es pas sage.

Crois-tu donc, petit indiscret,
Que je vais te dire un secret
Pour que bientôt, à voix mi-close,
A tous tu répètes la chose ?

Quand, fatigué d'un long amour,
Je voudrai m'envoler un jour,
Ce n'est pas ta feuille infidèle
Qui dira le : — " Bonsoir, ma belle ! "

Quand à quelqu'un j'aurai soustrait
Sa femme, après plus d'un trait,
Ce n'est pas sur tes feuilles volantes
Que j'écrirai : — " J'ai vu ses hanches ! "

Ou si, par l'effet du destin,
Mon épouse est une catin,
Je n'irai pas ici décrire
Que mon front garni la fait rire !

Non ! mais tu m'aideras plutôt
A dire à Machin : — " Viens plus tôt. "
A Chose : — " Je t'aime en chemise. "
Ou : — " Rapplique tantôt, qu'on te bise. "

A Paul : — " Je sors pour travailler. "
A Pierre : — " Je vais vadrouiller. "
A Celui-ci : — " Viens donc aux Courses. "
A Celui-là : — " Rien dans nos bourses. "

A Monsieur : — " Ta gueule ! hé ! fourneau ! "
Ou : — " Ferme ça, sale étourneau. "
A Madame : — " Espèce de vache !
" Pas de lapins, ou je te lâche. "

Voilà le secret important
Que tu t'en iras colportant,
Petit cahier, qui tout recueille
Et qu'en passant, chacun effeuille.

Aussi, pour navrer le curieux
Qui lira ces vers, tout heureux,
Afin que son temps il ne perde,
Vite, dis-lui, de ma part : — " Merde ! "

UNE DÉFINITION DU MICROSCOPE

Agnès, *désireuse de s'instruire, à son médecin :* —
" Qu'est-ce donc que ce fameux appareil dont j'entends si
souvent parler et que vous nommez un Microscope ? "

Le Médecin, *vieux savant que le beau sexe intimide :* —
" Le Microscope, ma belle enfant... C'est un instrument
qui... que... Un instrument qui fait grossir tous les objets. "

Agnès, *après avoir réfléchi un instant, l'air soudain
archimèdeurékié :* — " Ah ! C'est donc pour cela que mon
mari dit que j'ai une main microscopique ! "

PASTORALE

J'aime à voir l'escargot folâtrer dans la plaine,
Le crapaud sautiller parmi les prés en fleurs ;
D'un étron frais éclos j'aime à sentir l'haleine ;
Ailleurs que sur mon vit j'aime à voir des choux-fleurs.

J'aime à voir travailler, patauger dans la merde,
Par un beau soir d'été, le joyeux vidangeur ;
J'aime à lui voir sucer, pour que rien ne se perde,
Ses doigts portant au loin leur pénétrante odeur.

Je me sens tout joyeux quand je pose culotte
Sur un rocher à pic, par les vagues battu ;
Je sens au gré des vents mes roustons qui ballottent
Et l'écho porte au loin les soupirs de mon cul.

———o———

VALSE DU VENTOUSEUR

Refrain :

Lumbago, pneumonie,
Stase, congestion,
Syncope, asystolie,
Tristes affections.
De ces maux, sur la terre,
Je suis le guérisseur.
Amis, chantons en chœur
La Valse du Ventouseur.

J'fais un métier lucratif et facile :
J'soigne les douleurs, les étouff'ments ;

Aux pauvres humains, j'peux dire que j'suis utile,
Car j'leur apporte du soulagement.
Je r'mets sur pied tout espèc' de malades ;
Les reins les plus courbaturés
Et les poumons les plus en marmelade,
Par mon talent sont restaurés.

Quand la dyspnée devient considérable,
Au lieu d'saigner, c'qu'est embêtant,
J'mets six ventouses : bientôt, chose admirable,
L'malade respir' plus librement.
L'méd'cin portait un diagnostic funeste ;
Le lendemain, trouvant l'patient guéri,
Y perd son grec et remporte une veste :
Moi j'rigol' de l'voir ahuri.

Ma renommée dans l'Europe est unique,
J'suis plus connu qu'Yvette Guilbert.
On parle de moi jusques en Amérique,
En Chine et dans tout l'univers.
L'aut'jour, au bal, Carnot, qui n'est pas bête,
D'vant moi s'arrêta pour me dire :
— " J'suis l'chef de l'Etat, et c'est vous qu'êtes
Le Ventouseur : ça m'fait plaisir. "

Sans distinguer, riche ou pauvre, j'opère
Dans les palais, dans les taudis.
J'reçois parfois une offrande princière,
Parfois quelques maravédis.
Après ma mort, j'veux qu'on grav' sur ma tombe
Ces mots : — " Ci-gît le Ventouseur. "
Avec un glob', pour remplacer la bombe
Qu'on met aux généraux poseurs.

LA PUCE AU COUVENT

Une puce, un beau soir d'hiver,
S'en fut dans un couvent de nonnes ;
Elle monte au dortoir,...... personne....
Les nonnes n'étaient qu'au dessert.
— " En attendant que l'on se couche, "
Dit notre puce, en sautillant,
" Je n'ai rien à mettre à la bouche,
" Rien à sucer pour le moment.
" Entrons... Entrons dans cette chambre ;
" Faufilons-nous dans un bon lit ;
" On est toujours aise, en Décembre,
" De savoir où passer la nuit. "
Elle dit, et, d'un saut agile,
Elle est sur le haut d'un coussin ;
Puis, en un clin d'œil, se faufile
Sous les draps, jusqu'au traversin.
Il était temps ! Déjà les vierges
Franchissaient le seuil du dortoir,
Chantant, à la lueur des cierges,
Les oraisons de chaque soir.
Le lit, refuge de la puce,
Fut occupé, en ces instants,
Par la jeune sœur Sainte-Luce,
Agée à peine de seize ans.
— " Oh ! oh ! dit l'insecte, merveille !
" Voilà du gibier superfin !
" Cette nuit, pour le coup, je veille.
" Je veille jusqu'au lendemain. "
Et, s'élançant sur la novice,
Elle tâte le corps un instant ;

Enfin s'arrête sur la cuisse,
Cherchant à mordre à belles dents.
La nonne, sentant la piqûre,
Vite veut y porter la main ;
L'insecte saute et sa morsure
Se fait sentir au bout du sein.
La nonne frappe de plus belle,
La chasse, la poursuit partout ;
Mais, plus prompte qu'une étincelle,
La puce fuit... devinez où ?
Le dire serait malhonnête,
En société d'honnêtes gens.
Pourtant, ce n'était pas si bête
D'aller se fourrer là-dedans.
Enfin, par ses doigt chatouillée,
La nonne se pâme bientôt,
Et puis elle se sent mouillée
D'un jus, pour elle tout nouveau.

Quant à l'insecte, moi j'ignore
Ce qu'il put faire en ces instants ;
Mais, tous les soirs, la nonne encore
Cherche des puces là-dedans.

FABLE

Un acrobate, par son agilité extrême,
Etait parvenu à se tailler des plumes lui-même.

MORALITÉ :

On n'est jamais si bien servi que par soi-même.

A L'AMPHITHÉATRE

Sur un gros tas de morts l'Etudiant regarde :
Verdâtres, ballonnés, livides, décharnés,
Ces cadavres raidis, tristes abandonnés,
Chair à scalpel qui fleure ainsi qu'un corps de garde.

De messire Satan frêle fille mignarde,
Hommes mûrs et fœtus, vieillards ratatinés,
De souffrances usés, corps blancs ou basanés,
Gisent numérotés, fournis par la mansarde.

Paraissant rire encore à quelque vision,
De ses grands yeux ouverts, rêve d'illusion,
Surprise d'hôpital ! une très jeune femme

S'étend près d'un baquet à donner le relent,...
Car, soudain, l'œil en feu, l'Etudiant se pâme,
Ayant reconnu là son cher amour d'antan !

Dr Henri LABONNE.
(Janvier 1908).

LE MORPION PATRIOTE

Dans les poils grisonnants d'un sergent invalide,
Un morpion vivait entouré de ses fils ;
Et ses jours s'écoulaient comme un ruisseau limpide,
Quand, un soir, le sergent se frotta d'onguent gris.
L'onguent gris ! Chacun sait quel en est le ravage.
Le lendemain, la Mort, d'un élan furieux,
Sur ces êtres chéris s'abattait avec rage :
Un seul des morpions survécut, le plus vieux,

Quand le ciel éclaira ce spectacle funeste,
Quand il vit, de ses fils, les cadavres sanglants :
— " De tout ce que j'aimais, voilà ce qui me reste, "
Dit-il, et, l'œil en pleurs, il s'éloigne à pas lents.
Cependant, le sergent, l'œil inquiet, contemple
Son pantalon qu'il croit être encor habité,
Quand survient un marchand, qui vite emporte au Temple
Culotte et morpion tout désorienté.
L'animalcule alors, se fit cette remarque :
— " Au Temple, comme moi, pour aller à la mort,
" Au Temple fut conduit un vertueux monarque ;
" Sa triste fin ressemble à mon malheureux sort.
" Moi, qui suivis vingt ans la couille du grand homme,
" Moi, qui vis Austerlitz, Wagram et Marengo,
" Moi, qui vis le Kremlin, Vienne, Madrid et Rome,
" Me faut-il donc ici trouver mon Waterloo ? "

Un jeune groom anglais, ami du confortable,
Achète la culotte et s'embarque à Calais.
Et le vieux morpion, dans son sort misérable,
Dut mendier son pain aux couilles de l'Anglais.
— " Un Anglais, — disait-il, sentant sa vieille haine
Se ranimer soudain dans son cœur ulcéré, —
" Pour ronger tes roustons, geôlier de Ste-Hélène,
" De tous mes enfants morts que ne suis-je entouré !
" Hélas ! Ils ne sont plus ! pour moi plus d'espérance ;
" A tout ce que j'aimais j'adresse mes adieux ! (1)
" Jamais le morpion ne reverra la France ;
" Jamais la main d'un fils ne fermera ses yeux ! "

VARIANTE :

(1) Mais, c'en est fait de moi ! je vis sans espérance,
   Je suis abandonné sous la voûte des cieux.

LE PRATICIEN NORMAND

Air : *La Franc-Comtoise.*

Un matin, j' dis à mon papa :
— " J' voudrais fair' ma méd'cine. "
Y m' répondit : — " J' m'y oppose pas ;
Mais faudra qu' tu turbines,
Quand tu s'ras au Quartier latin,
Faudra pas courir la catin.
   Tra la la la, tra la la la. "

C'est par un beau matin d' printemps
Que j' quittai Tiberville.
L' mair', l'adjoint, tous les habitants,
Avec maint's joli's filles,
M' acconduisirent à la station,
En m' faisant une belle ovation,
   Tra la la la, tra la la la.

Après quat', cinq heur's de trajet,
J' fus dans la Capitale.
L' trottoir, au loin, fourmillait
De p'tites horizontales.
Suivant l' conseil de mon papa,
J' baissais les yeux, je r'gardais pas,
   Tra la la la, tra la la la.

Après avoir bien ausculté,
Le matin, les malades,
J' potassais à la Faculté,
Avec les camarades.
Quand tous les cours étaient finis,
J'allais au Soufflet boire des d'mis,
   Tra la la la, tra la la la,

Le Dimanche, afin d' se r'poser
Des labeurs de la s'maine,
On allait, à deux, déjeûner
Sur les bords de la Seine ;
Puis, jusqu'au jour, avec Lili,
Nous faisions craquer mon bois d' lit,
  Tra la la la, tra la la la.

J' passai mon premier examen
D'un' manière épatante.
Comm' j'avais eu la note " très bien ",
J' reçus cent sous d'ma tante ;
Le soir j' m'en fus à la brass'rie :
J' rapportai la blennorrhagie,
  Tra la la la, tra la la la.

Cazin m'lava au sublimé
Et au permanganate ;
Mon canal était abîmé,
J'avais peur qu'il n'éclate ;
La guérison vint rapidement,
Mais j' gardais un rétréciss'ment,
  Tra la la la, tra la la la.

Chez papa Ferrand comm' patron,
J' fis d' la clinique interne.
Tous ceux qui n' savaient pas mon nom
M'appelaient " Monsieur l'Externe ".
Il n' pouvait pas claquer un gars,
Sans que j' l'ouvrisse du haut en bas,
  Tra la la la, tra la la la.

Enfin, après cinq ans d' labeur,
Ayant passé ma thèse,
Je reçus l' diplôme de docteur,
Et j'en étais bien aise,

A Tibervill' je suis rentré
Et j' vous assure qu'on m'a fêté,
   Tra la la la, tra la la la.

Maint'nant j'ai fini d' rigoler
Et chacun m' considère.
Il n' me rest' plus qu'à convoler
Avec une héritière.
Nous s'rons heureux, bien certain'ment,
Et nous aurons beaucoup d'enfants,
   Tra la la la, tra la la la.

Mars 1895.

MONOLOGUE.

Juvara, vous pouvez aller vous reposer.

(Juvara sort)

J'ai besoin d'être seul, recueilli, pour penser.
Quarante ans dans deux jours !

          Sur mon front, chaque année
Ajoute à la couronne une rose fanée :
Les jours suivent les jours, moroses ou joyeux ;
Ah ! demain, conférence à mon Pavillon Deux.
Que leur dirai-je bien ? Ce serait ridicule
De ne pouvoir parler que de la clavicule :
Réfléchissons un peu... Je leur dirai qu'on m'a
Volé quelques billets de mille au Panama...
C'est un os allongé, ses formes ordinaires...
Deux phrases, pour flétrir les concussionnaires ;
Eh ! ce petit discours ne fera pas si mal !
J'ajouterai : — " Messieurs, parfois je vais au bal.
Oh ! non point dans ces bals d'un accès difficile ;
Tout simplement au bal de la Maison de Ville.

On trouve des billets chez les marchands de vin,
Electeurs influents. Là, sous le corset fin
Palpant d'un doigt savant les hanches capiteuses,
Je rapprends, en valsant, mes insertions osseuses ;
Et mon œil exercé précise les contours
Des pectoraux.
        Ainsi l'on s'instruit toujours
En regardant de près.....
           Ses formes générales
Font ressembler cet os à ces clefs sculpturales
Qu'on pouvait voir, jadis, dans les mains de geôliers,
Au temps des vieux castels peuplés de chevaliers ;
C'était l'âge de fer.
        En ce temps-là, le maître
Présidant aux travaux pratiques, l'archiprêtre,
Faisait son cours en robe, en barette, écouté
D'escholiers debout, rapière au côté,
Et, pendant qu'il parlait, par ordonnance expresse,
Un moine, près de là, célébrait une messe
Pour l'âme du sujet de la dissection.
Il est bien loin, ce temps de superstition ! "
Ce mot produit toujours un effet admirable.
        (Il prend sur sa table un paquet de lettres)
Mon courrier de ce soir est bien considérable,
Voyons : un petit mot de mon ami Prenant,
De Nancy ; une longue épître maintenant :
C'est de Gegenbauer. Le bonhomme m'amuse ;
De copier Heule, le voici qui m'accuse !
Je trouve, pour ma part, le grief très plaisant.
Par ci, par là, c'est vrai, dans ce bouquin pesant
J'ai glané quelques mots, une phrase, une page ;
Pour ces petits emprunts voilà bien du tapage.
Un procès ! Hé bien, soit !
        Mais, qu'est ceci ? Des vers ?

Après cet allemand, ce sera le dessert.
Lisons. Oh ! oh !

                " C'est moi l' chef des travaux pratiques. "

Sur l'air de la Revue ! Les poètes comiques
Sentent, à mon sujet, leur talent excité :
C'est un signe certain de popularité.
Continuons....

           Hé mais ! voici de l'ironie.

Ces vers, chez leur auteur, montrent peu de génie.
Sur l'incident Salmon je leur fais des discours,
Tout comme Salomon.

                Vraiment ! Lisons toujours :

      " Le lend'main, les journaux
        M' trait' d'éminent chef des travaux. "

Je commence à trouver la critique un peu forte.
Voyons, second couplet... Oh ! rien ici qui sorte
De l'ordinaire. Enfin, le troisième couplet...
" Crie mon nom sur les toits. "

              Ceci, c'est le bouquet !

L'auteur me connaît bien et frappe avec adresse ;
Il atteint, comme on dit, l'endroit où le bât blesse.
Je saurais bien son nom, en voulant m'en donner
La peine : il vaut mieux feindre et pardonner.
Pourtant, si j'avais là, sous la main, le coupable...
Eh parbleu ! c'est Rieffel ; lui seul en est capable ;
Ou plutôt.....

          En tout cas, je m'en informerai

Et, si je le connais, certes je le ferai
Repentir de m'avoir bafoué de la sorte.
C'est assez discourir....

            Foie, rate, veine-porte....

Jusqu'à l'aube, écrivons ; je veux tout terminer
En huit jours. Après quoi, je ferai dessiner

Les planches.

      Puis, bravant la critique ennemie,
Dans un mois paraîtra ma grande Anatomie
Qui doit faire briller, dans l'Univers entiers,
La science française et le nom de Poirier.

CONFESSION D'UNE VIERGE

Quand il était petit, il n'était pas grand,
Henri se montrait presqu' intelligent.
Oui, mais à présent, c'est bien différent :
Il est radoteur, ramolli, rasant.

Quand il était petit, il n'était pas grand,
Henri dans l' quartier employait son temps
Oui, mais à présent, c'est bien différent :
Il passe sa vie près d' Ménilmontant.

Quand il était petit, il n'était pas grand,
Henri s'habillait convenablement.
Oui, mais à présent, c'est bien différent :
Il ne sort plus qu' sous un déguisement.

Quand il était petit, il n'était pas grand,
Henri se grattait la peau soigneusement.
Oui, mais à présent, c'est bien différent :
Il est hirsute comme un vieil orang.

Quand il était petit, il n'était pas grand,
Henri travaillait, plein d'acharnement.
Oui, mais à présent, c'est bien différent :
Il fait les trottoirs toujours haletant.

Quand il était petit, il n'était pas grand,
Henri fréquentait ses pauvres parents.
Oui, mais à présent, c'est bien différent :
Il rentre chez lui comme aux restaurants.

Quand il était petit, il n'était pas grand,
Henri, le front haut, regardait les gens.
Oui, mais à présent, c'est bien différent :
Il regarde toujours s'il ne voit pas d'agents.

Quand il était petit, il n'était pas grand,
Henri témoignait de beaux sentiments.
Oui, mais à présent, c'est bien différent :
Il navre les familles et puis fiche son camp.

Quand il était petit, il n'était pas grand,
Henri n'agissait que légalement.
Oui, mais à présent, c'est bien différent :
Il détourne les mineures impunément.

Quand il était petit, il n'était pas grand,
Henri semblait vivre assez honnêtement.
Oui, mais à présent, c'est bien différent :
Il ferait de sal' coups pour un peu d'argent.

Quand il était petit, il n'était pas grand,
Henri parlait comme à la Cour du Régent.
Oui, mais à présent, c'est bien différent :
Il ne parle plus que d' bordels et d'emmerdements.

Quand il était petit, il n'était pas grand,
Henri s'amusait hebdomadairement.
Oui, mais à présent, c'est bien différent :
Il ne tire son coup qu'une fois par an.

Quand il était petit, il n'était pas grand,
Henri le faisait à l'œil le plus souvent.

Oui, mais à présent, c'est bien différent :
Par mois, ça lui coûte plus d'cent cinquante francs.

Quand il était petit, il n'était pas grand,
En somme c'était un garçon charmant.
Oui, mais à présent, c'est bien différent :
Il faut prendre des poucettes en lui parlant.

MORALITÉ :

Quand on est petit, on n'est jamais grand !
Qui transform' Henri tant avantageusement ?
Car cert' à présent, il est différent :
C'est moi, personn' très-bien, dont il est l'amant.

PRATICIEN MODERN-STYLE

Quand j'passe, sérieux, dans mon quartier,
Faut voir sortir les boutiquiers
Qui me regardent ébahis,
Admirant ma gueule d'Jésus-Christ.

Car j'peux pas foute les pieds dehors,
Sans qu'les marlous et les bourgeois,
Sur tout l'parcours d'la rue d'la Joie,
S'extasient devant ma gueule d'or.

Et on n'entend pus qu'des : — " C'est lui,
Notre bon docteur, notre ami ! "
— " Vous savez, c'est un grand méd'cin. "
— " Y fait la pige à M'sieu Doyen ! "

— " Y m'a sauvée, ma bonne ma chère ! "
— " Ça a rien dû vous coûter cher ! "
— " Moi, j'vais l'consulter, rien qu'pour voir
Sa barbe rouge et ses ch'veux noirs !

" C'est un vrai miroir à putains.
Les femmes honnêtes et les grues,
Toutes se r'tournent sur lui dans la rue !
'L'a tout c' qui faut pour être massepin !

" T'nez admirez-moi ses oreilles,
Ses p'tits harpions et ses fines mains :
Y a pas d'erreur, c'est une merveille ;
Il est ben mieux qu'tous ses copains ! "

Que'q' fois aussi je m' fais charrier ;
Y en a qui s' plaisent à m'engueuler
Et qui m' crient, en zieutant ma fiole :
— " Tiens un croque-mort d' chez de Borniol ! "

Mais toujours je reste impassible,
Car, d'puis l' temps où qu' j'étais enfant,
J' suis habitué aux compliments,
Et maintenant y m' laissent insensible.

. . . .

Le soir, je suis un autre zèbre :
Sous la protection des ténèbres,
L' chapeau d' côté, l'air " pas baisant "
J' fais les boul'vards ou les beuglants ;

Puis, excité par les chairs nues,
Je cours les gueuses attardées,
Les vendeuses d'amour pour " Fauchés "
Qui m'entraînent dans les petites rues ;

Dans un coin noir, sous une porte,
Pour économiser la thune,
J'arrose de mon sperme le bitume
A moins que le vent ne l'emporte !

Il en est chaque soir de même,
Et quand je suis flapi, claqué,
Mais que j'ai les couillons vidés,
Je vais m'offrir un café-crème.

JEANMAIRE DE L'ECU. (Octobre 1904)

L'ÉTRON

Je tiens à vous chanter, cabinets de délices,
Sanctuaires de joie où l'on chie, où l'on pisse,
Où l'odeur variée de frais et beaux étrons
Fait penser au printemps à toutes les saisons.

Ici, quand vous venez, le ventre vous tiraille
Et, méthodiquement, votre cul s'entre-bâille.
Vous sentez qu'il vous sort de la merde en bâton
Qui s'enroule en tombant et devient un étron.

Puis, l'acte terminé, vous vous torchez le cul
Et contemplez alors votre étron étendu.
Il vaut bien un regard, avant que l'on s'en aille,
Celui qu'on a porté huit jours dans ses entrailles.

Et l'on dit cependant d'un étron rondelet :
— " C'est un objet puant, sale, hideux et laid ! "
Ceux qui parlent ainsi font une erreur profonde :
Ils n'ont jamais chié une merde bien ronde !

DÉCORÉ

Quand Poirier vient au pavillon,
Pour voir comment nous travaillons,
Il fume un excellent cigare.
Au milieu des étudiants
Surpris, criant et rigolant,
Il arrive, sans crier : — " Gare ! "

Jeune, malgré ses cheveux blancs,
En tub' noir ou gris, suivant le temps ;
On dit qu'il teint sa barbe noire ;
On l'accuse aussi de poser ;
Mais on peut, quand on est Poirier,
De temps en temps faire sa poire.

Dans les cours de la Faculté
On le voit quelquefois passer,
Dans son costume de bataille ;
Il s'affuble, pour disséquer,
D'une blouse de cuisinier
Fortement serrée à la taille.

Quand il déjeûne chez Constans,
Celui-ci, qu'est un type charmant
(Poirier dit mêm' qu'il est p'lotable),
Dans la vaissell' de Norodon
Lui sert du saucisson de Lyon
Qu'il lui garantit véritable !

Il embaume si bien, Pedro,
Que notre président Carnot
Dit : — " Sur l'heure, qu'on le décore ;
Car c'est lui qui m'embaumera
Quand je pass'rai de vie à trépas.
Pourquoi ne l'est-il pas encore ? "

Un jour qu'il dînait chez Constans,
Le repas sur sa fin tirant,
On vit apparaître Brugère
Qui lui remit, en l'embrassant,
Le brevet, la croix, le ruban,
Entre la poire et le gruyère.

Carabins du Pavillon Deux,
Travaillez donc de votre mieux ;
Faites honneur à notre Ecole,
A l'exemple du grand Poirier
Vous deviendrez tous chevaliers,
Au moins du Mérite agricole.

Car, à force de disséquer
Et de hacher du macchabée
Avec le scalpel et la gouge,
Enfin il a réalisé
Le rêve longtemps caressé :
Il porte enfin le ruban rouge :

ENVOI :

C'est à vous, Madame M....
Que ces couplets sont destinés,
Acceptez-en la dédicace ;
Car je songeais, en les faisant,
A votre visage élégant
Qu'ombrage une blonde tignasse.

(6 Janvier 1892.)

LE PLAISIR DES DAMES

Toute femme, ici-bas, demande
Ou la richesse ou la grandeur :
Moi, je dis que l'homme qui bande
A seul quelque droit sur mon cœur.

Au foutre, les grands de la terre !
Tout homme est égal à mes yeux,
Et le héros que je préfère
Est celui qui me fout le mieux !

Le foutre est mon bonheur suprême ;
Jouir est ma première loi,
Et le vit de l'homme que j'aime
Fut toujours un sceptre pour moi.

Du Ciel, avec grand étalage,
On vante le bonheur constant ;
Ce bonheur ne vaut pas, je gage,
Celui que je goûte en foutant.

Du Dieu qui gouverne la terre
Si j'avais un instant les droits,
Je m'en servirais pour me faire
Un vit de chacun de mes doigts.

Et, pour contenter mon envie,
Je voudrais, avant de mourir,
Foutre mon sang, foutre ma vie
Et foutre mon dernier soupir.

———— ✳ ————

SONNET SAIGNANT

Ainsi qu'un cœur brisé, ton cul saigne, mignonne.
Les règles, à grands flots, coulent, et, affamé
D'amour et de mucus, faune enthousiasmé,
Je bois ton vin sanglant et je me badigeonne

Les lèvres d'un carmin vaseux qui me goudronne
Et moustache et langue. Ah ! dans ton poil, gommé
Par les caillots fondus, j'ai maintes fois humé
Une odeur de marine, et, pourtant, ça t'étonne,

Que je puisse avaler ton gluten sans dégoût.
Mais c'est le vrai moment, pour un homme de goût,
De barbouiller sa bouche au suc rouge des règles,

Alors que les Anglais ont débarqué, joyeux !
Pour activer ce flux, vite l'ergot de seigle ;
Car si baiser est bien, gabahoter est mieux.

J. K. HUYSMANS.

FABLE

Il était un jour un notaire
Qui pétait sec, dur et souvent,
Il fut, dit-on, guéri par un clystère.

MORALITÉ :

Petite pluie abat grand vent.

CHANSON DE LA SALPÊTRIÈRE

Air : *Le Bal de l'Hôtel de Ville*, de MAC-NAB.

Mesdames et messieurs, bonsoir,
    C'est la Salpêtrière
Qui vient ici vous dir' : — " Au r'voir. "
    Avant d'quitter la terre.
    Nous sommes nerveux,
    Idiots et gâteux.
    L'Académie entière
    N'a pas plus d' déments,
    Plus d'incohérents
    Que la Salpêtrière. (*bis*)

C'est l' grand service au pèr' Charcot
    Qui marche à notre tête.
Il ne s'y prononc' pas un mot
    Qu' l'univers ne répète.
    Des tas d'hystériques,
    Des amyotrophiques,
    Des vertiges de Ménière,
    Des scléros' en plaques
    Rempliss' les baraques
    De la Salpêtrière. (*bis*)

Au p'tit service, Monsieur Joffroy
    Cherche à copier son père.
Cet homme, à l'aspect un peu froid,
    Sait très bien son affaire.
    Des comparaisons,
    Des observations,

On n'en saurait trop faire.
Broncho-pneumonie,
Syringomyélie,
A la Salpêtrière. (*bis*)

A l'infirmerie, Terrillon
Traite les salpingites,
On y percute des bedons
Pleins de péritonites :
Ovariotomies,
Laparatomies,
Des kystes de l'ovaire,
Hystéropexie,
Pas une autopsie,
A la Salpêtrière. (*bis*)

August' connu sous l' nom d' Voisin
Tient l' sérail des gâteuses.
— " Viens nous piquer ! — Passe nous l' bassin ! "
Chantent les voix pâteuses
D'un chœur d' vésaniques
Et d'épileptiques,
De folies circulaires
Qu'accompagnent des tics
D'un sale pronostic,
A la Salpêtrière. (*bis*)

Qui fait, sitôt qu'il apparaît,
Jubiler les idiotes ?
C'est l' sympathique Monsieur Falret,
Le plus charmant des hôtes.
Son parc est fort beau,
On y va sur l'eau ;
Ses soirées princières
Sont goûtées de tous,

Internes et fous,
A la Salpêtrière. (*bis*)

Au milieu de ses chaises percées,
Jules Voisin se ballade.
Ah ! Messieurs, bouchez-vous le nez,
Ce n'est pas la moutarde.
Mademoiselle Nicolle,
A la jeune école
Qui la regarde faire,
Apprend b, a, ba,
C, a, ca, caca,
A la Salpêtrière. (*bis*)

Les vieilles vont en tremblottant
Dans les cours de l'Hospice,
D'un temps heureux s'entre-parlant,
Aux amours plus propices.
Telle marche en fauchant,
L'autre en talonnant.
De la moëlle épinière,
Comme l'axe gris,
Les cordons sont pris,
A la Salpêtrière. (*bis*)

N'oublions pas not' Directeur
En cette sérénade ;
Car c'est un père, un protecteur,
Pour le pauvre malade.
Messieurs, chapeaux bas,
Devant Monsieur L' Bas.
L'Hospice tout entière
Reconnaît en lui

Le plus ferme appui
De la Salpêtrière. (*bis*)

(1) La Salle de garde des Internes en Médecine, 1891, se rendant, costumée en malades, au Bal des Incohérents.

ANA-PATHO

Jeunes gens neurasthénisés,
Vous qu'ont, depuis longtemps, blasés
Les secrets d' Sylvestre et d' Catulle,
Je vous invite, un de ces jours,
A venir assister au cours
De l'excellent Monsieur Letulle.

Trois fois la semain' il nous fait
Contempler des organes frais
Puis, pour mieux montrer la cellule,
Il met des coup's au bleu d' dahlia
Sous un microscop' d'Iéna,
Cet excellent Monsieur Letulle.

Il nous montr' aussi des poumons
Très caverneux, où nous voyons
L'évolution du tubercule,
Ainsi que des foies cirroshés,
Plutôt jaunâtres que rosés,
Cet excellent Monsieur Letulle.

Il fait passer sur des plateaux
Des reins kystiques anormaux
A bout de bras, comme un Hercule.
Quand ils ont cessé d' nous servir,
Bien vite, il les fait revenir,
Cet excellent Monsieur Letulle.

Avec art il nous sonde un cœur
Et sait nous montrer, sans erreur,
Les lésions du ventricule ;
Et c'est un spectacle charmant
Qu'un endocardo végétant
Présenté par Monsieur Letulle.

Pour l'agrément des petit's russ'
Il fait des coup' de l'utérus
Des victimes de la canule ;
Ce sont des cas très malheureux,
Mais, quand l' vin est tiré..... Boisleux :
Il a d' l'esprit, Monsieur Letulle.

Que de fois ça n' sent pas la fleur ;
Mais, quelle que soit la puanteur,
Jamais ce savant ne recule.
L' processus dégénératif
A touché l'organe olfactif
De l'excellent Monsieur Letulle.

Quand vient le cinquième examen,
Un accident qu'est très commun
C'est de piquer sa p'tite merdule ;
Dans ce cas-là, pour se r'pêcher,
On est bien heureux de r'trouver
Les topos de Monsieur Letulle.

COUPLET PATRIOTIQUE :

Si quelque jour l'envahisseur
Venait, dans nos vallons en fleurs,
Renouv'ler son stock de pendules,
J'espère qu'il saurait nous trouver
Un sérum pour l'exterminer,
Cet excellent Monsieur Letulle.

LE LÉTHÉ

Viens sur mon cœur, âme cruelle et sourde,
Tigre adoré, monstre aux airs indolents.
Je veux longtemps plonger mes doigts tremblants
Dans l'épaisseur de ta crinière lourde ;

Dans tes jupons, remplis de ton parfum,
Ensevelir ma tête endolorie,
Et respirer, comme une fleur flétrie,
Le doux relent de mon amour défunt.

Je veux dormir ! Dormir plutôt que vivre !
Dans un sommeil aussi doux que la mort,
J'étalerai mes baisers, sans remords,
Sur ton beau corps poli comme le cuivre.

Pour engloutir mes sanglots apaisés,
Rien ne me vaut l'abîme de ta couche ;
L'oubli puissant habite sur ta bouche,
Et le Léthé coule dans tes baisers.

A mon destin, désormais mon délice,
J'obéirai, comme un prédestiné ;
Martyr docile, innocent condamné,
Dont sa ferveur attise le supplice.

Je sucerai, pour noyer ma rancœur,
Le népenthès et la bonne ciguë
Aux bouts charmants de cette gorge aigüe
Qui n'a jamais emprisonné de cœur.

BAUDELAIRE.

CONTE BADIN SUR
BAINS CHAUDS OU FROIDS

Muse, chantons comment un jouvenceau,
Impatient de calmer ses orgasmes,
Vint demander conseil, craignant les spasmes,
Au docteur spécial. Naïf puceau,
Ignores-tu l'œuvre de la nature ?
T'es-tu garé du péché de luxure,
De ta naissance jusqu'à tes vingt ans ?
Quoique très rare, admirons ta prudence,
Complimentons ta parfaite innocence
Ne succombant que dans un guet-apens.

Voyant grossir, sans en savoir la cause,
Telle une voile enfle au gré du zéphir,
Ce qu'il nommait publiquement sa *chose*,
Puceau va consulter, grand déplaisir !
Un médecin renommé qui lui dit :
— " Jeune ami, l'origine première
" De toute turgescence diffère
" Beaucoup du froid, Aristote l'écrit.
" Vous pressentez ce qu'il vous faudra faire.
" Rentrez chez vous, puis baignez cette *affaire*
" En eau glacée... et déposez un louis. "
On demandait à la belle Emilienne
L'*excitant* préféré. Réponse : l'or !
Reçu s'entend, car *donné*, le décor
Change, et si différente est l'antienne
Que payer sert de bon réfrigérant.
Ce fut l'effet produit sur ce malade
Dont la *chose* cessa d'être à parade.

Mais tôt, hélas ! le diable s'ingérant
Dans le cas du trop crédule jeune homme,
Ainsi qu'il fit d'Eve croquant la pomme,
D'un trait regonfla les corps caverneux.
Le mal reprend ! Puceau, chez Esculape,
D'une main nerveuse à la porte refrappe,
Infortuné tristement vertueux !
Mais, du logis, à la place du maître,
C'est une femme qu'il voit apparaître.
O fortune bizarre ! O changement !
— " Le docteur est sorti ; je le remplace,
" Dit-elle, et quel danger vous menace
" Pour offrir un pareil affolement ? "
Il répondit en se couvrant la face,
Le cœur meurtri. Or, son mal fort tenace,
Augmenta plutôt sous l'examen du doigt
De l'experte à deviner un novice.
Inouï !! La mâtine, avec vice,
L'entraîna sur son lit : — " Un cas qui croît
" Veut, voyez-vous, qu'avant tout on l'engage
" En une vapeur chaude où je gage
" Que vite y mollira. " — Dire, lecteur,
Où le casa la belle, est inutile.
David hantait le trou de la Sibyle !
Sache seulement que Puceau, bonheur
Incomparable, fut guéri de suite
Et qu'au matin mit le docteur en fuite,
En lui disant très haut : — " Vilain farceur ;
" Le bain chaud de la bonne agit bien mieux
" Que vos bains froids, pour... dessiller les yeux ! "

Dr Henry LABONNE.

CHANSON DE LARIBO [1]

Air : *A Ménilmontant.*

Malad's qui n' faites que gémir,
Si vous voulez crever d' suite,
A notr' hôpital faut v'nir
    Rend' visite.
Si vous en avez l' moyen,
Au lieu de prendr' un' civière,
Fait's vous conduir' en sapin
    A Lariboisière. (*bis*)

Faudra pas vous plaindr' trop fort,
Si le méd'cin vous engueule,
Si l'interne tout d'abord
    S' fout d' votr' gueule.
Après avoir au bureau
Posé plus d'une heure entière,
Vous aurez vot' numéro
    A Lariboisière. (*bis*)

Vous verrez que tous les maux
Sont soignés dans cet hospice :
Les maladies d' foie et d' peau,
    La chaud'pisse.
Si vous n'êtes pas convaincus,
D'mandez à un' infirmière
Combien elle voit p'loter d' culs
    A Lariboisière. (*bis*)

En attendant votr' cordial,
Faudra pas trop fair' de rousse (2) :
Les potards de l'hôpital
    S' la coulent douce.

Si vous y v'nez pour souffrir,
C'est pas du tout leur affaire,
Car ils viennent se divertir
    A Lariboisière. (*bis*)

Quand, pour nettoyer son con,
Un' putain veut qu'on l'endorme,
On lui fait r'nifler l' flacon
    D' chloroforme.
Ell' tourn' de l'œil en gueulant,
On lui fait dire une prière
Et ça fait un lit d' vacant
    A Lariboisière. (*bis*)

Qu'on soit phtisique, estropié,
C'est toujours devant qu'on rentre
En s'plaignant bien fort d'un pied
    Ou du ventre.
Quand on déviss' son billard,
On fout l' camp par le derrière,
Toujours sur un corbillard
    A Lariboisière. (*bis*)

(1) Chanson des Internes en pharmacie de l'hôpital Lariboisière.
(2) Rouspétance.

             —— ✼ ——

BOUQUET DE FLEURS (1)

Isis, l'on aime vos appas ;
Vos grâces sont vives et franches
Et les fleurs naissent sous vos pas.
Mais, hélas ! ce sont des fleurs blanches !

(1) Variante du quatrain du *comte de Maurepas* sur *La Pompadour*.

DIALOGUE

— " Je croyais qu'à votre âge on était vigoureux,
" Et que, sans déconner, on allait jusqu'à deux.
" Mais, puisqu'au premier coup votre pine mollasse,
" Malgré mes coups de cul, abandonne la place,
" C'en est fait : vous ne me fouterez plus. "
— " De ce propos, Madame, mon âme est offensée :
" Et si, par hasard, vous me vîtes rater,
" Prenez-vous en aux Dieux, qui vous firent un con
" Deux fois trop large et trois fois trop profond.
" Le vent qui s'engouffrait dans ce vaste édifice
" Me faisait débander au bord de la matrice.
" Je me crus englouti : ma raison s'égara,
" La peur saisit mes sens et mon vit débanda. "

LE SATYRE

Air : *Le Petit Chaperon Rouge.*

Un satyr' presque ivre-mort,
En rentrant à son logis,
Aperçut, dormant encor,
Sa vieille mère en son lit.
Il bondit sur la pauv' femme sans défense,
D'un coup de boutoir lui perça la panse,
Puis, les reins vidés, sans plus de remords,
S'en alla cuver son vin au-dehors.
Et la vieille mère,
Croyant qu' c'était l' père,
Continua d' dormir sans trop de colère.

Mais neuf mois après c't' histoire,
Le bedon qu' avait enflé
S' dégonfla d' façon bizarre
Et mit au jour un bébé.
Le satyr', saisi d'un désir sadique,
Empoigna le goss' d'un geste lubrique
Et, sans s'occuper d' ses cris effrayants,
Se mit en postur' d' lui faire un enfant.
Il s' vida les tripes,
R'boutonna ses nippes
Et sortit prendr' l'air en fumant sa pipe.

Trois agents, s' prêtant main-forte,
L'arrêtèr'nt l' lend'main matin
Et l'emm'nèr'nt sous bonne escorte
Chez un jug' qu'était malin.
Il dit au satyr' : — " Vous êtes un inceste ;
" Vous pouvez, je crois, jouir de votre reste,
" Car Monsieur Fallièr', ou je m' tromp' beaucoup,
" N' s'opposera pas à c' qu'on vous coup' le cou. "
Ils le condamnèrent
Et Monsieur Fallières
Refusa sa grâce à maîtr' Henri Robert.

Le matin d' l'exécution,
Un prêtr' qu' était pinc'-sans-rire
Offrit sa bénédiction
A l'homme qu'on allait occire.
Mais le condamné, du fond d' sa cellule,
Lui dit, plein de rage : — " Toi, mon vieux, j' t'encule ! "
Joignit le geste à la parole, et v'lan !
Viola le pauvre homme en un rien de temps.
On fut obligé
De tout r'commencer
Et de r'conduir' l'homme' devant les jurés.

Trois mois après c't' histoir'-là
Il revint en Cour d'assises.
Le jury le r'condamna,
Mais un grand méd'cin-légis(t)e,
En le regardant, lui dit : — " Mon garçon,
" Vous êt' vérolé, je l' dis sans façon ;
" Ce n'est pas d' vot' faut', c'est cell' du curé ;
" Il faut vous donner une indemnité. "
Et depuis ce temps,
Il vit gentiment,
Avec un' pension du Gouvernement.

(*1911*).

———————o———————

PATHOLOGIE INTERNE

Air : *Les Petits Pavés.*

Mercredi de la s'maine dernière,
J' passais mon troisième examen
Avec le bon papa Potain,
Monsieur Gaucher, Monsieur Netter.
Ah ! le bon petit jury :
C'est du moins c' que Pupin m'a dit.

Vêtus de longues robes noires
Avec des revers cramoisis,
Devant les candidats transis,
Les trois juges faisaient leur poire.
Je fus saisi d'un tremblement
Qui me rendit tout hésitant.

Prenant le premier la parole,
Monsieur Netter me demanda :
— " Que savez-vous, m'sieur l' candidat,
D' la scarlatine et d' la rougeole ?

Parlez, parlez sans vous troubler :
Je ne veux pas vous boulotter. "

Monsieur Potain, sur tous les souffles
Dont notre cœur peut s'affliger,
Prit grand soin de m'interroger.
Je répondis comme un maroufle ;
Son nez s'allongea de dépit
Pour rejoindre ses favoris.

Monsieur Gaucher, l'air sardonique,
Me fit parler d'l'impétigo,
De l'echtyma, du vitiligo
Et de la stomatite mercurique.
Puis, prenant un ton magistral :
— " Parlez-moi du canal rectal. "

Comprimant dans sa redingote
Son bel abdomen adipeux,
Monsieur Bouchu, majestueux, (1)
Vint proclamer, avec la note,
Les noms de tous les candidats.
Le neuvième, hélas ! y resta.

De cette épreuve redoutable
Je sortis avec " satisfait ".
Vous pensez si je jubilais,
Moi qui n'espérais que " passable ".
Ce soir, la bière coulera ;
Demain, j'achèterai " Manquat ".

(1) Bouchu... appariteur venant lire les résultats.

LES ROTS [1]

En souvenir de Vincent Hyspa
" l'Inimitable ", au Dr M..., qui
l'imite si bien.

Air : *Silhouette présidentielle*, de V. HYSPA, musique de HEINTZ.

Refrain :

C'est l'expression gazeuse
De notr' satisfaction,
La forme vaporeuse
Des bonnes digestions,
La brise appétissante
De nos éructations ; aussi je chante
Les p'tits, les grands Rots
    Et les gros.

Dussiez-vous vous offusquer,
Aujourd'hui je veux vous chanter,
En des vers très gracieux,
Un sujet des plus délicieux...
(Pourquoi souriez-vous finement ?
J'en suis flatté, certainement !)
A d'autr's je laiss'rai l'amour,
    Les mauvais calembours,
Le Barg, Clémenceau l'héro-
Ique et je chanterai les Rots.

Les rots sont de bons garçons ;
Les uns même un peu sans façon,
N'attendant pas qu'on les prie
Souvent pour faire leur sortie.
La plupart sont rigolos
Et prennent la vie comme il faut,

Ils ont des parfums distincts,
  Comme des muscadins :
La ros', la violette, l'anis,
Le romarin et... l'ail aussi.

Il y a des rots spirituels,
Elégants comme Deschanell's ;
Il y en a qui sont dégoûtants :
Ils vous rappellent Monsieur Coutant.
Comm' les rim's, les uns sont riches,
Leur or remplit mes hémistiches :
C'est Rot...s'child, c'est Ro...coco
  Ou bien Rot..o..mago.
Tantôt par trois, tantôt par deux,
Ils s'en vont à la queue-leu-leu.

Il y a des rots distingués ;
On dit qu' ce sont les rots anglais.
Or, moi, je n' peux pas croire ça :
Un rot distingué n' se bat pas.
C'est bien les Anglais, j' suppose,
Qui virent la guerr' des deux Ro...ses.
Enfin, si, sur l' pont d'Iéna,
Une odeur n' vous r'vient pas,
Ne vous en étonnez pas trop
Et dites-vous : — " C'est l' Tro..ca..dé..ro... "

(1) Petit poème à servir de rince-bouche à la fin des bons gueuletons.

————————→×◄————————

ÉPITAPHE D'UN APOTHICAIRE

Ci-gît qui, pour un seul écu,
S'agenouillait devant un cul.

————————►◄—◄————————

LE PATRE ET LE CURÉ

Un berger limousin, à la veille de Pâques,
Se confessait, pieux. Craignant certains oublis,
Le bon curé, prudent, faisait détailler Jacques :
— " Sous la coudrette, ami, vous soulevez les plis
" De la jupe à Lucie et lui touchez la jambe,
" D'abord sous les genoux. " — "Parfaitement." — " Pardon;
" Puis, la main, caressante, ainsi que feu qui flambe,
" Monte plus haut encore, en un chaud abandon ;
" Vous chatouillez toujours ; comme ceci, je pense.
" Perdant toute pudeur, dans son désir intense,
" Lucie est affolée et va dire : Oui da. "
— " Mais, Moussu le Curé, vous me faites *banda* ! "

Dr Henry LABONNE.

CHANSON DE ZOUAVES

Refrain :

Vertu de mon vit de la sacré' garce !
Pète, bourrique ! Et décharge, garce !
Chi' dans l' rata ! *(bis)*
Tiens donc bon, perruque, perruque,
Tiens donc bon, perruque à morpions !

La premièr' gard' que j'ai montée, *(bis)*
C'est à la porte du quartier.

C'est à la porte du quartier. *(bis)*
Un' vieill' putain vint à passer.

Un' vieill' putain vint à passer. *(bis)*
Dans ma guérit' j' l'ai enfilée.

Dans ma guérit' j' l'ai enfilée. *(bis)*
Chancr's et poulains j'ai attrapés.

Chancr's et poulains j'ai attrapés. *(bis)*
A l'hôpital on m'a porté.

A l'hôpital on m'a porté. *(bis)*
La queue en quatre on m'a coupée.

La queue en quatre on m'a coupée. *(bis)*
Maint'nant, je ne pourrai plus baiser !

◆

LE TRAVAILLEUR

Variante sur le *Cygne* d'ALFRED DE VIGNY.

Combien j'en ai surpris, sur cette pauvre Terre,
D'étudiant lassé par un labeur austère
S'étant sur son travail lentement endormi.
Le bras droit replié sous son front à-demi,
La tête du dormeur, par l'étude ennuyée,
Se cache dans sa main sur la table appuyée ;
Il soupire, et son sein, doucement s'élevant,
S'abaisse comme un flot que soulève le vent ;
Sur le papier noirci se repose la plume,
Tandis qu'entre ses doigts la cigarette fume,
Brûlant à petit feu, comme un pain du sérail
Qu'active à chaque instant le jeu d'un éventail.
Il dort, et son haleine, en s'échappant, repousse
La spirale enfumée à l'odeur fine et douce,
Entourant le dormeur d'un voile transparent
Qui forme à ses côtés un nuage odorant.

Dr G. D. *(10 Septembre 1889)*.

LA FLUTE

Quand les vers m'auront désossé,
Tout nu, tout sec, dans mes six planches ;
Fait de trous comme un bas percé,
Quand les vers m'auront désossé ;
Quand le temps grave aura lissé
Mon vieux squelette aux maigreurs blanches ;
Quand les vers m'auront désossé
Tout nu, tout sec, dans mes six planches.

Alors, gaiement, venez me voir,
Chœur lascif des vierges à naître
Qui vivrez trop tard pour m'avoir...
Alors, gaiement, venez me voir.
Vous lèverez le marbre noir,
Et, me creusant une fenêtre,
Alors, gaiement, venez me voir,
Chœur lascif des vierges à naître.

Vous chercherez, parmi mes os,
Cet os viril qui fut mon membre ;
Près des fémurs, au bas du dos,
Vous chercherez parmi mes os.
Raide encore dans son repos,
Comme un athlète qui se cambre,
Vous chercherez, parmi mes os,
Cet os viril qui fut mom membre.

Vous le verrez, très long, très fort,
Dur aux contours, et creux au centre ;
Veuf de son double contre-fort,
Vous le verrez, très long, très fort,

L'os vaillant qui, sous son effort,
Fora tant d'isthmes au bas-ventre ;
Vous le verrez, très long, très fort,
Dur aux contours et creux au centre.

Hélas ! j'en aurai fait mon deuil,
Emportez-le, je vous le donne.
Il fut ma force et mon orgueil.
Hélas ! j'en aurai fait mon deuil !
Dans le célibat du cercueil
On dort seul, et la mort chaponne.....
Hélas ! j'en aurai fait mon deuil,
Emportez-le, je vous le donne.

Vous percerez sept trous, sept trous,
Et le canal deviendra flûte ;
Dans l'os sonore, aux reflets roux,
Vous percerez sept trous, sept trous,
Pour accompagner les frous-frous
Des jupons que froisse la lutte,
Vous percerez sept trous, sept trous,
Et le canal deviendra flûte.

Sur la gamme des baisers nus,
L'amour va chanter sa romance ;
Souffle dans ma flûte, ô Vénus !
Sur la gamme des baisers nus,
Souffle tes airs les plus connus,
Voici le bal qui commence ;
Sur la gamme des baisers nus,
L'amour va chanter sa romance.

Do, ré, mi, fa, sol, la, si, do,
La valse horizontale danse,
Tourne, ondule sous le rideau,
Do, ré, mi, fa, sol, la, si, do,

La flûte suit les crescendo
Et rhythme l'amour en cadence,
Do, ré, mi, fa, sol, la, si, do,
La valse horizontale danse.

Et l'os vibre sous le baiser,
Au souffle de ta lèvre rose ;
L'air chaud le gonfle à le briser !
Et l'os vibre sous le baiser
Du doigt blanc qui court se poser,
Va, revient, remonte et se pose ;
Et l'os vibre sous le baiser,
Au souffle de ta lèvre rose.

Ainsi j'attendais doucement,
Sur la bouche des belles filles,
L'heure auguste du jugement ;
Ainsi j'attendais doucement,
Joyeux de pouvoir, en dormant,
Conduire encore les chauds quadrilles :
Ainsi j'attendais doucement,
Sur la bouche des belles filles.

FABLE

Le lendemain de son mariage,
Un mari, prudent et sage,
Tua sa femme à son réveil.

MORALITÉ :

La nuit souvent porte conseil.

MADAME ARMANDINE

Quelquefois, le soir, l'on dîne
Chez madame Jeanne, chez madame Armandine.
Ce sont des gens très comme il faut ;
On y joue souvent au loto.
Y en a qui gagnent, y en a qui perdent ;
Les unes disent : —"Quine."Les autres disent : —"merde."
Pour consoler celles qu'ont perdu,
Moi j' leur'z y fourre ma langue dans l' cul. (*bis*)

Les curés, faut pas qu'ils m' le mettent.
Y vous racontent des histoires trop bêtes
Sur le péché originel ;
Moi, j' trouve pas ça très naturel.
Y disent qu'Eve a croqué la pomme ;
Qu'elle l'a fait bouffer par son homme.
C'est pas ça qu'était défendu :
C'était d'y foutre sa langue dans l' cul. (*bis*)

Y paraît que j' me sers trop d' ma verge ;
Que ça fait pleurer la Sainte-Vierge,
— C'est les curés qui me l'ont dit —
Que j'irai pas au Paradis.
Afin que notre sainte Mère
Intercède auprès de Dieu l' Père,
Pour que j' sois au nombre des élus,
Moi, j'y foutrai ma langue dans l' cul. (*bis*)

L'autre jour, la femme d'Alphonse
Me dit : — " C'mec là, y m' défonce :
" Il a un vit comme un mulet.
" Quand y va dans la Rue aux Pets

" On dirait qu'il pousse une enclume ;
" J' vais finir par perdre mes légumes.
" Donne-moi un remède ou j' suis foutue. "
Moi, j' y ai foutu ma langue dans l' cul. (*bis*)

———•O•———

A QUOI RÊVENT LES JEUNES FILLES
OU LE PULSOCONN

Un célèbre docteur (?) de la jeune Amérique,
Qui dans l'art de guérir n'avait pas son apareil,
Nous apportait naguère un sublime appareil,
Grâce auquel la douleur n'est qu'un mot chimérique.

Pulsoconn ! ô doux nom fait pour la poésie !
D'un seul effleurement tu guéris tout de go
Torticolis, cancer, cors au pieds, lumbago,
Et ce terrible mal qu'on appelle hérésie (1).

Détrônant le cautère et les vésicatoires,
Pour les fades onguents, les sérums, les vaccins,
Le Pulsoconn sonne le glas, — ou le tocsin...
Et récolte la foule innombrable des poires.

Un vieillard — à cet âge, on peut être gaga —
Pour se révigorer en avait fait l'emplette,
Ayant en vain usé l'officine complète
Depuis Vittel Alpha jusqu'au Baume Oméga (2).

A son maître, Manette applique l'instrument,
Le fait vibrer le long des lombes, de la nuque ;
Mais le vieillard reste muet comme un eunuque,
N'éprouvant dans son mal aucun soulagement.

La soubrette vingt fois de suite recommence,
Nuançant les détails avec un tel doigté
Qu'on ne peut qu'admirer sa virtuosité...
Hélas ! le vieux ne chantera plus sa romance.

Il prend le Pulsoconn, le rejette avec rage
Et si violement qu'il pense le briser.
Manette le ramasse et voulant l'apaiser :
— " Oh ! monsieur, doucement, dit-elle, c'est dommage...

Songez que vous l'avez acquis au poids de l'or. "...
La timide enfant, dont la vertu s'ankylose,
Emporte l'appareil, et — la blâme qui l'ose —
Veut essayer de réveiller le chat qui dort.

Elle le fait vibrer d'abord très doucement,
Puis à ce petit jeu bientôt s'enthousiasme.
C'est de la joie et du délire et c'est le spasme ;
Et c'est enfin un doux anéantissement.

Dans son cher Pulsoconn elle a si confiance,
Qu'elle éconduit son pauvre amoureux tout marri.
Manette maintenant ne veut plus de mari...

. . . .

Et vous saurez pourquoi se dépeuple la France.

(1) Licence poétique, sans doute pour hérésie pelle.

(2) Notre publicité n'étant pas gratuite, nous prions les propriétaires de ces produits de passer à la caisse. (N. de l'A.).

(Revue des Nouveautés Médicales,
Avril 1912).

LA COMTESSE

Air : *T'en souviens-tus ?*

— " Te souviens-tu ? " disait une comtesse
Au calotin qui la foutait jadis,
" Te souviens-tu de ces beaux jours d'ivresse
Où, sans broncher, nous comptions jusqu'à dix ?
Tous deux alors, pleins d'un noble courage,
Nous échangions de vaillants coups de cul.
Dieux ! quels transports, quelle ardeur, quelle rage ! } *(bis)*
Dis-moi, l'abbé, dis-moi, t'en souviens-tu ?

" Te souviens-tu qu'au bout d'une quinzaine,
Perdant déjà du feu qui te charmait,
Ton vit mollard se dressait avec peine
Et d'un affront parfois me menaçait ?
Mais le secours d'une main potelée
Lui redonnait sa première vertu :
Je te branlais pour mieux être enfilée. } *(bis)*
Dis-moi, l'abbé, dis-mois, t'en souviens-tu ?

" Te souviens-tu quand, la simple nature
Ne t'offrant plus d'aussi brillants attraits,
Tu me priais de changer de posture ?
Naïve, hélas ! d'abord je résistais.
Puis, peu à peu, je m'incline en levrette :
Ton vit rebande à l'aspect de mon cul.
D'avoir cédé, que je fus satisfaite ! } *(bis)*
Dis-moi, l'abbé, dis-moi, t'en souviens-tu ?

" Te souviens-tu que postures et manières,
En peu de temps ayant tout épuisé,
A tes regards vainement mon derrière,
Frais et dispos, se trouvait exposé ?

Lorsque soudain, trouvant un trou moins large,
Ton vit déconne et me perce le cul.
Tu me pourfends, je pleure et tu décharges
Dis-moi, l'abbé, dis-moi, t'en souvients-tu ?   } (*bis*)

" Te souviens-tu qu'un soir, en tête-bêche,
D'abord rétive à ton brûlant désir,
Puis, peu à peu, plus tendre, moins revêche,
En te cédant je te rends le plaisir.
Ta langue errait sur ma motte embrasée
Et de ton vit branlé, sucé, mordu,
Ma bouche avide aspirait la rosée.
Dis-moi, l'abbé, dis-moi, t'en souviens-tu ?   } (*bis*)

" Te souviens-tu ?... Moi, quelle différence !
Déjà des ans l'hiver s'est fait sentir
Et des doux feux de notre adolescence
Nous n'avons plus le moindre souvenir.
Un vieux mollet est tout ce qui me reste ;
J'ai vu blanchir jusqu'à mes poils de cul.
Ta pine a l'air d'une vielle lavette :
Regarde un peu, mon vieux, tu est foutu !   } (*bis*)

— " Est-ce un défi, ma chère ? Est-ce un reproche ?
Moi, t'oublier ! Ah ! Tu ne le crois pas.
Tu rajeunis et déjà je bandoche
Au souvenir de tes anciens appas.
Respectant peu et soutane et calotte
Dans mon amour pour toi j'ai tout foutu.
Mais ce visage, ces tétons, cette motte,
Dis-moi, comtesse, que sont-ils devenus ? "   } (*bis*)

LE CHANDELIER

Un soir, n'étant pas très riche,
J'étais sur le Boul' Miche,
A parcourir une affiche,
Sur une colonne " ad hoc ".
Quand j'entendis, par derrière,
Une femme hospitalière
Me murmurer, familière :
— " Voulez-vous m'offrir un bock ? " (*bis*)

J' l'envoie à la balançoire.
Elle me dit : — " J'aime ta poire
" Et t'offre en mon oratoire
" Une place sans payer.
" Viens, suis-moi dans ma chapelle.
" Va, la messe sera belle :
" Toi tu feras le chandelle,
" Moi je serai le chandelier. " (*bis*)

L'occasion était bonne.
J' tends mon bras à la mignonne
Et bientôt v' là qu'on entonne
Sans tarder une oraison.
Pendant que la nuit s'écoule
L' sacrifice se déroule
Et chacun de nous roucoule
Sa prière à l'unisson. (*bis*)

Mais vers la sixième messe,
Mon cierge étant en détresse,
J' pris congé de mon hôtesse
Qui priait sur son sommier.

— " Mon cher ami, me dit-elle,
" Emportez votre chandelle ;
" Mais ayez un peu de zèle :
" Nettoyez mon chandelier. " (*bis*)

J'obéis à sa prière
Et ma langue, coutumière,
S'y prit de telle manière
Que je dus y revenir.
Consommant le sacrifice,
Je rebus dans le calice,
Mais voilà, pendant le service
La belle s' mit à défaillir. (*bis*)

Vers la fin de la semaine
S'est produit un phénomène
Qui fort souvent me malmène
Et parfois me fait crier :
Mon cierge, échauffé sans doute,
Coule toujours goutte à goutte
Et la cire qui dégoutte
Est chaude comme un brasier. (*bis*)

MORALE :

J'use de permanganate,
De cubèbe et d'acétate ;
Mais, hélas ! ce qui m'épate
C'est que point je ne guéris.
La nécessité m'oblige,
En ce douloureux vertige,
De montrer ce qui m'arrive

Et d' porter mon cierge { à Saint-Louis. } (*bis*)
                         { au Midi.   }

A COCHIN

Ils m' font tous suer, tous vos Bérengers,
Ceuss' de la Ligu' de la licence :
Ceux-là qu' ont plus de dents pour manger.
Au lieu d' la faire à l'innocence,
Et d' vouloir nous couper l' sifflet
Au plus bel endroit du couplet ;

C'est pas les gonzess' des rues
Qu'y d'vraient fout' aux patt' des sergots
— Faut bien des femm' tout' nues
Pour nous réchauffer les gigots —
Mais, pour sûr, c'est l'chirurgien
Qu'exerce à l'hôpital Cochin. (1)

N'en v'la z'un, alors, qu'a du vice.
Ça, j' l'ai vu, et pas rien qu'une fois,
Fair' le sal' coup dans son service,
Avec son sacré cochon d' doigt.
Faut pas croir' qu'y a qu'à Sodome
Qu'on vous tripatouille le rectum.

Paraîtrait qu' dans c't' endroit malsain
On s' paie un' petit' guérite
Pour y coller son fantassin :
Y en a qui dis' qu' ça les excite.
Eh bien ! l' chirurgien que j' vous dis,
C'est son doigt qu'il y introduit.

Y commence à s'y fout' d' la graisse,
Rapport à ce que ça glisse mieux ;
Y en a un aut' qui tient la fesse,
Et vlan ! t' v'là enfilé, mon vieux !
T'as beau gueuler qu' ça t' fout la cliche,
Pourvu qu'il jouisse, il s'en fiche.

Il est là qui r'mue son sal' doigt
D' tous les côtés dans ton derrière ;
Des fois, pour pouvoir en mettre trois,
Il vous f'rait péter la charnière.
Et encor', c' qu'y a d' plus renversant,
Un' fois qu'il l'a r'tiré, il l' sent.

Eh ben ! là ! vrai, j' vous l' demande,
C't' homm'-là n'est-il pas plus cochon
Qu' celles à qui on fout un' amende
Pour avoir montré son nichon ?
Cré nom de Dieu ! A quoi qu'elle pense,
Vot' sacrée Ligu' de la Licence ?

(1) Professeur Quénu.

RONSARDIANA

1. — STANCES A MA MIE

Quand au temple nous serons,
Agenouillez, nous ferons
Les dévôts suivant la guise
De ceux qui, pour louer Dieu,
Humbles, se courbent au lieu
Le plus secret de l'Eglise.

Mais quand au lict nous serons,
Entrelassez, nous ferons
Les lascifs selon les guises
Des amants qui, librement,
Pratiquent folastrement
Dedans les draps cent mignardises.

Pourquoi donque, lorsque je veux
Ou mordre tes blonds cheveux
Ou baiser ta bouche aimée
Ou caresser ton beau sein,
Contrefais-tu la nonnain
Dedans le cloître enfermée ?

Pour qui gardes-tu tes yeux
Et ton sein délicieux,
Tes bras, ta bouche vermeille ?...
En veux-tu baiser Pluton,
Là-bas, après que Caron
T'aura mise en sa nacelle ?

Après ton dernier trépas,
Morte, tu n'auras, là-bas,
Qu'une bouchette blémie :
Et quand, mort, je te verrai,
Aux ombres, je n'avouerai
Qu'ici-bas tu fus ma mie.

Ton teste n'aura plus de peau
Et ton visage si beau
N'aura veines ni artères ;
Tu n'aura plus que des dents,
Ainsi qu'on en voit dedans
Les têtes du cimetière

Aussi, tandis que tu vis,
Change, maîtresse, d'avis
Et ne m'épargne ta bouche.
Incontinent, tu mourras ;
Lors, tu te repentiras
De m'avoir esté farouche.

O maîtresse, approche-toi !
Vois, je meurs ! oh ! baise-moi !

Tu fuis comme faon qui tremble.
Permets au moins que ma main
S'esbaste dans ton beau sein
Ou plus bas, si bon te semble !

2. — ODE

Je te salue, ô vermeillette fente
Qui vivement entre ces flancs reluis ;
Je te salue, ô bienheureux pertuis
Qui rends ma vie heureusement contente ;
C'est toi qui fais que plus ne me tourmente
L'archer volant qui causait mes ennuis.
T'ayant tenu seulement quatre nuits,
Je sens sa force en moi déjà plus lente.
O petit trou, trou mignard, trou velu
D'un poil follet mollement crépelu
Qui, à ton gré, domptes les plus rebelles.
Tous verts-galants devraient, pour t'honorer,
A beaux genoux te venir adorer,
Tenant au poing leurs flambantes chandelles !

3. — SONNET

Lance au bout d'or, qui sais et poindre et oindre,
De qui jamais la roideur ne défaut,
Quand en champ clos, bras à bras, il me faut
Toutes les nuits au doux combat me joindre ;

Lance vraiment qui ne fus jamais moindre
A ton dernier qu'à ton premier assaut,
De qui le bout bravement dressé haut
Est toujours prêt de choquer et de poindre !

Sans toi, le Monde un Chaos se ferait ;
Nature manque inhabile serait,
Sans tes combats, d'accomplir ses offices.

Donc, si tu es l'instrument de bonheur
Par qui l'on vit, combien à ton honneur
Doit-on de vœux, combien de sacrifices ?

RONSARD.

L'AME

Ma Justine, tu me demandes
Où notre âme doit résider ?
Je l'ai dans le vit quand je bande ;
Dans le doigt, s'il faut te branler.
L'homme franc l'a dans ses promesses,
L'usurier l'a dans son calcul,
Un fouetté dans ses deux fesses,
Un bardache l'a dans son cul,
Un buveur l'a dans sa chopine,
Un poltron l'a dans son talon,
Un franc-fouteur l'a dans sa pine,
Une garce l'a dans son con.
Des transmigrations divines
Je vais dessiller les ressorts :
C'est en foutant que les Brahmines
Font changer les âmes des corps.
Et, quoique distinctes chacune,
Souvent nous les réunissons ;
Et nos deux âmes n'en font qu'une,
Au moment où nous déchargeons.

LE VOLEUR DE PUNAISES

COMPLAINTE

Air : *Le pou et l'araignée.*

> En opérant un malade d'un abcès
> de cerveau, le chirurgien trouva une
> punaise.
>
> (*Les Journaux Marseillais*).

Etudiants en médecine,
Vous P. C. N., vous pharmaciens,
Et vous qui n'étudiant rien
Avez un cœur dans la poitrine,
Ecoutez avec émotion
Le drame de la Conception.

Autrefois, vivait à Marseille
Un riche et fameux commerçant.
Ce Monsieur, soit dit en passant,
Cultivant par trop la bouteille,
Du matin au soir était saoul
Et du soir au matin... itou.

Une nuit que l'alcoolique
Gisait rêveur dans un ruisseau,
Il fut trouvé par un sergot
Qui, le croyant apoplectique,
A la Conception, très humain,
Le conduisit dans un sapin.

L'interne de garde examine
Le pochard qui se débattait,
Diagnostique un exalté
Et vous le pique de morphine ;
Puis, l'admet sans hésitation
Dans le service de M'sieur Bidon.

Le lendemain, plus à son aise,
Le type était tel vous et moi,
Sauf qu'il avait la gueul' de bois.
Ce fut sa perte !... Une punaise
Transperça ce tissu ligneux
Et parvint jusqu'au corps calleux.

Et là, comme elle était enceinte,
Le jour même au monde elle mit
Toute une nichée de petits
Qui purent circuler sans crainte
Dans le trigone cérébral
Du malheureux hurlant son mal.

En vain, pour calmer sa souffrance,
Monsieur Bidon veut l'endormir :
Son fluide n'y peut parvenir...
En vain l'on requiert l'éloquence,
Monsieur Magon lui fait un cours...
Notre homme résistait toujours !

Alors, de plus en plus perplexe,
On envoie chez Monsieur Al'zais
Le patient qui n'accusait
Rien d'anormal dans ses reflexes,
Mais qui gueulait encor plus mal
Qu'un fort ténor municipal.

Monsieur Al'zais dit : — " C'est très drôl' !
" Que diable a-t-il dans le cerveau ?
" Faudrait m'en couper un morceau
" Et le tremper dans du formol ;
" Au Pharo je l'étudierai,
" Après, je vous renseignerai. "

Monsieur Louge, averti de suite,
Accourt avec ses instruments,

Lui faire tâter du trépan ;
Et, comme la chose s'ébruite,
Curieux, un administrateur
Se mêle aux flots des spectateurs.

L'opération fut merveilleuse ;
Mais un chacun fut ahuri
D' trouver les punaises au nid.
On saisit ces audacieuses ;
Puis au massacre on s'apprêtait...
Une voix s'écrie : — " Arrêtez !

" Pourquoi nous causer préjudice ? "
Dit l'intègre Administrateur,
" Rendez-les à leur possesseur :
" Elles sont le bien des hospices !
" Votre client n'est qu'un filou
" Qui venait les voler chez nous ! "

Ainsi fut fait. Et le pauvre homme,
A peine guéri du cerveau,
Devant juges et tribunaux,
Sans pitié, se vit traîner, comme
Ayant voulu (quel crime affreux !)
Voler le bien des malheureux.

Sorti de prison, pitoyable,
Un jour, ruiné, crevant de faim,
Les internes, à midi cinq,
Le firent manger à leur table :
Empoisonné à midi dix,
Il en mourut...

                    De Profundis !

                    Dr WYSE-LAUZUN
                    (Marseille Universitaire)

A CELLE QUI EST TROP GAIE

Ta tête, ton geste, ton air
Sont beaux comme un beau paysage ;
Le rire joue en ton visage,
Comme un vent frais dans un ciel clair.

Le passant chagrin que tu frôles
Est ébloui par la santé
Qui jaillit, comme une clarté,
De tes bras et de tes épaules.

Les retentissantes couleurs
Dont tu parsèmes tes toilettes
Jettent dans l'esprit des poètes
L'image d'un ballet de fleurs.

Ces robes folles sont l'emblême
De ton esprit bariolé :
Folle dont je suis affolé,
Je te hais autant que je t'aime !

Quelquefois, dans un beau jardin
Où je traînais mon atonie,
J'ai senti, comme une ironie,
Le soleil déchirer mon sein ;

Et le printemps et la verdure
Ont tant humilié mon cœur,
Que j'ai puni sur une fleur
L'insolence de la nature.

Ainsi je voudrais, une nuit,
Quand l'heure des voluptés sonne,
Vers les trésors de ta personne,
Comme un lâche, ramper sans bruit.

Pour châtier ta chair joyeuse,
Pour meurtrir ton sein pardonné,
Et faire à ton flanc étonné
Une blessure large et creuse,

Et, vertigineuse douceur !
A-travers ces lèvres nouvelles,
Plus éclatantes et plus belles,
T'infuser mon venin, ma sœur !

BAUDELAIRE.

LES PETITES BLANCHISSEUSES

Les petites blanchisseuses,
Que l'on voit chaque lundi,
Aux pratiques paresseuses,
Porter le linge à midi,

Bien qu'elles fassent paraître
Des semblants de chasteté,
Ne me font pas l'effet d'être
Des vases de pureté.

Leurs cheveux, qui s'ébouriffent,
Sollicitent l'attentat ;
Ne craignez pas qu'elles griffent...
Une fille est un combat.

Elles ont des airs de sainte
Et des cris dans un coup d'œil,
Avec leur bonnet de linge
Et leur robe de cerfeuil.

Sur la hanche qui supporte
Un panier exagéré,
Leur jambe se fait plus forte,
Leur pied se fait moins cambré.

Jusqu'au coude, mainte essence
Rougit leur pauvre bras nu ;
Mais plus haut, le blanc commence
Et dès lors ne finit plus.

Pour un faux-col qu'on oublie,
Elles se baissent... bientôt,
Sous sa robe qui se plie
La main se glisse-très haut...

Et pour peu que, d'un air tendre,
On dirige un doigt savant,
On les voit se laisser prendre
Le derrière et le devant.

Dire que ces jolis diables
Ont — lâchons un trait hardi ! —
Quinze ou vingt courses semblables
A faire chaque lundi !

Ch. MONSELET.

PETIT JEU DE SOCIÉTÉ

(QUATRAIN)

Comme on s'ennuyait, l'autre été,
Un monsieur de fort bonne mine,
Pour distraire la société,
   Nous a fait voir sa pine.

A LA SECTION [1]

A l'ami H. G.....t, infirmier
militaire à Rouen.

Des extern' qui font leurs manières
    Y en a pas mal ;
D'vant l' malade ils prenn' des min' fières,
    A l'hôpital ;
D' temps en temps, pour que ça r'froidisse
    Leur ambition,
On les envoie fair' leur service
    A la section.

A la section on vous habille
    Elégamment ;
L' pantalon n' gên' pas l' jeu d' la cheville
    Et coll' chiqu'ment ;
Elle aurait besoin, la capote,
    D' réparation ;
C'est surtout l' képi qui vous botte,
    A la section.

A la section on y boulotte
    De bon rata,
Du pot-au-feu, d' la s' mell' de botte,
    Je n' vous dis qu' ça ;
Puis, pour compléter cett' bonn' chère,
    L' pain d' munition ;
Et, comm' champagne, on a d' l'eau claire,
    A la section.

A la section, c'est là qu'on rote
    Du fond du cœur,
Quand il faut ramasser la crotte,
    Métier d' malheur !

L' soir, on vous fait trimballer Jules
        Plein d'....émotions :
Faut un odorat sans scrupules,
        A la section.

A la section, sur la paillasse,
        Faut roupiller,
Avec un sac couvert de crasse
        Pour oreiller ;
L' naturaliste peut à son aise
        Fair' collection
D' tout' les espèc' du genre punaise,
        A la section.

A la section, c'est là qu'on r'grette
        Le P'tit Jésus,
Car faut un' abstinence complète
        De tout abus.
Y a des infirmiers militaires
        De profession,
Mais ça manqu' plutôt d'infirmières,
        A la section.

On est sauvag', raide et féroce,
        Quand on en r'vient ;
Avec les roupious on est rosse,
        Car on s' souvient.
On aim'rait mieux, quand on s' rappelle
        C'te position,
Fair' 28 jours avec sa belle
        Qu'à la section.

                              (*7 Septembre 1893*).

) A Biribi.

———————————:o:———————————

8

DISTRACTION CHIRURGICALE

ou

LE VOYAGE A LARIBOISIÈRE

Air : *Le Voyage à Robinson.*

Depuis plusieurs jours, sous une paupière,
J'avais quelque chose : un petit machin,
Qu' javais attrapé, en r'venant d'Asnières,
En r'gardant par la fenêtre du train.
Ma femme me dit : — " A Lariboisière,
" Va te fair' soigner, tu seras très bien.
" Pour enlever ça, ils ont la manière :
" Ça ne s'ra qu'un jeu pour le chirurgien. "

Je m'en vais alors à Lariboisière.
L'docteur me reçoit, aimable et parfait,
Me dit : — " Couchez-vous sur cette civière,
" J' vois c' que vous avez, ça sera vit' fait. "
Il m'enlève, avec un' douceur exquise,
Un bras qui s' trouvait à portée d' sa main,
Me renvoie chez moi où ma femm', surprise,
M' dit : — " Mais t'as encor ton petit machin. "

Je retourne alors à Lariboisière
Et j' fais remarquer : — " Docteur, c'est à l'œil. "
— " Parfait'ment, m' dit-il, ici l'on opère
" Toujours gratuit'ment, et c'est notre orgueil.
" Puisqu'il y a maldonn', ne vous fait's pas d' bile ;
" On n' vous d'mand'ra rien de plus, mon garçon.
" Nous n' lésinons pas sur l'ouate hydrophile ;
" J' vais r'commencer la p'tite opération. "

Et toujours avec le même sourire,
Sans le moindre gest' de mauvaise humeur,
Il m'coupe l'autre bras et je me retire,
En r'merciant beaucoup l'excellent docteur.
J'arrive chez moi ; ma femme, en colère,
Me r'garde et s'écrie : — " Je n'y comprends rien !
" Est-c' que tu vas là afin d' te distraire ?
" Voyons, t'as encor ton petit machin ! "

Je retourne alors à Lariboisière,
Le docteur me dit : — " Tiens, c'est encor vous.
" Quel client fidèle ! " Et, d'un' main légère,
Il m'coupe les deux jamb's au-dessus des genoux.
J'murmur' timid'ment : — " Sans trop vous déplaire,
" Je crois, cher docteur, qu' vous vous êt's trompé. "
— " Oh ! pardon ! — fait-il — j' saisis votre affaire :
" Remettez-vous là, j' vais vous l'extirper. "

Et subtilement, sans une chatouille,
Il m'enlève ça comme un pickpocket :
Tel un épicier qui vous vend des nouilles,
Il m'en fait ensuite un petit paquet.
J' le porte à ma femme qui crie comm' une folle :
— " C' n'est pas c' machin-là qu'on devait t'enlever.
" Cours vit' chez l' docteur, tâch' qu'il te l' recolle.
" Dis-lui que j'y tiens ; faut pas m'en priver. "

Je retourne alors à Lariboisière,
Et j' dis : — " Je viens pour un' réparation. "
L'docteur me répond : — " C' n'est pas mon affaire ;
" Adressez-vous à l'Administration. "
J'n'ai pas insisté : l'Assistanc' publique
Ne répar' jamais. Je perds, sans recours,
Les deux bras, les jamb's et tout' la boutique ;
Mais l' machin dans l'œil, ça, je l'ai toujours !

DESCRIPTION DU NOUVEAU COUTEAU
RÉGLEMENTAIRE DE L'ARMÉE SUISSE

L'Armée Suisse détient un couteau
Merveilleux et réglementaire :
Il se compose d'un rabot,
De trois limes, d'une tarière,
D'une varlope, d'une scie
A ruban, hélicoïdale,
D'un étau de campagne aussi,
Dont la portion terminale
Supporte une lampe électrique,
Ses deux ampoules de rechange
Et une gomme élastique,
Un crayon bleu et rouge-orange.
Il recèle un garde-manger,
Une cuiller, un cadenas,
Une fourchette, un coquetier
Placé dans la rangée du bas.
Un superbe rasoir mécanique,
Du savon liquide, un blaireau,
Une carte géographique
Sont à la gauche de l'étau.

A droite du garde-manger
Sont placés, d'une façon sage,
Un imperméable léger
Et une hache d'abordage.
Une perche gît tout au fond,
Pour les obstacles, les rivières ;
J'allais oublier les talons
Wood-Milne, placés en arrière,

Et la semelle Michelin,
Le pot de graisse consistante,
La tondeuse, le piège enfin
Pour les taupes adolescentes.
Les rouages du dit couteau,
On nous en donne l'assurance,
Lubréfiés par du suif de veau,
Soutiennent toute concurrence.
L'étui blindé qui le contient,
De baudruche galvanisée
Est tapissé, tel un écrin !
Et tout au fond est déposée
La boîte de pansements,
S'il arrivait que d'aventure,
En manœuvrant cet instrument,
On ne se fît quelque blessure.

N. B. Afin que l'on puisse aux enfants
Le confier sans imprévu,
Le vrai couteau, suisse j'entends,
De toute lame est dépourvu ;
Son piège est de toute évidence
Calibré pour taupes au surplus
Mais femelles de préférence
Et de cinq à six mois, pas plus !

M. R. G.

GAMAHUCHAGE

Pour bien gamahucher, choisissez une femme
De vingt-cinq à trente ans, légèrement putain,
N'aimant pas qu'on la baise et dont le con réclame
Le secours de la langue et l'aide de la main.

Car rien n'est ennuyeux plus qu'un tendron pudique
Auquel un méchant vit suffit pour décharger.
Prenez de préférence une femme hystérique
Qui dans des flots de foutre aspire à se plonger,
Qui se pâme à l'aspect d'un membre qui dégorge
Et qui pompe une pine avec la même ardeur
Qu'un moutard quand il suce un gluant sucre d'orge
Ou qu'un chien quand il lèche une chienne en chaleur.
Surtout ne faites pas la très grosse bévue
De parfumer le con d'essences et d'odeurs :
Un con bien faisandé, sentant fort la morue,
A toujours plus d'attraits pour les vrais connaisseurs

Quand vous aurez trouvé cette fille de joie,
Ne vous hâtez pas trop de lever ses jupons.
Procédez donc par ordre et, pour ouvrir la voie,
De vos lèvres, un peu, titillez ses tétons...
Que le bout, sous la dent, se gonfle, se durcisse,
Et communique au corps d'ardentes voluptés ;
Que des pieds et des mains chaque nerf se raidisse ;
Agacez, chatouillez, humez, tétez, mordez !
A toute femme chaude un si doux exercice
Fait l'effet de l'absinthe avant un bon dîner ;
Il ouvre le vagin, dilate la matrice
Où le sperme bientôt commence à bouillonner.
Alors, vous vous couchez sur la femme lascive,
De façon que la bouche atteigne le coccyx ;
Vous humectez l'entrée avec votre salive
Et placez votre nez auprès du clitoris.
Pendant que votre langue, enfoncée à outrance,
Pique, comme un serpent, le pénil et le con,
Le nez, pour activer encore la jouissance,
Monte, descend, va, vient, frottant sur le bouton.
Grands Dieux ! la vulve est-elle donc si profonde ?

Que la langue n'a-t-elle un mètre entier de long ?
A de pareils moments on donnerait le monde,
Pour sonder la matrice et plonger jusqu'au fond !
Enfin, quand vous sentez le canal urinaire
D'un sperme âcre et piquant brûler votre gosier,
Enfoncez dans l'anus l'index et l'annulaire,
Et de votre autre main patinez le fessier.
O Vénus ! Quels transports ! Quelle heure délirante !
Barbe, moustache et poils, tout est mêlé, collé.
Le visage est blanchi par la mousse écumante,
Tel un Silène de lie de vin barbouillé.
De votre pine, alors, comme un torrent de lave,
Tombe à grand flot le foutre inondant vos pieds nus.
La femme, sur le lit crispée, se tord et bave
Et veut recommencer... mais vous n'en pouvez plus !

Q. TÊTEBÊCHE.

LES DEUX CLINIQUES

Y avait l' professeur Tarnier,
Y avait l' professeur Pinard.
L'un qu'avait pour agrégé Bar,
L'autre pour agrégé Varnier.
On ne voyait pas Monsieur Bar,
Sans voir aussitôt M'sieur Tarnier.
Quand on voyait Monsieur Varnier,
C'est qu'il suivait Monsieur Pinard.

C'est auprès de l'Observatoire
Qu' s'él'vait la clinique de Tarnier ;
Exactement dans l' mêm' quartier
S' dressait la cliniqu' de Pinard.

Si bien que d' chez Monsieur Tarnier
On lorgnait la cliniqu' Pinard,
Si bien que d' chez Monsieur Pinard
On voyait la cliniqu' Tarnier.

Les stagiair' de Monsieur Tarnier
Pass'nt tous leur 5e chez Pinard ;
Les stagiaires de Monsieur Pinard
Veul'nt jamais passer chez Tarnier.
Pour passer chez Monsieur Pinard,
Faut s'inscrir' le lundi, l' premier ;
Pour passer chez Monsieur Tarnier,
Faut s'inscrir' le mardi, très tard.

Les externes de Monsieur Tarnier
Font d' l'œil aux sag' femm' de Pinard ;
Les externes de Monsieur Pinard
Font la cour à cell' de Tarnier.
Si bien que chez Monsieur Pinard
On élèv' des petits Tarnier,
De mêm' que chez Monsieur Tarnier,
On cultive la grain' des Pinard.

On applique chez Monsieur Tarnier
La ceintur' de Monsieur Pinard ;
On applique chez Monsieur Pinard
Le forceps de Monsieur Tarnier.
Mais, malgré tous les progrès de l'art,
Un' chos' qu'on n'a pu fair' varier,
Chez Pinard pas plus qu' chez Tarnier,
C'est l'endroit d'où sort le moutard.

VOIES URINAIRES

Parodie Médicale du monologue de St-Vallier.

Vous m'avez fait venir, un jour, de Baudelocque,
Pour montrer mon canal, palais de gonocoque,
Et je vous ai béni, me disant, en effet,
Qu'on ne peut être mieux soigné que chez Janet.
Ayant alors placé sous votre microscope
Une lamelle, avec votre œil hypermétrope
Vous avez regardé la préparation
Et vous m'avez promis, avec conviction,
Que dans deux ou trois jours au plus je serai quitte
Du mal qui m'obsédait : c'était parler trop vite.
Me plaçant sur un lit, dur comme un échafaud,
Vous avez fait couler, d'un bock placé très haut,
Dans l'urèthre antérieur un liquide écarlate,
Composé d'eau tiède et de permanganate.
Et moi, chaque matin, souriant, je venais
M'étendre, gracieux, entre bock et bidet.
Vous faisiez pénétrer jusque dans la vessie.
La liqueur, en disant : — " Avalez, je vous prie ;
Allons, n'ayez pas peur ; je ne vous fait pas mal. "
Et la solution balayait le canal.
Puis, je me relevais et je pissais des larmes
De rasoir, en portant la santé de ces dames.
Jusque là, c'était bien ; je ne réclame pas,
Vous ayant, dès l'abord, confié mon méat.
Un jour vous avez eu ce projet ridicule
D'aller, par le rectum, touchez ma vésicule.
Alors, comme le fait votre maître Guyon,
Vous avez à François demandé le savon.
Puis, sans considérer ma pudeur ou mes craintes,
Hardi profanateur des choses les plus saintes,

Vous avez introduit, sans écouter mes cris,
Votre index scrutateur dans mes trente-deux replis.
Et prenant mon rectum, jusque là pur et chaste,
Vous me l'avez rendu rectum de péderaste.
Puis, vous êtes allé nettoyer, en chantant,
Votre doigt, ressorti merdeux et dégoûtant.
Je ne viens point ici blâmer votre cuisine :
Quand on a la coulante on fait trop triste mine ;
Mais je veux, en tous lieux, répéter qu'à Necker,
Non contents du canal, il vous faut le sphincter.
En vain vous chercherez, voulant me faire taire,
A me laver encor ; vous n'oserez le faire,
De peur que ce soit mon spectre qui, demain,
Ne vienne vous parler, ma prostaste à la main.

LA PUTAIN DE 70

Air : *T'en souviens-tu ?*

J'avais quinze ans et j'étais jeune fille,
Quand un garçon qui passait pour fouteur,
En me voyant si belle et si gentille,
Me fit sentir une pine en chaleur.
Sous mes jupons, tout à coup, il s'élance ;
Avec son vit qu'il tenait à la main,
Il déchira ma robe d'innocence :   } (*bis*)
Voilà pourquoi je suis une putain.

Ce n'est pas tout ; j'étais un peu coquine :
Je me faisais chatouiller le bouton ;
J'avais sucé un grand nombre de pines ;
J'avais reçu du foutre dans mon con ;

J'avais baisé ; je n'étais plus pucelle ;
Baisant le soir et baisant le matin ;
Plus je baisais, plus je devenais belle :   } *(bis)*
Voilà pourquoi je suis une putain.

J'aimais la joie, la folie, le tapage ;
J'étais déesse des plus grands bazars ;
Je fréquentais les lieux de tout étage ;
Je me servais des plus gros braquemards;
Je savourais, comme une friandise,
Les doux appas du sexe masculin ;
Pour mieux baiser, je quittais ma chemise: } *(bis)*
Voilà pourquoi je suis une putain.

Puisque je suis une fille publique,
J'ai de l'amour et de la charité.
Tout citoyen, en bonne République,
Doit vivre et foutre en pleine liberté.
Si, pour de l'or, le riche à une fente,
Le pauvre aussi la possède pour rien.
J'ai soulagé l'humanité souffrante :   } *(bis)*
Voilà pourquoi je suis une putain.

———— ·✕· ————

L'EUNUQUE

Nues sous le flot blanc des voiles diaphanes,
Les femmes du harem solitaire et profond
Ecoutent le doux bruit mélodieux que font
Les clairs jets d'eau s'irradiant sous les platanes.

L'âpre eunuque, attentif, garde des yeux profanes
Leur fin pubis orné d'un doux triangle blond...
Dans sa dextre étincelle un glaive large et long,
Sa voix grêle d'enfant fait rire les sultanes.

Sans qu'un frisson d'amour vienne agiter sa nuque,
Il circule... farouche et superbe, l'eunuque,
Parmi les corps lascifs ivres de volupté.

Tout à l'heure, entr'ouvrant une profonde armoire,
Il ira contempler, dans l'alcool et la gloire,
Les vestiges anciens de sa virilité !

Ecole de Lyon (1909).

AU COURS-LA-REINE

Air : *Au Bois d' Boulogne.*

Pour êtr' déjà dans l' bâtiment,
On n' dit pas : — " C'est trop jeun' vraiment. "
La moins vieille a la cinquantaine,
        Au Cours-la-Reine.

Ses succès ne dat'nt pas d'hier ;
On racont' mêm' que Monsieur Thiers
La voyait trois fois par semaine,
        Au Cours-la-Reine.

Lorsqu'on la regarde marcher,
On trouv' dans son laisser-aller
Quéqu' chose de la chienn' qu'est pleine,
        Au Cours-la-Reine.

Ell' ne dit pas d'un ton mielleux :
— " Viens chez moi, z'y aura du feu. "
Ell' vous soulag' le long d' la Seine,
        Au Cours-la-Reine,

Aux clients qu'ont d'la distinction,
Elle a, pour la préparation,
Le soin de garder sa mitaine,
    Au Cours-la-Reine.

L' tablier gar' le pantalon
Et vous avez, de cett' façon,
Le plaisir, sans avoir la peine,
    Au Cours-la Reine.

Dès qu'ell' sent l' bonheur vous gagner,
Ell' s'interrompt pour vous prier
D' la prév'nir avant qu' ça n' vienne,
    Au Cours-la-Reine.

Moyennant un p'tit supplément,
Elle termine en avalant
Le meilleur de l'espèce humaine,
    Au Cours-la-Reine.

Ell' n' se sert jamais de bidet ;
Un' cuvett' elle n' sait pas c' que c'est :
Ell' rinc' sa bouche à la fontaine,
    Au Cours-la-Reine.

COMBLES MÉDICAUX

Le comble de la gourmandise :

    Sucrer ses lavements.

Celui de la charité :

    Enculer un pauvre, pour aller au devant de ses besoins.

LA BALLADE DES GRANDS VIS

Poème raide, comme ils doivent être tous.
A Madame X***, en souvenir d'un autre.

C'est nous, les grands vis, les grands nœuds !
C'est nous, les vis victorieux !

　Redressant fièrement la tête,
　Toujours joyeux, toujours en fête,
　Toujours en rut, toujours en vie,
　C'est nous que l'univers envie !

C'est nous, les grands vis, les grands nœuds !
C'est nous, les vis victorieux !

　Nous avons l'esprit batailleur
　Et le dard toujours ferrailleur !
　Les conquêtes nous sont faciles
　Et les plus farouches dociles !

C'est nous, les grands vis, les grands nœuds !
C'est nous, les vis victorieux !

　Mais, pourquoi nier l'évidence ?
　Ne faut-il pas que les vis dansent ?
　Hé ! oui ! que les vis dansent ou bandent,
　Avant d'entrer... en sarabande ?

C'est nous, les grands vis, les grands nœuds !
C'est nous, les vis victorieux !

　Nous cherchons les spasmes rythmiques,
　Instants d'ivresse, instants de fièvre,
　Courtes crises épileptiques,
　D'où nous sortons... l'écume aux lèvres !

C'est nous, les grands vis, les grands nœuds !
C'est nous, les vis victorieux !

Joyeux ! nous le sommes toujours,
Et si, quelquefois, nous pleurons,
Ce sont là des larmes d'amour,
Larmes de joie que nous versons !

C'est nous, les grands vis, les grands nœuds !
C'est nous, les vis victorieux !

Bien jouir de notre capital
Est pour nous le point capital !
Ne rien placer en viager !
Car, que peut faire un vi... âgé ?... ?...

C'est nous, les grands vis, les grands nœuds !
C'est nous, les vis victorieux !

Oui ! c'est jeune qu'il faut mourir !
Avant d'avoir pu s'amollir,
Il faut tomber, comme un soldat,
Au champ d'honneur, en plein com...bat !

C'est nous, les grands vis, les grands nœuds !
C'est nous, les grands vis vigoureux !

———————◦———————

LE MARCHÉ COMMENCE

Air : *Au Bois de Boulogne.*

Vous tous qu'on appell' les miteux,
Les vrais michés, rich's et joyeux,
Accourez tous, jeunes et vieux,
    Faire bombance ;

Du pont Saint'Michel à Bullier,
De chez Beauvy aux Escholiers,
Dans tout's les Halles du Quartier,
    L' marché commence.

D' minuit à quatr' heur's du matin,
Dans ces rendez-vous de catins,
Ça boit, ça s' cogn', ça fait du train,
    Ça gueul', ça danse ;
Sur les bancs ell's vont s'étaler
Et vous pourrez les contempler.
Messieurs, venez vous installer,
    L' marché commence.

On en rencontr' pour tous les goûts,
Des morceaux ferm's, des morceaux mous,
D' la viand' de bourgeois et d' marlous,
    D' la fraîch', d' la rance ;
Et ça embaum', tout à la fois,
L'essenc' de rose et l'beurr' d'anchois.
C'est l' moment d'venir fair' votr' choix,
    L' marché commence.

Comm' à l'étalag' du boucher,
On peut flairer, on peut toucher,
Et d'mander, ainsi qu'au cocher,
    Le prix d'avance.
A la Bours' ça chang' tous les jours,
Ici l' tarif est l' mêm' toujours
Et chaqu' nuit, suivant les mêm's cours,
    L' marché commence.

On les loue indifféremment,
A l'heure, à la cours', c'est suivant
Qu'on veut plus ou moins largement
    Fair' la dépense.

C'est pas toujours bien engageant,
On en a just' pour son argent,
Mais faut pas êtr' trop exigeant.
           L'marché commence.

Sous le r'gard de l'autorité,
Ell's trafiqu'nt en pleine liberté,
Et boiv'nt à l'Université,
           En abondance.
Tandis que la bièr' coule à flots,
Qu'les femm's engueul'nt les sergots,
Se pâm'nt ou versent des sanglots,
           L'marché commence.

               MORALE :

Quand d'marchander on a fini,
Et qu'd'un louis on s'est démuni,
Alors vers son hôtel garni
           On s'achemine.
La femm' vous enlac' dans ses bras,
En vous app'lant : — " Mon chien. — Mon rat. "
Et dans le mystère des draps
           L'marché s'termine.

                           A. GALIEN.

                 *

LE BARBU

J'aime un barbu fourni montant jusqu'au nombril,
Une noire toison frisottante et garnie
Qui couvre de son ombre une large surface.
Point ne faut que la nymphe entre les lèvres passe,
Mais il importe que le poil se continue
Le long des grandes lèvres jusqu'au trou du cul.

Car, rien n'est plus banal qu'un pauvre anus sans poil ;
L'ognard dans la fourrure est beaucoup plus époil ;
Et puis les vents, qu'ils viennent de la rue aux pets,
Soufflent toujours moins fort au milieu des forêts.
Un clitoris énorme est une rareté :
Dans ma vie de cochon, en tout j'en ai sucé
Deux ou trois qui avaient la grosseur de mon pouce.
Ce clitoris géant, plus fréquent chez la gousse,
Qui se le fait téter maintes et maintes fois,
Et le tremble souvent de son agile doigt,
Quand on l'a dans la bouche, il est dur, il est large,
On le suce avec force, on voudrait qu'il décharge ;
Et point n'est comparable un bouton minuscule,
Sous les lèvres caché par peur du ridicule,
A un beau clitoris, saillant, hypertrophié,
Dont la vue vous tente par lui d'être enculé !
Il faut que le vagin soit étroit et serré,
Loin de toute béance, et que le périné
Résistant et musclé en empêche la chute ;
Car tout homme cochon, et tant soit-il en rut,
Débande quand il sent la paroi du vagin
De la femme qu'il branle lui tomber dans la main.
Il faut que le parfum du barbu soit discret,
Qu'il ne dégage que de crevette un filet :
Un mal-joint trouillottard rien n'est plus répugnant,
Mais un con sans odeur est un mets pour enfant.
Le trou du cul toujours sent bien un peu la fiente ;
C'est pour cela, je crois, que sans cesse il me tente,
Et que je ne puis pas manger un entre-fesses
Sans porter jusqu'à lui mes linguales caresses.
Enfin le jus du con doit être suffisant
Pour permettre au polard un parfait glissement.
Il doit couler aussi lorsque l'on fait minette,

Car un rôti sans sauce est-il plat d'homme honnête ?
A mon avis ce sont les qualités insignes
Que doivent présenter les barbus et les fignes

JEANMAIRE DE L'ECU. *(1902.)*

L'ANGLAISE

Air : *La Petite Tonkinoise.*

Un dimanche,
Sous les branches,
Le soleil était radieux ;
Je partis pour la Lorraine,
Le seul pays où l'on aime.
Une anglaise,
Aux yeux d' fraise
Se prom'nait flegmatiqu'ment.
— " Veux-tu que j' sois ton amant ?
Nous nous aimerons tendrement.

Refrain :

" Veux-tu baiser en levrette,
Sur le plumard, la table de nuit, dans la cuvette ?
Soit debout, soit sur une chaise,
Nous nous aim'rons à notre aise.
Je te f'rai, ma p'tite poulette,
Feuille de rose, soixante-neuf ou bien minette ;
Je te pelot'rai les seins,
Pour me faire dresser l'marsouin. "

Très câline,
La mâtine,
Accepta avec passion.
Et la môme, qu'a pas la trouille,
M'attrape par la peau des couilles.

Ma quéquette
Dresse la tête,
Et nous voilà tous les deux
Sur un canapé mœlleux,
De plus en plus amoureux.

Refrain :

Très émue, elle me sanglote :
— " Oh ! fais-moi jouir, enfonce-moi ta pine dans la motte ;
Oh ! ne sois pas si farouche,
Tu peux m' la mettr' dans la bouche.
C'est aujourd'hui jour de fête,
Attends un peu, je vais t' chiquer les deux roupettes ;
Avec mes nichons pointus
J' te chatouill'rai le trou du cul. "

Cette vadrouille
De mes couilles
Eut un triste lendemain :
Au matin, Bon Dieu d' punaise !
La môme filait à l'anglaise.
Plus de galette,
Montre refaite,
J'en étais comme deux ronds d' flanc,
J'étais entôlé salement,
Par la môme lâché d'un cran.

Refrain :

Huit jours après cette aventure,
Queues de cerises, mixture de chapelure,
Je m'aperçois qu' ma pauvr' pine
Faisait une bien triste mine.
Oh ! Bon Dieu de caricature !
Si je t'attrape j' te casse la gueule, je te le jure !
En attendant, mon petit frère
Verse des larmes bien amères.

L'INFIRMIÈRE

Air : *Réminiscences,* de XANROF.

Quand le Conseil municipal
Eut renvoyé de l'hôpital
Les religieuses à mine austère,
On les remplaça le lendemain
Par ce que l'on appelle : une in-
        firmière.

Les blancs crièrent qu' c'était odieux !
Les roug's gueulèr'nt qu' ça valait mieux.
Moi, qui m' moque des bruits de la ville,
Je vous l'avouerai, sans détour,
Je suis de l'avis de M'sieur Bour-
        neville.

L'infirmière est, pour parler franc,
Gentille avec son bonnet blanc,
Son tablier de toile écrue ;
Et, bien qu'elle porte un fichu,
J'en sais plus d'un' qui ferait u
        n' chic grue !

Quand elle apporte au moribond
La tisane de..... consolation,
Dans un rêve il revoit l'aimée ;
C'est en reluquant son estomac
Que, de vivant il devient mac-
        chabée,

Son cœur est un vrai puits d'amour ;
On ne peut pas travailler que l'jour ;
Et le soir, sans bougie ni lanterne,
Elle va, quand tous sont couchés,
Prendr' des l'çons d'physiologie chez
       l'interne.

Pas besoin des parfums de Piver,
Du chypre ni de vétiver ;
Tout de suite, on se sent en forme,
En respirant son caraco,
Plein des senteurs d'salol et d'io-
       doforme.

C'est pas toujours gai le métier ;
Il y a des jours que ça vous fait... suer,
Et sa tâche est souvent ingrate :
Vous ne pourriez pas, près d'un gaga,
Comme ell' le fait, mettre la main à
       la pâte.

Sans compter que pour conquérir
Des grad's faut souvent... s'aplatir ;
Du directeur même être l'amante :
C'est souvent le moyen l'plus sûr
De gagner le bonnet noir d'sous-sur-
       veillante.

Après tout, ça m'est bien égal,
Et, comme ça se passait aussi mal
Sous l'Empir' qu'sous la République,
J'vois pas pourquoi j'crierais : — " Hôla ! "
Et, de grand cœur, je chante la
       laïque.

(Quartier latin, Mi-carême 1895).

L'APPENDICE

Nous gardons tous le souvenir
De ce petit sac éphémère,
Trop étroit pour rien contenir
Et qui ne se porte plus guère.

Bien qu'on le dédaigne à présent,
Il fut un temps — c'est à la lettre —
Où l'on trouvait insuffisant
De n'en avoir qu'un à se mettre.

Marchander un simple accessit
A ce premier prix d'accessoires,
C'est prouver que le " Sic transit "
Se rapporte à toutes les gloires.

Il fit, sous son air innocent
D'inoffensive chrysalide,
Verser plus d'encre et plus de sang
Que le héros des Pyramides.

Parfois, du reste, en ce moment,
Il s'enflamme avec ou sans cause,
Suivant que le tempérament
Du médecin y prédispose.

Et, songeant qu'à certains humains
Il donne encore la colique,
Même plongé dans l'abdomen
Du bocal le plus hermétique,

On comprend l'affreux résultat
Dans cette région cœcale
Où le plus petit ingesta,
La moindre matière fait cale.

BENITO.

(Echo Médical des Cévennes).

———— ✳ ————

LA CHANSON DU PRÊTRE

Air : *Ave Maria Stella.*

Où donc va c' prêtre là ?
Personne ne s'en dout'ra !
Va-t-il au presbytère,
Pour son saint ministère,
Offrir, avec ferveur,
Ses souffrances au Seigneur ?

Air : *Les Lanciers, 5ᵉ figure.* (1)

Non ! car, voyez-vous, ce mauvais prêtre-là,
C'est au boxon qu'il va,
Parc' que la tringle il a !
Non ! car, voyez-vous, ce mauvais prêtre-là,
C'est au boxon qu'il va
Pour monter à dada !

Il frappe au lupanar
A grands coups de bracqu'mard,
Crie : — " Viv' l'Indépendance !
" A moi la Jouissance.
" Si vous n'ouvrez, crénom !
" J' jute dans mon pantalon !

" Car depuis vingt ans que j' suis dans la prêtrise,
   " Dans ma garce d'église,
   " Ma queue se paralyse !
" Car depuis vingt ans que j' suis dans la prêtrise,
   " Dans ma garce d'église,
   " Je jute dans ma chemise ! "

   — " Fiat volontas tua ! "
   (Dixit Maquarella)
   " Ici, pour la prêtrise
   " Y a d' la bonne marchandise !
   " Carmen, pour le bib'ron
   " Flora, pour le foiron ! "

— " C'est de votre part une charmante attention,
   " Car nous aimons l'oignon,
   " C'est fort bon, j' vous réponds !
" C'est de votre part une charmante attention,
   " Car nous aimons l'oignon,
   " Dans la Congrégation ! "

   — " Mais, sacrée bande de vaches !
   " Restez donc à l'attache !
   " Si, d'un sale procureur,
   " Ça peut fair' le bonheur,
   " A moi, prêtr' de Sodome,
   " Il me faut l' cul d'un homme !

" Car le cul d'un homm' c'est ferme comme un roc,
   " Ça n'a pas d' gonocoques
   " Et ça n' craint pas les chocs !
" Car le cul d'un homm' c'est ferme comme un roc,
   " Ça n'a pas d' gonocoques
   " Et pas de streptocoques ! "

Puis, comme le garçon
F'sait son apparition :
— " Tenez, dit la maqu'relle,
" Voici la demoiselle :
" Donnez donc un talbin,
" Vous lui r'pouss'rez l' crottin ! "

Et comm' le curé était en érection,
En cinq secs, sans façon,
Il fit l'opération.
Puis, comme il sortait du bienheureux boxon,
Le curé folichon
Entonna cett' chanson :

Air : *Dieu d'Espérance.*

" Dieu de Puissance,
" Daigne bénir
" Le cul de jouissance
" Que je viens de remplir !" } *(bis)*

(1) Dans cette chanson, les deux airs indiqués au début doivent alterner.

———— ✕ ————

LES PETITES PAYZANNES

Les petites payzannes
Qu'on patine au coin d'un mur
Ont, plus que les courtisanes,
Fesse ferme et téton dur.
Pourtant il leur manque, en somme,
Ce qui vaut bien un écu,
De savoir sucer un homme
Et de se laver le cul.

———— ✕ ————

JE VIENS D'AVOIR QUINZE ANS

Air : *Le Père la Victoire.*

Amis, je viens d'avoir quinze ans,
Et, malgré mon jeune âge,
J'ai perdu mon puc'lage.
Je l'ai perdu, c'est épatant,
Un soir que j'étais saoule, dans un guinch' à Ménilmontant.

C'est un barbeau,
Qui n'avait rien de beau,
Qui m'a foutu sans s'cousse
Son polard dans la trousse ;
Et je jouissais tout comme une petit veau,
Tandis qu'avec ardeur
Il me foutait sa pin' dans l' c...œur.

Plan, rataplan, rataplan, plan, plan,
Vous pouvez bien m'en faire autant.

Vous, qui ne bandez plus,
Je vais vous tailler une plume,
Et votre vit,
Oui,
D'viendra plus dur qu'un marteau d'enclume.
Vous jouirez,
Vous déchargerez,
Vous remplirez mon cul de foutre.
Vous pourrez en outre,
Tas de cochons,
Me baiser en tétons.

LE CLOCHER DE CHEZ NOUS

Air : *Cadet-Roussel.*

Refrain :

Rigue, ding, digue, ding, digue, digue, dong,
Ah ! le joyeux carillon !

Il y a un clocher chez nous (*bis*)
Dont le carillon est si doux (*bis*)
Que toutes les filles du village
Veulent entendre son doux langage :

Marie, Margoton et Suzon (*bis*)
Aiment tant ce doux carillon (*bis*)
Qu'il faudrait, pour les satisfaire,
Que M'sieur l' curé puiss' toujours faire

Heureusement pour le curé (*bis*)
Qu' son vicair' est gras et carré (*bis*)
Et qu'il est là pour satisfaire,
Quand M'sieur l' curé ne peut plus faire

Bientôt, le bougre n'en pouvant plus, (*bis*)
Le sacristain prit le dessus (*bis*)
Et, tout bouillant, rempli de flammes,
Carillonnait toutes ces dames :

Oui, mais le sacristain mit bas ; (*bis*)
Pour soutenir le branle-bas, (*bis*)
C'est le bedeau à rouge trogne
Qui fut chargé de la besogne :

Mais le bedeau, vite épuisé, (*bis*)
Se retire, las, rompu, usé. (*bis*)
On fit alors venir les chantres,
Qui souvent se brossaient le ventre,

Ces gaillards-là, frais émoulus, *(bis)*
Pour travailler s' mettaient tout nus. *(bis)*
Ce fut alors une musique
A faire trembler toute la boutique :

Marie, Margoton et Suzon *(bis)*
Aimaient tant ce beau carillon *(bis)*
Qu'elles s' pendaient à la corde usée,
Pour avoir toute la volée :

Les petites, rouges de bonheur, *(bis)*
Acceptèrent les enfants de chœur. *(bis)*
Mais ils n'avaient que d' la ficelle :
On leur fit tenir la chandelle.

CHANSON DES PROFESSEURS
DE LA FACULTÉ DE MÉDECINE DE PARIS

Air : *Barbari, mon ami.*

Monsieur le Doyen Brouardel
    Est plein de sympathie
Pour tout' ces petit' demoisell'
    Qui nous viennent de Russie :
Il leur y soulèv' l' cotillon, (1)
    La faridondaine, la faridondon,
Il leur y fait sucer son vit, (2)
        Biribi,
    A la façon de Barbari,
        Mon ami.

Monsieur lé Professeur Gautier,
C' Berthelot d' la Médecine,
En distillant l' jus d' Macchabée,
Trouva les ptomaïnes.
C'est un' curieuse préparation,
La faridondaine, la faridondon,
Mais qui n' sert pas en parfum'rie,
Biribi,
A la façon de Barbari,
Mon ami.

Monsieur le Professeur Guyon
Travaill' dans la vessie ;
Il en extrait pierres et moellons
Par la lithotritie ;
C'est une superb' invention,
La faridondaine, la faridondon.
Il pratiqu' mêm' l'urétrotomie,
Biribi,
A la façon de Barbari,
Mon ami.

C'est Monsieur l' Professeur Tillaux
Qui tranche tout à l'aise ;
Il vous arrach' trip's et boyaux
Sans mêm' tacher l'alèze.
Mais c' qu'il fait à la perfection,
La faridondaine, la faridondon,
C'est les bouquins d'anatomi'
Biribi,
A la façon de Barbari,
Mon ami.

Monsieur l' Professeur Germain Sée
Prône l'antypirine,

Comm' l'universell' panacée
  De toute la Médecine.
Il la prescrit dans les phlegmons,
  La faridondaine, la faridondon,
Cors aux pieds et tout c' qui s'ensuit,
    Biribi,
  A la façon de Barbari,
    Mon ami.

M'sieur Lavoisier, qu'est un chic gas,
  Découvrit l'oxygène :
Il mit du mercur' dans un matras
  Qu'il chauffa un' huitaine ;
Le mercur' s'oxyda, l'oxygèn' s' dégagea,
  La faridondaine, la faridonda ;
D' pellicul's rouges le tout s' couvrit,
    Biribi,
  A la façon de Barbari,
    Mon ami.

Monsieur l' préparateur Artault
  Dit qu'il n'est pas bégueule ;
Mais, quand on parle un peu trop haut,
  Tout d' suite il vous engueule.
Il dissèque des poi-oi-ssons,
  La faridondaine, la faridondon,
Et enseign' la cryptogamie,
    Biribi,
  A la façon de Barbari,
    Mon ami.

VARIANTES :

(1) On n' s'expliqu' pas tant d'attentions,
(2) Vu qu'ell' n' sont ni jeun' ni joli',

SAINT-ELOI

Air : *Ah ! il a des bottes !*

Et si l' grand Saint-Eloi
  N'a pas de voix,
    voix, voix,
  Il a du moins,
    moins, moins,
Un instrument charmant.
Car, mieux qu'avec un luth,
  Il exécute,
    cute, cute,
  Le chant du coq,
    coq, coq,
Avec le trou d' son cul.

(*Quartier Latin, 1895*).

DÉSOLATION ET CONSOLATION

Air : *Les petits chagrins.*

Quand je vois mon cuir chevelu
Perdre ses cheveux de plus en plus,
  Je me désole ;
Mais, quand je vois qu'au trou du cul
Les singes n'en ont pas beaucoup plus,
  Je me console.

(*Quartier Latin, 1895*).

LES SEINS

Délices des amants, doux charmes adorés,
Qui vous pourrait chanter ? Quelle est la mélodie
Digne d'un tel sujet ? Vienne la rapsodie
Idoine à vos beautés, Dieux des énamourés !

En vain vous vous cachez sous des réseaux serrés :
L'œil, en proie au désir, tel un feu d'incendie,
Pénètre impunément sous la gaze raidie
Et, riant des jaloux, vole aux monts retirés,

Pénètre dans le val, divin orgueil des lignes,
Erre par le corset dans ses courses malignes,
Vous possédant, ô seins ! sans troubler la pudeur.

O Platon ! c'était là ta plus pure folie :
Caresser sans contact, dédaigner ce qui lie,
Rêve heureux où l'on a du plaisir sans douleur.

Dr Henry LABONNE.

FABLE

Lison reçoit un pneumatique :
— " A tantôt l'étreinte extatique ;
" Je mets mon cœur dans ce distique. "
Signé : — " Ton poète, Julien. "
Lison est heureuse, ô combien !

MORALITÉ :

Un pneu d'aide fait grand bien.

L'HÉMIPLÉGIQUE

Dédié au Dr Bidon.

Air : *A Ménilmontant.*

— " Docteur, disait un vieux beau,
Qu'ai-je donc dans le cerveau ?
J'ai toujours grand mal de tête,
    Ça m'inquiète !
J'entends comme un bruit de cloche
Et je ne puis presque pas
Remuer du côté gauche
    La jambe et le bras. " *(bis)*

— " Votre cas, dit le docteur,
Est fort net : si, par malheur,
L'hémiplégie qui vous guette
    Ne s'arrête,
J'ai regret de vous l'apprendre,
Malgré tous mes soins, hélas !
Vous verrez bientôt se prendre
    Tout ce côté-là. " *(bis)*

— " Merci, s'écrie le client,
De me prévenir avant
Que ma moitié de squelette
    Se complète,
Car, je puis — manœuvre adroite
Sauver ma tête, et...c'tera..... !
Je vais tout porter à droite ;
    Que j' garde au moins ça... " *(bis)*

Dr WYSE-LAUZUN.

(Marseille Universitaire)

DIALOGUE

ELLE :

Autrefois, j'avais un amant
Qu'était un homm' plein de r'tenue :
Pour ne pas paraître indécent,
Il allait pisser dans la rue.
Maintenant, la pourriture
Pète et vesse et me dit : — " Fanchon,
" Fous ton nez sous la couverture ! "
Faut-il qu'un homme soit cochon !

LUI :

N-I-NI. Tout est fini.
Ma Zoé, j' vois qu' tu fais la tête ;
C't' air d'hauteur me dit que j' t'embête
Et qu' je n' suis pas ton amant d' cœur.
Je trouv'rai ben d'autr's cocottes
Qui m' laiss'ront pas, comm' toi, tout nu.
J'attendrai qu'a me payent des bottes
   Pour te les foutre au cul.

BONHEUR PARFAIT

Que les chiens sont heureux !
Dans leur humeur badine,
Ils se sucent la pine,
Ils s'enculent entr'eux ;
Que les chiens sont heureux !

Théophile GAUTIER.

VERTU INTERNE !

Gentil nichon, pourquoi ris-tu
De ma misère ?
Tu redresses ton nez joufflu
A pointe claire,
Si bien que ma pauvre vertu
Devient légère !
Las ! la sœur au nom biscornu
Est là derrière,
Et je m'en vais un peu déçu
Vers ma tanière,
En rêvant de ton nez pointu !

LA POMME D'ÉLISA

Jadis, j'étais porté pour homme :
C'était mon goût ; mais çà passa. (1)
Maint'nant, j'aim' mieux sucer la pomme,
La pomme d'Elisa.

Mais tout n'est pas rose dans l' service ;
Pour un' chaud'pisse qu'all' pinça,
All' coulait couleur absinth' suisse,
La pomme d'Elisa.

Un jour que j'apprêtais ma bouche,
V'là c'te salope qui pissa.
Minc' ! c' qu'all' m'en a foutu un' douche,
La pomme d'Elisa.

J' veux pas qu'all' s' lav' dans la cuvette :
C'est une idée ! au moins comm' çà
All' perd pas son bon goût d' crevette,
La pomme d'Elisa.

Les jours d'ses règl's, qué patriote !
A sa chemise, il faut voir çà :
C'est pas l'tricolor', c'est l'roug' qui flotte

Sur la pomme d'Elisa.
Si Mac-Mahon était un homme,
S'il amnistiait ceux de Nouméa,
Pour rien j'y f'rais sucer la pomme,
La pomme d'Elisa.

VARIANTE :

(1) J'en suis revenue ; non, c'est plus ça.

606

L'avarie ! C'est un grand défaut,
Pourtant souvent femme avarie !...
Mais maint'nant, d'après les journaux,
V'là qu'on guérit cette maladie.
Un professeur, qu'on dit très fort,
A trouvé pour ça l'606...
— Bien qu'ça nous arrive de Francfort,
N'pas confondre avec six saucisses !

Et c'est un service sans nom
Que ce docteur humanitaire
Rend à la syphilisation
De tous les peuples de la terre...
Si seul'ment il avait achevé
Y a quat'cents ans c't'œuvre féconde,
Notre bon roi François Premier
S'rait, sans doute, encore de ce monde,

Il a trouvé le vrai moyen
De guérir ce mal historique ;
Cependant le trouver n'est rien,
S'agit de le mettre en pratique...
Le mercure en s'ra déprécié :
C'est pour cette raison peut-être
Qu'nous l'avons déjà vu baisser
Tout l'été... dans nos thermomètres.

N'empêche que des savants jaloux
Ont débiné cette formule :
Il s'en trouve même chez nous
Qui la croient en plusieurs cas nulle :
Moi, je pens' qu'ils doivent avoir tort,
Quoiqu' ce médicament m'étonne :
Pourquoi n'vient-il pas, non d'Francfort,
Mais tout chaud de Pise ou de Vérone ?

C'est une poudre, en vérité,
Qui vaut mieux que les poudres de guerre
Et servira l'humanité
Dans des luttes moins meurtrières :
C'est une grande œuvre de paix.
Le bon docteur et son école
Travaillent au nom du progrès
Pour que cette œuvre de paix colle.

Fernand DHERVYL, *du Chat Noir.*

(*La Médecine Pratique*).

FEMMES DAMNÉES

DELPHINE et HIPPOLYTE

A la pâle clarté des lampes languissantes,
Sur de profonds coussins tout imprégnés d'odeur,
Hippolyte rêvait aux caresses puissantes
Qui levaient le rideau de sa jeune candeur.

Elle cherchait, d'un œil troublé par la tempête,
De sa naïveté le ciel déjà lointain,
Ainsi qu'un voyageur qui retourne la tête
Vers les horizons bleus dépassés le matin.

De ses yeux amortis les paresseuses larmes,
L'air brisé, la stupeur, la morne volupté,
Ses bras vaincus, jetés comme de vaines armes,
Tout servait, tout parait sa fragile beauté.

Etendue à ses pieds, calme et pleine de joie,
Delphine la couvait avec des yeux ardents,
Comme un animal fort qui surveille une proie,
Après l'avoir d'abord marquée avec les dents.

Beauté forte à genoux devant la beauté frêle,
Superbe, elle humait voluptueusement
Le vin de son triomphe, et s'allongeait vers elle,
Comme pour recueillir un doux remercîment,

Elle cherchait, dans l'œil de sa pâle victime,
Le cantique muet que chante le plaisir,
Et cette gratitude, infinie et sublime,
Qui sort de la paupière ainsi qu'un long soupir :

— " Hippolyte, cher cœur, que dis-tu de ces choses?
Comprends-tu, maintenant, qu'il ne faut pas offrir
L'holocauste sacré de ses premières roses
Aux souffles violents qui pourraient les flétrir ?

" Mes baisers sont légers, comme ces éphémères
Qui caressent le soir les grands lacs transparents,
Et ceux de ton amant creuseront leurs ornières,
Comme des chariots ou des socs déchirants ;

" Ils passeront sur toi comme un lourd attelage
De chevaux et de bœufs aux sabots sans pitié.....
Hippolyte, ô ma sœur ! tourne donc ton visage,
Toi, mon âme et mon cœur, mon tout et ma moitié,

" Tourne vers moi tes yeux pleins d'azur et d'étoiles!
Pour un de ces regards charmants, baume divin,
Des plaisirs plus obscurs je lèverai les voiles,
Et je t'endormirai dans un rêve sans fin ! "

Mais Hippolyte alors, levant sa jeune tête :
— " Je ne suis point ingrate et ne me repens pas,
Ma Delphine ; je souffre et je suis inquiète,
Comme après un nocturne et terrible repas.

" Je sens fondre sur moi de lourdes épouvantes
Et de noirs bataillons de fantômes épars,
Qui veulent me conduire en des routes mouvantes
Qu'un horizon sanglant ferme de toutes parts.

" Avons-nous donc commis une action étrange ?
Explique, si tu peux, mon trouble et mon effroi :
Je frissonne de peur quand tu me dis : — " Mon ange!'
Et cependant je sens ma bouche aller vers toi.

" Ne me regarde pas ainsi, toi, ma pensée,
Toi que j'aime à jamais, ma sœur d'élection,
Quand même tu serais une embûche dressée,
Et le commencement de ma perdition ! "

Delphine, secouant sa crinière tragique,
Et comme trépignant sur le trépied de fer,
L'œil fatal, répondit, d'une voix despotique :
— " Qui donc, devant l'amour, ose parler d'enfer ?

" Maudit soit à jamais le rêveur inutile,
Qui voulut le premier, dans sa stupidité,
S'éprenant d'un problème insoluble et stérile,
Aux choses de l'amour mêler l'honnêteté !

" Celui qui veut unir, dans un accord mystique,
L'ombre avec la chaleur, la nuit avec le jour,
Ne chauffera jamais son corps paralytique
A ce rouge soleil que l'on nomme l'amour !

" Va, si tu veux, chercher un fiancé stupide ;
Cours offrir un cœur vierge à ses cruels baisers ;
Et, pleine de remords et d'horreur, et livide,
Tu me rapporteras tes seins stigmatisés...

" On ne peut, ici-bas, contenter qu'un seul maître ! "
Mais l'enfant, épanchant une immense douleur,
Cria soudain : — " Je sens s'élargir dans mon être
Un abîme béant, cet abîme est mon cœur !

" Brûlant comme un volcan, profond comme le vide,
Rien ne rassasiera ce monstre gémissant,
Et ne rafraîchira la soif de l'Euménide
Qui, la torche à la main, le brûle jusqu'au sang !

" Que nos rideaux fermés nous séparent du monde,
Et que la lassitude amène le repos !
Je veux m'anéantir dans ta gorge profonde,
Et trouver sur ton sein la fraîcheur des tombeaux ! "

— Descendez, descendez, lamentables victimes !
Descendez le chemin de l'enfer éternel !
Plongez au plus profond du gouffre où tous les crimes,
Flagellés par un vent qui ne vient pas du ciel,

Bouillonnent pêle-mêle, avec un bruit d'orage ;
Ombres folles ! courez au but de vos désirs ;
Jamais vous ne pourrez assouvir votre rage,
Et votre châtiment naîtra de vos plaisirs.

Jamais un rayon frais n'éclaira vos cavernes ;
Par les fentes des murs, des miasmes fièvreux
Filtrent, en s'enflammant ainsi que des lanternes,
Et pénètrent vos corps de leurs parfums affreux.

L'âpre stérilité de votre jouissance
Altère votre soif et raidit votre peau,
Et le vent furibond de la concupiscence
Fait claquer votre chair ainsi qu'un vieux drapeau.

Loin des peuples vivants, errantes, condamnées,
A-travers les déserts courez comme les loups ;
Faites votre destin, âmes désordonnées,
Et fuyez l'infini que vous portez en vous !

BAUDELAIRE.

AU CABANON

Au Cabanon, Marius et Prosper
Guettaient l'oiseau. Comme un feu qui s'allume,
Un chaud soleil augmentait l'amertume
De leur ennui. — " Certes, sur le Niger
" On s'embêterait moins — dit Marius.
" Que faire ? " — " Mais, des *verses*. " — " Des verses ?
" Je ne sais pas ; et zut, tu me renverses ;
" Ton idée est singulière au surplus. "
— " Mais non, c'est très facile, en somme. Ecoute :
" Je dis : " Marius, j'ai baisé ta sœur,
" En y donnant et mon âme et mon cœur. "
" Ce sont deux vers ; là-dessus pas de doute,
" Car tout s'y trouve, et la rime et les pieds. "
— " Ah ! ce sont deux vers ! Té ! Bé ! par exemple :
" J'ai baisé ta femme. " — " Je te contemple :
" J'ai baisé ta femme " n'est pas assez.
" Ça rime à rien ; ta bêtise est extrême. "
— " Possible. Mais je l'ai fait tout de même ".

Dr Henry LABONNE.

LA BONNE HYGIÈNE

Toujours réglé dans ma conduite,
Je puis, sans nuire à ma santé,
Tirer, ma foi, deux coups de suite...
... L'un en hiver ...l'autre en été.

BÉRANGER.

SUR DES DRAPS DE SATIN ROSE

(RONDEAU)

Sur des draps de satin rose,
Athénaïse et Lison
Reposaient dans la maison,
Un peu lasses, et pour cause.

Géronte les voit ; il ose
Rejoindre — fi ! le grison ! —
Sur des draps de satin rose
Athénaïse et Lison.

Prêtre de Flore, il impose
Ses deux mains, et, du gazon,
Fait naître une floraison
Double, tendre, à peine éclose,

Sur des draps de satin rose.

LE FŒTUS

Air : *Je suis marchande à la toilette ?*

Je suis un fœtus d'hôpital,
L'endroit d'où j' sors c'était la Perse ;
Avant d'être dans un bocal,
J'était dans un' maison d' commerce.

Je voyais beaucoup de clients ;
Ça n' vous étonnera pas, j'espère :
La porte de l'appartement
Etait une porte-cochère.

Ma patronn' recevait souvent
Des princes, des ducs et des vicomtes.
Je dois vous dire, auparavant,
Que j'étais un " laissé-pour-compte ".

Je voulais être chapelier ;
J'avais ma clientèle faite ;
Ça ne doit pas vous étonner,
Car je voyais beaucoup de têtes.

Je vis surtout un petit vieux
Qui pénétra dans la boutique.
Eh bien ! cet espèc' de vicieux
Etait une mauvaise pratique.

Il resta trente minutes durant,
Causa très mal de son affaire
Et s'en r'tourna, très mécontent,
Ne laissant rien, même au vestiaire.

Polyglott' était la maison ;
Les dames faisaient des harangues ;
Dans cett' bell' administration
On y parlait toutes les langues.

Aussi, j'suis mort péniblement :
Quand on me r'tira d' mon alcôve
J'fus saisi d'un grand tremblement
Et me dis : — " Y'a qu' la foi qui sauve. " (1)

(1) A la version communiquée les deux vers de la fin manquaient ; nous nous sommes permis de les imaginer. (N. D. l'E.)

ÉLOGE DE LA GALLE

On vint m'apprendre, l'autre jour,
Une nouvelle assez fatale.
On dit que le printemps, dont le charmant retour
Produit en tous lieux de l'amour,
N'a produit chez toi que la galle
Et que, contre ce vilain tour,
Ta colère était sans égale.
Il est vrai qu'aussi, tout d'abord,
Je sentis un peu de colère ;
Mais en rêvant sur cette affaire
Je reconnus que j'avais tort ;
Et, si j'avais un choix à faire,
J'aimerais, mais de beaucoup mieux,
Avoir ce mal qu'être amoureux ;
Car l'amour est un mal étrange,
Et, devant un objet charmant,
On se gratte le plus souvent
Toute autre part qu'il ne démange.
Le feu secret de ce poison
Nous cause une démangeaison
Qui fait qu'en se grattant d'autant plus on s'enflamme.
C'est la gangrène de notre Ame,
C'est le farcin de la Raison.
Oui, la galle vaut mieux, et sans comparaison :
Et toi-même tu vas le croire ;
Car j'espère te faire voir
Que l'on doit trouver à l'avoir
Et du plaisir et de la gloire.
Çà, commençons par le plaisir.
Quel plaisir, quelle joie égale
Celle de visiter sa galle,

Lorsque l'on a quelque loisir ?
Deux mains diversement fleuries,
Par cent objets divers viennent plaire à nos yeux,
 Et ces objets délicieux
 Valent au moins les Tuileries.
 Il n'est parterres, ni prairies,
 Où les couleurs éclatent mieux.
On voit mille cirons, jaunes, blancs, rouges, bleus,
Disputer du brillant avec les pierreries ;
Et de la galle vient le nom de Galeries,
Bien véritablement et sans plaisanteries,
Pour la diversité des objets curieux,
Dont les regards sont charmés en ces lieux.
 C'est encore de la galle même
Que la galanterie est appelée ainsi,
 Par une ressemblance extrême
 Que je te vais décrire ici.
 Un galleux a l'âme ravie
D'apaiser sans témoins, et selon son envie,
 La démangeaison de la chair.
Ainsi, quand un amant est seul avec sa belle,
 Il n'a point de plaisir plus cher
 Que d'en faire autant avec elle.
 Mais quand galants et galleux
 Trouvent trop de gens auprès d'eux,
 Leur passion est à la gêne.
Ni galant ni galleux ne peut à rien toucher.
Chacun tâche à cacher le penchant qui l'entraîne ;
 Mais souvent leur contrainte est vaine,
La galle ni l'amour ne se peuvent cacher.
 Après qu'un galleux de la vue
 A parcouru ses belles mains
 (Car tous les soirs et les matins

Il goûte le plaisir d'en faire la revue),
Après que ses regards ont su se contenter,
    S'ensuit le plaisir de gratter.
Or, pour t'en exprimer la douceur non pareille,
J'ai beau rêver et gratter mon oreille ;
J'ai beau ronger et ma plume et mes doigts ;
    Tu la sentiras mieux vingt fois
    Que ne le décrirait Corneille.
    Mais pendant que je suis en train
    De parler d'étymologie,
Celle du mot gratter vaut une apologie.
Gratter vient de *gratus*, il n'est rien plus certains,
    Et *gratus* est un mot latin,
Lequel mot en français signifie agréable.
    Vois donc si je suis véritable,
    Et si la dérivation
    N'est pas une conclusion,
    Qu'il n'est rien de plus délectable !
Tu dois en concevoir toute la volupté.
    Passons maintenant à la gloire,
Un galleux est partout distingué, respecté,
    Comme un homme de qualité.
    Par exemple, peut-il manger ou boire ?
    Il a toujours son fait à part,
    Toujours son verre est à l'écart ;
Aucun ne le profane et n'y porte la bouche,
    On n'ose toucher ce qu'il touche.
C'est un titre si beau que celui de galleux,
    Qu'il est craint de toute la terre ;
    On voit même qu'en Angleterre,
Les fils aînés des rois s'en tiennent glorieux :
    On les nomme princes de Galles ;
    Et tu peux te vanter, comme eux,

De prérogatives royales.

De plus, la galle de tout temps

Fut un symbole de sagesse.

Un proverbe de vieilles gens,

Déjà tout usé de vieillesse,

En prouve fort bien la noblesse.

Tout ainsi que trop gratter cuit,

Tout de même, trop parler nuit.

Tu connais bien, par ce langage,

Que la galle rend l'homme sage,

Qu'elle instruit de bonne façon

Et qu'avec la philosophie

Elle a très grande sympathie,

Puisque toutes les deux font la même leçon.

Mais comme trop parler peut nuire,

Je commence à m'apercevoir

Que je ne fais pas mon devoir,

Qu'on fatigue les gens quand on en veut trop dire ;

Et qu'il est temps de réprimer

La démangeaison de rimer.

LA FONTAINE. (1)

(1) Cet *Eloge de la Galle* est tiré d'un petit volume intitulé *Fontainiana*, par Cousin d'Av...., publié en 1801 par Pillot frères, libraires au Pont-Neuf, n° 51, Paris — Mais ce poème ne se trouvant pas dans les *Œuvres complètes* de La Fontaine, édition des Grands Ecrivains, nous n'en garantissons pas la paternité authentique.

———————◦———————

CHARADE

J'habite et vis au fond des mers.

Otez-moi le cul, je peuple l'univers.

RÉPONSE :

Co-(q)-uille.

———————×———————

HERMÈS

" Mieux vaut de ris que
larmes escrire. "

RABELAIS.

Il faut, en l'honneur du mercure,
Chers Docteurs, lever son chapeau,
Quand vous faites en notre peau
Votre bienfaisante piqûre.

C'est lui qui répare et récure
L'organisme, mieux qu'Hallopeau,
Lui qui règne sur le troupeau
Des vils disciples d'Epicure !

Oui, Docteurs, la seringue en main,
Vous régentez le genre humain
Qui dans vos gilets se confesse.

Mais surtout, gloire à la liqueur
Que vous n'injectez qu'en la fesse
Et qui pénètre jusqu'au cœur.

———————— >|< ————————

CHANSON D'INFORTUNIO

Si vous croyez que je vais dire
    Qui j'ose aimer,
Ceux qu'attend'nt et que j'vois sourire
    Peuv'nt se taper.
Celle que j'aime est une blonde
    Que j'entretiens ;
Sa taille est fin', sa gorge ronde
    Et ell' bais' bien !

Ell' n'est plus d' la premièr' jeunesse,
     Ça m'est égal ;
Si c'est pas non plus un' duchesse,
     J' m'en fich' pas mal.
Bien souvent ell' m'a fait des farces,
     Mais ça n' fait rien,
Et j' confess' que c'est un' sal' garce ;
     Mais ell' bais' bien !

Sans cervelle, elle vous a un' tête
     Gross' comme un œuf,
Et son instruction s'arrête
     A soixante-neuf ;
Ses ch'veux, tirant su' l' blond carotte,
     Sont à la chien ;
Ell' n'a plus un poil sur la motte,
     Mais ell' bais' bien !

Ell' jouit... d'un' santé excellente,
     C'est ce qui m' plaît,
Et tous les mois, du vingt au trente,
     Ell' parle anglais.
Quand on n' sait pas d' langue étrangère,
     N'y a qu'un moyen :
C'est d' se munir d'un dictionnaire
     Et on bais' bien !

Si j'avais l' malheur de la perde,
     Nom d'un pétard !
Ah ! j'irais me j'ter dans la merde
     Ou autre part.
Son portrait, fait par l' photographe,
     N' quitt'ra pas l' mien,
Et j' lui mettrai cette épitaphe :
     — " Ell' baisait bien ! "

Si vous croyez que je vais dire
Qui j'ose aimer,
Ceux qu'attend'nt et que j'vois sourire
Peuv'nt se taper !

AU QUARTIER LATIN

Je suis la compagne rieuse
Du fol étudiant ;
Intrépide amoureuse,
Riche quand il a de l'argent ;
Sinon nous partageons la pauvreté joyeuse.
Le matin, nous dormons encor,
Le soleil entre dans la mansade ;
Je m'éveille et puis le regarde
Glisser comme une flèche d'or.
Ma chambrette
Mignonnette
Semble sourire gaiement ;
Je m'habille,
Je babille
Et lutine mon amant.

— " Il fait beau ; si tu veux, ma belle,
Laissons Charles Robin,
Fuyons à tire d'aile;
Je travaillerai mieux demain,
Au diable l'examen ! Le printemps nous appelle."
Nous partons et les bois ombreux
Nous abritent sous la feuillée ;
Nous laissons prendre la volée
A mille baisers amoureux.

O jeunesse !
Folle ivresse !
Emporte nos doux serments !
Tu nous guides
Et présides
Nos plaisirs et nos tourments.

Enfin, il faut baisser la toile ;
Sur nos plaisirs lutins,
La nuit étend son voile ;
Nous rentrons au Quartier latin
Et, la main dans la main, nous fixons une étoile :
C'est l'étoile de la gaîté
Qui sourit à notre jeunesse ;
Ah ! mieux vaut bonheur que richesse !
Nous narguons notre pauvreté.
Je suis lasse,
Il m'enlace,
Adieu, mon cher petit lit !
Que Dieu garde
La mansarde
Et bénisse notre nid !

(1872).

————————— ✱ —————————

LE SALUT MILITAIRE

Le long du Luxembourg, une superbe femme,
Souriante, passait, en robe de printemps,
Leste, rose et jolie, avec des yeux de flamme
Au milieu d'un froufrou de gaze et de rubans.

Des soldats, culottés du pantalon garance,
Sur des bancs accroupis, à la porte fumaient ;

Un sergent pérorait au milieu du silence,
Et les pioupious naïfs d'extase se pâmaient.

Or, la belle, en frôlant ces groupes héroïques,
Y fit naître un essaim de pensées érotiques ;
Le sergent suspendit sa pipe et son discours ;

Le planton solitaire, à l'aspect de ces charmes,
Crut qu'il voyait passer Vénus et les Amour !
Et sentit, malgré lui, qu'il présentait les armes.....

Clément PRIVÉ.

LE CURÉ DU VÉSINET

Air : *Le Roi d'Yvetot.*

Il était un curé charmant
Qu'adoraient ses ouailles ;
Il les traitait fort galamment,
Sans peur des représailles ;
De l'Eglise ce gros bonnet,
Plein d'onction, au Vésinet
    Trônait.
Oh ! oh ! oh ! oh ! ah ! ah ! ah ! ah !
Quel galant curé c'était là,
    La, la !

L'histoire conte qu'il avait
Peu cure de la sienne,
Mais que la nuit il y venait
Plus d'une paroissienne ;

Aimant fort les jolis minois,
Il n'était pas, le fin matois,
    De bois.
Oh ! oh ! oh ! oh ! ah ! ah ! ah ! ah !
Quel galant curé c'était là,
    La, la !

On dit qu'entre ses *Te Deum*,
Même, ce bon évêque
In partibus... fidelium
Travaillait... à la grecque,
Et que des filles aux garçons,
Il savait passer sans façons...,
    Passons !
Oh ! oh ! oh ! oh! ah ! ah ! ah! ah!
Quel galant curé c'était là,
    La, la !

, Aux femmes de bonnes maisons,
Comme il avait su plaire,
Les gamins avaient cent raisons
De le nommer leur père ;
Dans ses faveurs et son amour,
Chacun d'eux avait tour à tour
    Son jour,
Oh! oh! oh! oh! ah ! ah! ah ! ah !
Quel joli papa c'était là,
    La, la !

Grâce à son amour du prochain,
Qui n'avait pas de bornes,
Tout le pays fut bientôt plein...
Plein de bêtes à cornes ;

Il eut le soin, ce beau grison,
D'en mettre une au moins par maison,
        Zon, zon,
Oh! oh! oh! oh! ah! ah! ah! ah!
Quel galant curé c'était là,
        La, la !

Non, je ne parviendrais jamais,
Mieux vaut que j'y renonce,
A compter tous les cocus faits
Par Monseigneur... Alphonse :
Il allait, vrai coq du canton,
De Célimène à Margoton,
        Dit-on.
Oh ! oh! oh! oh ! ah ! ah ! ah ! ah!
Quel galant curé c'était là,
        La, la !

Mais ce n'est pas un fait nouveau
Que tout passe et tout lasse,
Et qu'à force d'aller à l'eau,
Toute cruche se casse ;
Et le voilà, pour le moment,
A l'ombre avec..... son instrument
        Charmant.
Oh! oh ! oh ! oh ! ah ! ah ! ah ! ah !
Quel galant curé c'était là,
        La, la !

Plus d'un a, dit-on, plaint le cu-
Ré de son aventure,
Et même est encor convaincu
Que c'est une imposture ;

Mais plus d'une, aux tendres appas,
Le regrette, — n'en doutez pas, —
    Tout bas !
Oh ! oh ! oh ! oh ! ah ! ah ! ah ! ah !
Quel curé galant c'était là,
    La la !

Achille CARON.

------•✕•------

L'HYMNE DES NOYÉS

La Seine se déploie en frémissements vagues
Où le reflet des gaz agite un rouge éclair,
Tandis qu'un courant fuit dans la fuite des vagues,
    Plus opaque et pourtant plus clair ;
    Il glisse, lourd comme une lave,
    Sur le flanc des piliers qu'il lave.
    Et voici qu'un hymne humble et grave
        Monte dans l'air :

— " Nous sommes les noyés des grandes nuits lascives,
Les doux inachevés, les chauds et courts destins ;
Nous sommes le flot blanc des races convulsives
    Qui jaillit des soirs aux matins ;
    Nous ruisselons comme des fleuves,
    Fils de nonnes et fils de veuves,
    Fils de vierges prudemment neuves,
        Fils de catins...

" Pollen des lits bourgeois et des ennuis nocturnes,
Fleurs d'amour, fleurs sans fruit des soirs sans lendemains,
Nous chantons notre glas dans l'eau froide des urnes,
    Au clapotis rose des mains ;

Nous passons sans que nul nous voie,
Mais avant d'être ceux qu'on noie,
Nous voyons dans des mers de joie
Les cœurs humains.

" Nous sommes les enfants ignorés de leurs mères;
Nés d'un frisson d'amour, nous sommes les frissons ;
Et plus que le fœtus nous sommes éphémères,
Nous, leurs frères, qui nous berçons
Dans nos berceaux de porcelaine
Accrochés aux duvets de l'aine
Comme au long des sentiers la laine
Pend aux buissons.

" Et tous, assassinés par l'onde du baptême,
Dans les Saxes et les Chines, ou dans les grés rugueux,
Dans les fleurs de faïence ou les fleurs de Bohème,
Nous fluons à l'égout fougueux ;
Puis notre flotte erre et navigue
Dans l'écluse, contre la digue,
Et sous les ponts où la fatigue
Endort les gueux.

" Nous en avons tant vu grelotter sous les arches
Que ncus en avons pris en pitié les vivants ;
Tant vu qui regardaient, assis au bord des marches,
Courir leurs rêves décevants ;
Et mieux vaut le peu que nous sommes
Que d'être devenus des hommes
Essayant de pénibles sommes
A tous les vents !

" Nous aurions pu peupler cent mille fois la Terre,
Etre héros, rois, Dieux, avoir soif, avoir faim ;

Nous étions tout, étant le nombre et le mystère,
    L'ébauche du projet divin ;
    Nous nous roulons, tourbe inféconde,
    Vers l'inféconde mer qui gronde,
    Vers la mer, cuvette du monde,
        Sans fond, sans fin ! "

———————— ✕ ————————

SYMPHYSÉOTOMIE

Air : *Le Roi de Thulé* (FAUST).

Il était un anatomiste
Qui faisait la symphyséotomie ;
Il accouchait, en grand artiste,
Les p'tit' femm' qu'avaient l' bassin rétréci.
Quand i' n' manquait qu'un centimètre,
Il écartait modérément
Les os iliaq', afin d' permettre
L' passage de la têt' de l'enfant.

Quand il manquait cinq centimètres
Il disait : — " Très bien, parfait'ment.
Allons, Paillard, pass' moi mon mètre,
Pour que j' mesure bien exactement. "
Puis, prenant un double écarteur,
Il f'sait bâiller la pauvre symphyse ;
Sur son front ruisselait la sueur ;
Il en cassait l' plastron d' sa ch'mise.

Quand il voyait venir la tête,
Criait : — " Faut-il qu' Carpentier soit couillon !
D'avoir écrit, bougre de bête,
Qu' les femmes opérées, nous les disloquons,

Pinard l'a vu ; Pinard le sait ;
Et les maris bien mieux encor,
Pour avoir fait souvent c't' essai,
Qu' leur bassin n' craque pas sous l'effort

Oui Messieurs ! La Chi...irurgie
M'a rendu le papa de nombre d'enfants
Qui, sans symphyséotomie,
N'auraient pas le bonheur de téter leur maman.
Mais y a qu'Pinard et puis y a qu' moi
Qui sachions faire c'te machine là.
Les aut' sav' vraiment pas..... Pourquoi ?
Ils ont peur d'écarter..... Voilà ! "

LA GRÈVE DES PUTAINS

Air : *Fualdès.*

C'est donc pas fini d' la grève ?
Y avait cell' des terrassiers,
Et cell' des limonadiers ;
On aurait bien pu fair' trève.
V'là qu'on annonc', l'autr'matin,
Une grève de putains !

Ell's prétend'nt que la galette
D'vient trop rare : y a qu' des lapins.
Ell's vont fermer leurs... magasins,
Puisque l' miché n'est plus chouette ;
Et pour jouir maint'nant, messieurs,
Vous pouvez tirer la queue.

Que va d'venir le potache,
Au sortir de son bahut ?

Ell's ne prêt'ront plus leur cul
A sa naissante moustache ;
Aux gogu'nots, incontinent,
Il peut se branler maint'nant !

Le curé, sous sa soutane,
Va r'dresser en port'manteaux,
A moins qu'il n'aille à Citeaux
Pour vider sa sarbacane.
Tous ces pauv's ensoutanés
S'ront réduits à s'enculer.

Et toi, pauv' bourgeois tranquille,
Où vas-tu, maint'nant, aller
Te distrair' de l'hyménée
Et dérouiller ton bacille ?
T'es réduit au pot-au-feu :
Ça n'fait pas r'dresser la queue.

Le plus à plaind' c'est Alphonse :
Il n' va plus pouvoir manger.
Faut qu'il passe à l'étranger
Ou bien qu'il surin' les gonses.
Comment ! c'est ça qui l'attrisse,
Fair' des pièc's d'or sans matrice ?

Pleurons, messieurs, sur cett' grève ;
Pour un' simpl' question d'argent,
Ell's nous priv'nt, c'est dégoûtant,
D' pouvoir épancher notre sève.
J' vais m' fair' frère ignorantin :
Je pourrai m' passer d' putains !

Mais y a un' chos' qui m' console :
Maint'nant qu'y a plus d' putains,
Nous pouvons être certains
D' pas attraper la vérole ;
L' pharmacien en s'ra réduit
A fair' sa p'tit' grève aussi !

———————— >·< ————————

CONSEILS D'UN PÈRE A SON FILS

Puisque, par devant le Maire,
Tu viens de dire ce : — " Oui ",
Qui, joie hélas ! éphémère,
Rend ton cœur épanoui,

Puisqu'une vierge, une femme,
Sera tienne cette nuit,
Te livrant son cœur, son âme,
Sa bouche et ce qui s'en suit,

Dans ta candide ignorance
De ces instants solennels,
Ecoute, avec déférence,
Quelques conseils paternels :

On t'a raconté, peut-être,
Qu'il fallait, en commençant,
Ne pas trop parler en maître,
Te montrer obéissant,

Respecter de l'épousée
Les ineffables pudeurs,
Et te mettre à la croisée
Pour modérer tes ardeurs ;

C'est une erreur sans pareille.
L'innocence, de nos jours,
Se fait peu tirer l'oreille
Quand il s'agit des amours.

A retarder la culbute,
Que gagne-t-on, franchement ?
Dès la première minute,
Sois brutal ; va-z-y gaîment !

Mais si ta femme est bégueule
— Tu peux, à la vérité,
Etre tombé sur la seule —
Montre ton autorité.

Fais-lui voir, par ton courage,
Qu'un époux n'est pas un serf ;
Au début du mariage,
Il est bon d'avoir du nerf,

Dans ce duel qui commence,
Dans ce combat singulier,
Tiens-toi droit : L'homme est la lance,
La femme est le bouclier.

Saisis la main qui t'écarte,
Tous les moyens sont absous ;
Bref, je te dis, comme à Sparte :
— " Reviens... dessus ou dessous ! "

LA POUDRE D'HERCULE

EN TROIS SONNETS

I

Vénus devenant infidèle
A ce fervent de ses autels,
Qui croyait ses dons éternels,
Celui-ci dit : — " Passons-nous d'elle ".

Donc, pour remplacer la cruelle,
Au pharmacien il fit appel,
Espérant retrouver le ciel
Au fond d'une eau confidentielle.

L'honnête pharmacien promit,
Et, sans plus tarder, il se mit
A combiner de chauds mélanges ;

Car le bonhomme était pressé,
Depuis longtemps s'étant passé
De tout commerce avec les anges.

II

Enfin le potard aboutit,
Et, sous forme de poudre rose,
Il lui offrit l'apothéose
Et lui prédit le paradis,

Bien plus encor, de l'inédit,
Il deviendrait un virtuose,
Que plus, que moins, selon la dose,
L'occasion et l'appétit.

Aussitôt, fier de sa mixture,
Il alla tenter l'aventure.
D'aphone, il devint éloquent.

Il avait prêché comme un carme,
Et tenu longtemps sous le charme
Un auditoire frémissant.

III

Or, il voulut de cette aubaine
Faire profiter ses amis,
Dont les registres compromis
Rendaient la roulade incertaine.

A déjeuner il les amène,
Et son cuisinier est instruit
De ce qu'il faut, en un plat cuit,
Mettre de poudre phénomène

Pour que les choses aillent droit,
Que la voix monte au bon endroit.
Vatel, qui aimait les épices,

Très largement poudra son plat.
Eclatant fut le résultat,
Car c'était un plat de saucisses.

Jean GÉRARD.

(*Le Médecin de Paris, avril 1912*).

————————

PETIT PROBLÈME D'HISTOIRE

— Quels sont les trois plus célèbres péteurs de l'Antiquité?

— Icure, Eraste et Damoclès.

— Pourquoi ?

— Parce que tout le monde connaît les pédicures, les pédérastes et l'épée de Damoclès..........

————————

POUR CONCEVOIR

Les femmes qui veulent concevoir
Ne doivent la matrice avoir
Ou trop froide ou trop épaisse ;
Femmes qui suffoquent de graisse,
Dont trop humides sont les lieux,
A concevoir ne valent mieux.
Un fin laboureur ne s'engage
A semer dans le marescage.
Matrices trop pleines de feu
Ne retiennent ni prou ni peu.
Croupe sèche boit comme éponge
La semence que l'homme y plonge :
Les tempéraments mitoyens
Produisent plus de citoyens.

Louis de FONTENATTE,
Docteur en Médecine (Poitiers, 1654).

＊

LA PAILLE

Scie d'atelier.

— " Ma mère, mon con bâille ? "
— " Ma fille, fous-y d' la paille ! "

— " Ah ! ma mère, quelle drôle de raison
Que d' me fourrer d' la paille dans l' con :
J'aimerais mieux un bon gros vit
Que toute la paille du pays ! "

CONTE BADIN

Fort souvent, le matin, quand j'ai très bien dormi,
Mon esprit éveillé, par le calme affermi,
Des amours du passé retrace la peinture
Et me fait dénouer, en rêve, la ceinture
Des volages beautés qui, dans plus d'un pays,
Firent aux voyageurs l'aumône du logis :
Leur gaîté, leurs chansons, leurs gestes, leurs bons mots
Reviennent voltiger ; ainsi que des goulots
Du champagne frappé s'échappent des vapeurs,
Et je me laisse aller à ces charmes trompeurs.
Je vois, quoique de loin, une très belle Anglaise
Unissant dans sa chair le feu de la Française
Au muscle ferme et dur du solide Saxon,
L'héroïque rudesse et l'ardeur d'un Samson
Avec un vif amour de délicate adresse.
Aussi, je déployais, sans ombre de faiblesse,
Tout ce que peut l'amour en ses âpres combats,
Tel un boxeur battant le record aux pugilats.
Quand, soudain, j'entendis que ma belle maîtresse,
Tout en criant : — " Je meurs du feu de ta caresse. "
Ajoutait, joie ou douleur, ce simple mot. — " *Chicot !* "
Quel souvenir, ainsi, sortait comme un sanglot ?
Je sus, le lendemain, qu'en un gros formulaire
Elle avait bien cherché son mot incendiaire
Et qu'elle avait trouvé ce verbe frétillant
S'adaptant à ses goûts : *Chicot reste dedans.*

Dr Henry LABONNE.

BALLADE DE LA VÉNUS DE MILO

*Avant sa restauration, manquaient
à la statue : une partie du nez et trois
orteils. Le torse lui-même était avarié.*
(MUSÉE DU LOUVRE).

Bourgeois paisible et sympathique
Qui vas par les après-midis
Des dimanches et des jeudis
Dans la Galerie de l'Antique,
Avec ta femme et tes petits,
O toi dont l'âme est bucolique,
Après la *Victoire*, un dieu *Pan*,
Un *Hercule*, un *Faune dansant*,
Garde-toi d'aller plus avant :
La Vénus est syphilitique !

Milo n'est pas le nom d'un lieu
Sis quelque part sous le ciel bleu
Et toujours serein de l'Attique.
Je tiens d'un savant allemand,
Notoire autant que suffisant,
Que c'est le nom de son amant,
Et que Vénus fut impudique.
Milo n'était qu'un garnement.
Garde-toi d'aller plus avant :
La Vénus est syphilitique !

Aux pieds de ce marbre orgueilleux
Et désormais calamiteux
Une notice inaperçue
Et que tu n'avais jamais lue
Dit la vérité toute crue :
Vénus avait perdu le nez,

Trois orteils s'en étaient allés,
Sans doute étant contaminés,
Avec les bras de l'impudique.
La Vénus est syphilitique !

La chose éclate à tous les yeux !
Le long de ce torse fameux
Une étrange lèpre foisonne
Et tout est plaque, verte ou jaune.
La hideuse pigmentation,
Tant est grande la contagion,
A gagné jusqu'à la tunique.
Bourgeois faible et concupiscent,
Garde-toi d'aller plus avant :
La Vénus est syphilitique !

Le souvenir de tant de maux
Lui donne un air mélancolique.
De Milo, qui fut le héros
De cette aventure tragique,
Il ne reste plus de morceaux !
Maintenant, bourgeois sympathique,
Que tu viens d'apprendre comment,
Dans la Galerie de l'Antique
Garde-toi d'aller plus avant :
La Vénus est syphilitique !

ENVOI :

Monna Lisa la rachitique,
Puisque tu l'as été vraiment,
Je te donne un digne pendant
Dans la Vénus syphilitique !

Dr Frank DUPRAT,
(*Æsculape, février 1912*)

PARCE QUE.....

Parce que de la viande était à point rôtie ;
Parce que le journal détaillait un viol ;
Parce que sur sa gorge, immonde et mal bâtie,
La servante oublia de boutonner son col ;

Parce que d'un lit, grand comme une sacristie,
Il voit sur sa pendule un groupe antique et fol ;
Ou qu'il n'a pas sommeil ; ou que, sans modestie,
Sa jambe, sous les draps, frôle une jambe au vol,

Un bourgeois met sous lui sa femme froide et sèche,
Contre son bonnet blanc frotte son casque à mèche,
Et travaille, en soufflant inexorablement ;

Et de ce qu'une nuit, sans rage, sans tempête,
Ces deux crétins se sont accouplés en dormant,
O Dante et toi Shakespeare, il peut naître un poëte !

Clément PRIVÉ.

TES PÈRE ET MÈRE.....

Voici la chose ! c'est un couple de lourdauds,
Paysans, ouvriers, au cuir épais, que gerce
Le noir travail ; ou bien des gens dans le commerce,
Le monsieur à faux-col, et la vierge à bandeaux.

Mais, quels qu'ils soient, voici la chose : Les rideaux
Sont tirés. L'homme, sur la femme à la renverse,
Lui bave entre les dents, lui met le ventre en perce ;
Leurs corps, de par la Loi, font la bête à deux dos.

Et c'est ça que le Prêtre a béni ! Ça qu'on nomme
Un saint-mystère ! Et c'est de ça que sort un homme !
Et vous voulez me voir à genoux devant ça !

Des père et mère, ça ! C'est ça que l'on révère !
Allons donc ! on est fils du hasard qui lança
Un spermatozoïde aveugle dans l'ovaire.

RICHEPIN (*Les Blasphèmes*).

LA JEUNE ÉCOLE

Air : *L'Expulsion des Princes*, de MAC-NAB.

Disciples du vieux Mauriceau,
Nous portons la bonne parole ;
Notre clinique est le berceau
Des fervents de la jeune école.
Nous défendons avec ardeur
La théorie de ce cénacle :
Pinard est notre conducteur
Et Farabeuf est notre oracle. } (*bis*)

Aux prix de labeurs infinis,
Il retrouvent en Italie,
Pour sauver mères et petits,
Notre symphyséotomie.
Telu fut le grand détracteur
Qui, maintenant, clame au miracle :
Pinard est notre conducteur
Et Farabeuf est notre oracle. } (*bis*)

Brisons les fers, plus de forceps ;
Bien vite tranchons la symphyse.
Le talent avec le biceps
Sans cesse chez nous rivalise.
Redoublons, s'il se peut, d'ardeur,
Pour vaincre ou pour tourner l'obstacle :
Pinard est notre conducteur } (bis)
Et Farabeuf est notre oracle.

Oh ! oh ! foin du tamponnement :
En avant le perce-membranes ;
Ceux qui procèdent autrement
Nous les tenons tous pour des ânes.
Déjà, dans le clan tamponneur,
Voyez commencer la débâcle :
Pinard est notre conducteur } (bis)
Et Farabeuf est notre oracle.

De Pétersbourg, de Chicago,
De l'Inde et des deux Amériques,
Orientaux, Occidentaux,
Accourez, docteurs exotiques.
Je vous vois pâmer de stupeur,
Devant ce superbe spectacle :
Pinard est notre conducteur } (bis)
Et Farabeuf est notre oracle.

Ce que Paris n'a jamais vu,
A l'œil, à l'Europe on le montre ;
Ce que personne n'aurait cru,
Chez nos maîtres on le rencontre.
Entonnons leur louange en chœur
Et portons leurs noms au pinacle :
Pinard est notre conducteur } (bis)
Et Farabeuf est notre oracle.

MINETTE

Je n'ai point assez du baiser
Dont se contente tout le monde,
Et la source où je veux puiser
Est plus cachée et plus profonde...

De votre bouche elle est la sœur.
Au pied d'une blanche colline —
J'y parviendrai —, dans l'épaisseur
D'un buisson frisé qui s'incline,

Elle est cachée et l'on y boit,
En écartant un peu la mousse
Avec la bouche, avec le doigt...
Nulle soif ne semble plus douce.

Près de l'entrée on trouvera
Ce rocher que frappait Moïse,
Et je veux que ma bouche épuise
Ce flot d'amour qui jaillira.

Car ma caresse, ardente et forte,
A fait monter l'onde à ses bords ;
Je suis à genoux ; c'est la porte
Du sanctuaire de ton corps...

Tu palpites et je sens vivre
L'arôme sacré de tes flancs,
Ce doux arôme qui m'enivre,
Car j'aime tes parfums troublants,

Plus que l'odeur des forêts vertes,
Plus que la rose et le jasmin !
Source vive aux lèvres ouvertes
Que je t'emporte dans ma main !

Guy de MAUPASSANT.

LA MISS

(prise sur le vi...f)

A mon ami E. BERNARD

Dans la journée :

Déambule d'un pas hâtif,
Le visage hautain, l'œil rétif ;
Son facies, très rébarbatif,
Est figé dans l'indifférence ;
Car le Jour rend répréhensifs
Les susurrements affectifs
Et que d'un verbe corrosif
On connaîtrait la véhémence,

Le soir :

Mais, dès que la Nuit apparaît,
A l'existence, elle renaît,
Et, forte de l'obscurité
Dont elle connaît la bonté,
Elle exulte et se trémousse ;
Car, dans les feuillages épais,
Dans le calme le plus parfait,
Elle va pouvoir, à longs traits,
Déguster l'Amour, dans la mousse.

Lovely, lovely dark,
Eros, le soir, tire son arc
Et la Miss se métamorphose ;
Lovely, lovely dark,
C'est l'heure ou l'Anglais, dans les parcs
S'apprête à tirer autre chose.

M. R. G.
Londres, 13 juillet 1911.

LE VIT

J'ai célébré jadis, vous le savez, amis,
Les rares qualités d'un barbu bien fourni.
Plus ne veux aujourd'hui m'occuper de la gouine,
Son sexe louanger ; je vais chanter la pine,
Morceau de bidoche qui guide toute action
Chez un homme sensé et né " foutu cochon " ;
Qui d'aise fait hurler le gai tendeur qui plante,
Et gueuler de douleur le mec qu'a la coulante ;
Ce petit dieu des femmes qui par le cul les tient,
Et les fait se pâmer d'un simple va et vient........

Il est un fait certain, c'est qu'un chibre au repos
N'a rien qui soit en lui de précisément beau.
Il est petit et mou, pend presque resorbé,
Et s'appuie humblement sur le Scrotum ridé.
Mais Dieu! quel changement, quand, tout prêt pour la baise,
Le vit s'enfle et raidit, ardent comme une braise.
Que ce soit en longueur, en volume, en manières,
Les polards en triquant sont tous d'aspect divers :
Les uns bandent en l'air, les autres presque en bas,
Bien prêts à forniquer, mais comme n'osant pas.....
Tel est solide et fort qui percerait un mur,
Cet autre de boucher un trou paraît peu sûr ;
Beaucoup sont découverts, et semblent saluer
De leur gland le conin devant que d'y entrer ;
Mais bien souvent, hélas ! il s'en rencontre aussi
Qui gardent constamment sur la tête un repli
De la peau, qui, parfois démesurément long,
Les laisse mariner dans un bain de fromton.
D'aucuns sont contournés, tordus, obusiformes

Volumineux, microscopiques, filiformes :
Je me suis laissé dire, par une connaisseuse,
Qu'un bon passe-partout est chose avantageuse.....

Au membre, vous savez, sont adjoints les roustons
Qui certes sont pour lui deux tristes compagnons.
Ah ! tout dans leur aspect est par trop misérable :
Ils sont ratatinés, ou pendent lamentables
Quand du varicocèle ils sont devenus proie.
Leur physique est ingrat, et leur vie est sans joie ;
Toujours ils voient jouir et jamais ne jouissent !
Et, si un jour le vit souffre de chaude-pisse,
Ils ont à redouter le gono migrateur,
Et l'orchite souvent s'ajoute à leur malheur !
C'est là, vous conviendrez, un bien injuste sort,
Et, ma foi, je comprends qu'ils doivent souhaiter fort
Qu'un esprit génital trouve un jour le moyen
De les faire pénétrer aussi dans le vagin.
Ils sont las de rester à la porte sans cesse,
Et de se contenter de trop rares caresses,
Car gouine peu souvent se montre assez cochonne
Pour, sans hésitation, faire " boule de gomme ".

Je ne veux continuer plus longtemps car je crains,
En insistant sur ce sujet trop bultonien,
De vous foutre l'envie de vous empétarder !
Mais plutôt qu'entre nous le figne se larder,
Alors que vos polards impatients se dressent,
Qu'involontairement, moi, je serre les fesses,
Amis, vite au Bordel, avant qu'on ne le ferme,
D'un doigt sur le méat retenant notre sperme !

JEANMAIRE DE L'ECU. *(1904)*.

LA MÉLANCOLIE DU DISSÉQUÉ

Couché sur ma table de pierre,
Baissant par pudeur ma paupière,
  Je suis tout seul :
Sans un discours et sans un cierge,
Sans mes amis, sans mon concierge,
  Sans mon linceul.

Les Carabins, drôles de types,
Découpent, en fumant des pipes,
  Mon corps piteux.
Puis, quand il est plein d'avaries,
Ils me font des plaisanteries
  D'un goût douteux.

Hier, un interne en médecine,
Pour le donner à sa cousine,
  A pris mon pied ;
Et cette épave méconnue
Entre leurs mains est devenue
  Presse-papier.

Heureux ceux qui sont dans la bière !
Ils reposent au cimetière
  Villa des morts.
Ils ont une croix pour compagne ;
Ils logent presque à la campagne :
  Santé du corps.

L'herbe dont leur fosse est couverte
Habille de fourrure verte
  Leurs membres nus ;

Ils dorment à l'abri des rhumes ;
Ce sont eux les rentiers posthumes,
Les parvenus.

Quelques-uns nichent dans du marbre ;
Au-dessus d'eux pleurniche un arbre
Aux airs déçus ;
Et, de bas-reliefs décorée,
Leur sépulture est admirée
Des gens cossus.

Leurs héritiers, chaque année,
A l'époque déterminée
Par la douleur,
Vont, procession lamentable,
Sur leur tombeau très confortable
Verser un pleur.

Mais, moi, je n'étais point notaire,
Banqueroutier, propriétaire,
Ni { député.
    sénateur.
J'étais un bon socialiste,
Partisan du scrutin de liste,
Et { déporté.
    souteneur.

Je rendis l'âme à Saint-Antoine.
C'est quelque chose au péritoine
Qui me perdit.
Mes voisins firent la grimace ;
On brûla du sucre à ma place,
Et tout fut dit.

Je suis nu comme un mur d'église.
Ils m'ont retiré ma chemise,
Mon caleçon ;

Et maintenant, rebut des hommes,
J'ai l'air d'un vieux bifteck sans pommes
Et sans cresson.

Albert GUINON.

LE CURÉ DE FALÈNE

Près d'un bosquet, le curé de Falène
Se promenait par un beau soir d'été,
Lorsque soudain la blonde Madeleine
En jupon court s'offrit à son côté.
— " Ah ! — se dit-il, en voyant la friponne —
" Proposons-lui notre amoureux désir ;
" En ce moment il ne passe personne :   } (bis)
" Que je voudrais que ça lui fît plaisir !   }

" Ah ! permets-moi, ma blonde Madeleine,
" De t'embrasser un moment en ce lieu.
" Quant au péché ne t'en mets pas en peine,
" Puisque je suis un ministre de Dieu.
" Or, vois-tu bien, sa haine et sa colère,
" Un Oremus suffit à les fléchir.
" Il est méchant quand cela peut nous plaire, } (bis)
" Mais il est bon si ça nous fait plaisir ! " }

— " Monsieur l' Curé, vous êtes bien honnête,
" — Répond la belle — et certes pas chez nous
" Je jurerais que des pieds à la tête
" N'y a pas un homme aussi bien fait que vous.
" Moi, je ne suis ni honteuse, ni fière ;
" Vous le voulez, profitons du loisir.
" Monsieur l' curé, prenez-moi par derrière, } (bis)
" Ou par devant, si ça vous fait plaisir ! " }

Après ces mots, il s'étendit sur elle,
Et en jouit jusqu'à satiété.
" Foutre de Dieu ! — lui dit alors la belle —
" Monsieur l' Curé, vous êtes bien monté !
" Je me souviens (j'étais encor novice)
" Le bout du doigt seul me faisait jouir ;
" Mais foutre ! après un pareil exercice　）
" Faut un pilon pour me faire plaisir ! " 　）*(bis)*

Huit jours après, le curé de Falène
Parlait en chair' sur les voies du Démon ;
Mais, dans un coin, la blonde Madeleine
Riait sous cape, écoutant le sermon :
— " Bah ! — disait-elle à sa cousine Lise,
" Qui, de frayeur, allait s'évanouir —
" Monsieur l' Curé n'aim' pas ça dans l'église,　）
" Mais sur l' gazon, ça lui fait bien plaisir ! "　）*(bis)*

DÉCLARATION

Le récureur d'égouts qui tombe dans la fange,
Le vidangeur qui meurt dans la merde qu'il mange,
Eprouvent des tourments moins cruels, moins affreux
Que tous ceux que j'endure en voyant vos beaux yeux.

Entre un étron et vous, Dieux ! quelle ressemblance !
Tous deux par votre odeur m'offrez votre présence.
Ce matin, plein d'ardeur, j'ai chié dans mon pot,
Je me torche le cul, j'y regarde aussitôt.

O surprise ! ô bonheur ! j'aperçois votre image ;
Au milieu des étrons vous étiez à la nage ;
De vous péter au nez voilà tout mon bonheur.
Mon trou du cul, Madame, est votre serviteur.

PIRON.

LES BOUCHÉES A LA REINE

Le roi disait à la reine Victoire :
    — " Si tu voulais,
" Pendant une heure, me chatouiller l'histoire,
        " Je banderais.
" Si tu voulais dans ta royale bouche
        " Mettre mon vit,
" On dirait : Oh ! patricienne farouche,
    " Le roi jouit ; oui, le roi jouit ! "

Mais c'est en vain que la reine lui chatouille
        Le trou du cul ;
Ses doigts légers lui patinent les couilles,
        C'est temps perdu.
" Va — lui dit-il —, ta peine est inutile,
        " Je suis trop vieux.
" Je t'enverrai le Prince de Joinville
    " Qui baise mieux ; oui, qui baise mieux. "

— " Non, ton Joinville est un grand bande-à-l'aise
        " Qui, l'autre jour,
" Pour m'enculer à la façon française,
        " Me fit la cour.
" Et, par trois fois, s'astiquant la quéquette,
        " Il se branla.
" Mais il ne put défoncer ma rosette ;
    " Il débanda ; oui, il débanda. "

— " Ah ! — dit le roi — tu vas voir apparaître
        " Un gros cochon ;
" Car à l'instant, reine, je vais te mettre
        " Ma langue au con. "

13

Puis il l'installe sur sa royale couche,
        Lui suce le bouton.
La reine, aussitôt, lui décharge dans la bouche
    — " Ah ! que c'est bon ; ah ! que c'est bon ! "

Du trou du cul de la reine en furie
        La merde sort.
Le roi ravale ce que la reine chie ;
        Ça lui fait tort.
Cet excrément, qu'il digère avec peine,
        Bientôt revient :
  — " Ah ! — s'écrie-t-il — la bouchée à la reine,
  " Ça n' me vaut rien ; ça n' me vaut rien ! "

VALSE BLEUE

Pourquoi passer ta main
Sur le bas de mes reins ?
Tu peux m' p'loter les fesses,
J' me fous pas mal de tes caresses.
Pourquoi de mon sapeur
Renifles-tu l'odeur ?
J' vois bien que ça t'excite,
Mon vieux, tu peux r'tirer ta bite.

Refrain :

Combien de fois, pour faire ma conquête,
M'as-tu proposé de m' faire minette ?
      Mais je n'ai pas voulu
      Me laisser bouffer le cul.
      Tu m'as pris mes nichons
Dans tes deux mains, mon vieux cochon !

Tu t'es bien excité,
J' n'ai pas marché ;
Et si tu as déchargé
C'était sur le plancher.

Pierrot, c'est différent,
C'est l'aimé, c'est l'amant.
A lui toutes mes ivresses ;
A lui mes plus folles caresses.
Il m' passe sa langue partout,
Dans l' cul, dans l'autre trou,
Et pendant qu'il me fait minette
J' lui passe une langue sur les roupettes.

(Même refrain qu'au premier couplet)

Oh oui ! ce que je veux,
C'est ta langue et ton nœud.
Mon Pierrot, reviens bien vite
Me croûter le cul tout de suite.
Je veux, en me pâmant,
Sentir ton vit bandant
S'enfoncer entre mes fesses,
Car là est bien la folle ivresse.

Refrain :

Je veux qu'il m'embrasse comme à la charge
Et que la raie du cul, pleine de décharge,
Sente le mariné
Du foutre bien aimé.
Oh oui ! viens me baiser ;
Car maintenant, dans ma demeure,
Il faut que j' me branle
Et c'est un leurre ;
Car je veux me pâmer
Et veux que ton vit pleure.

CLINIQUE MÉDICALE

Air : *Chœur des Estafiers* (FANFRELUCHE).

Las d'exhiber ma redingote (1)
Aux habitués du grand amphi,
Je parl' en veston beige, aujourd'hui,
Dans le p'tit amphi qui dégote.
D'puis qu' Germain Sée est mort — Pauv' vieux ! –
J'ai pris sa place à l'Hôtel-Dieu.
Là, chaque arceau, chaque fenêtre
Montre à mes yeux l'image du vénéré Maître,
Du bon papa Trousseau
Qui, n'étant pas un sot,
M' donna les premièr' leçons d'Patho,

Tandis que ma bell' sœur explore
Les tombeaux des rois assyriens,
J'explore le foie, la rate, les reins,
L'intestin grêle et le pylore ;
Pour y découvrir des calculs,
Je vais jusques au trou du cul.
La s'maine dernière, j'eus l'heureus' veine
De découvrir que le professeur Laboulbène
Avait, sur cette question,
Pendant l'Exposition,
Fait un' important' communication.

On nous menace de la peste ;
Du Gange elle envahit l' bassin.
Heureus'ment qu'y a Monsieur Yersin,
Pour combattre ce mal funeste ;
Heureusement qu'y a Monsieur Yersin
Qui vient d'en trouver le vaccin :

Prend des chevaux, les inocule,
Puis vous fich' ça dans l' derme avec une canule.
Mais j' crains bien qu'ici,
Avant qu'il n'ait fini,
L'affreux mal n'ait depuis longtemps sévi.

Chez certains albuminuriques,
Après des travaux importants,
J'ai découvert des accidents
Que j'ai dénommés Brightiques,
En mémoire de Monsieur Bright,
Un médecin britannique : all right !
Démangeaisons, polyuries,
Cramp's aux mollets, épistaxis, cryésthésie,
Phénomèn' du doigt mort,
Et bien d'autres encor,
Auxquels Trousseau n'a pas pensé d'abord.

Quand l' pleurétique avait la fièvre,
Mon vénéré maître Trousseau,
Munissant son trocart d'un' peau,
Se hâtait d' ponctionner la plèvre.
J'ai découvert l'Aspirateur,
Un procédé qu'est bien meilleur.
Puisque j'en suis à ce chapitre,
Parfois 1-2-3-4-5, mêm' six litres
D'épanch'ment pleural,
Surtout chez un mitral,
Peuv'nt amener un dénouement fatal.

Je vous présente une malade
Atteint' de maladie d' Basedow
Qui, l'an dernier, le seize août,
Mit sa vaisselle en marmelade.

Ce seul symptôme m'a suffi
Pour un diagnostic précis.
Faut distinguer, avant tout' chose,
La névro-psychos', d'avec la psycho-névrose ;
Pour résoudre sûr'ment
C' problème embarrassant,
Je n'ai pas eu besoin du tremblement.

Lorsque, ayant assez de la vie,
Un malade claqu' malgré nos soins,
A dix heures, devant témoins,
Nous pratiquons son autopsie ;
Et ça sert à l'instruction
Des rastas de toute nation ;
Car j'en possède dans mon service
D'tout' les couleurs d'puis l'ébèn' jusqu'au pain d'épices,
Des slaves, des latins,
Tous poseurs d' lapins,
Qui viennent m'écouter tous les matins.

Quittant le verr' d'eau pour la plume,
Et pour l'écritoir' le discours,
Avec les résumés d' mes cours
J' ponds tous les ans quatre volumes.
On trouve ce précieux bouquin
Chez Masson, Boul'vard St-Germain ;
Et tous les ans l' volume s'augmente
D'un chapitre nouveau sur la question pendante,
Tel que la noix d'Arrec,
Le canard à trois becs
Et le sérum de Monsieur Marmorek.

(1) Professeur Dieulafoy.

BALLADE DU FŒTUS

Du ventre d'ma mère
Expulsé naguère,
Maint'nant je macère
Dans l'alcool normal :
Comme des chaloupes,
Nous nageons en troupes ;
Nous servons aux coupes
De Mathias Duval.
J'n'ai connu d'la vie
Que la p'tite partie
Qu'pass' not' viand' meurtrie
Dans un utérus :
Et, pauvre être frêle,
Ni mâl' ni femelle,
Tout le mond' m'appelle
Du nom de fœtus.

Spermatozoïde,
Dans la trompe vide,
Se trouvant sans guide,
Un jour s'égara.
Voyant de l'ovaire
Le chemin ouvert,
Sans fair' de manières,
Il s'y engagea.
Il sut si bien faire
Que, depuis, ma mère
N'eut plus ses affaires
A la fin du mois,

Et dit à son type :
— " J' suis pris', nom d'un' pipe !
Faut qu'on me l'extirpe,
Ou c'en est fait d' moi. "

Lui, dit : — " As pas peur.
Pleur' pas, mon p'tit cœur ;
J' vas trouver ma sœur
Qu'a déjà fauté.
A connaît Constance
Qui, d'un coup de lance,
Vous débourr' la panse
Sans êtr' brevetée. "
— Et moi, pauvre germe,
J' sens mon blastoderme
Pousser dur et ferme
Dans mon amnios.
Déjà je tressaille ;
J'ai trois pouc' de taille ;
Mes membres se taillent ;
J'ai déjà un os.

Un soir, dans l'arrière-
Boutiqu' d'un' mercière,
Ma maman, pas fière,
Entre sans frapper.
Puis, elle raconte
Son cas, non sans honte,
Inventant un conte
Pour tout expliquer.
— " Sois tranquille, ma p'tite,
Tu s'ras bientôt quitte "
Lui répond de suite

La fille Thomas.
Et, d' sa main grossière
Pressant les viscères,
L'horrible mégère
Prépar' mon trépas.

C'est gisant par terre,
Sous un' porte-cochère
Qu'une chiffonnière,
Le matin, m' trouva.
Débris infantile,
Trouvaille inutile,
Aux sergents de ville
Elle me signala.
Un sergot, plein d' zèle,
Serviteur fidèle,
D' sa main la plus belle
Rédige un rapport
Et chez l' commissaire
Vient conter c' mystère ;
Dans un flacon d' verre
On plaça mon corps,

Monsieur l' commissaire,
Avec commentaires,
Envoya l'affaire,
Le soir, au parquet.
L' jug' chargé d' l'enquête
Dit : — " Tout ça m'embête ;
D'main c'est jour de fête
Et faut qu' j'aille chasser.
Ce bocal m'embarrasse,
Faut que j' m'en défasse ;
Çe s'rait mieux sa place

A la Faculté. "
Et, sur ces paroles,
On m' porte à l'Ecole.
Dans l'alcool on m' colle
Et j' suis étiqu'té.

Au laboratoire,
Du matin au soir,
On cont' des histoires,
On chante et l'on rit.
Et, dans cette chambre
Qui ne sent pas l'ambre,
De nos petits membres
On taill' les débris.
Les étudiants s' battent,
Pour avoir ma rate,
Mes deux omoplates
Et mes os coxaux.
Dans cette bagarre,
Le maître barbare
Lui seul accapare
Rachis et cerveau.

J'ai quitté la vie,
Ma course est finie,
Je meurs sans envie
Et sans regretter.
J'aurais cru les hommes
Bien meilleurs en somme;
Hélas ! voyez comme
Ils m'ont maltraité !
Pour finir l'histoire
De ce long déboire,
Au four crématoire

On me portera !
Et vers les nuées
Mon âme entraînée,
Avec la fumée,
Vers le ciel ira.

24 janvier 1892.

L'AIGUILLE

A la marquise de Talbot.

Une étrange nouvelle est ici parvenue !
On prétend qu'embusquée au milieu d'un fauteuil,
Une aiguille a percé votre peau blanche et nue,
Dans un endroit soustrait aux profanes coups d'œil.

Pardonnez-lui, Madame, un crime involontaire,
Un crime non commis dans un but libertin ;
Sans doute elle pensait remplir son ministère,
Et n'être pas coupable en piquant du satin.

Dieu merci ! de la peur que vous avez conçue,
Il ne vous reste plus qu'un cuisant souvenir,
Et cette histoire a pris une comique issue,
Alors qu'elle pouvait tragiquement finir.

Ah ! Madame, pour vous quelle triste aventure !
Quel deuil pour votre époux ! si, s'égarant ailleurs,
Cette aiguille, exercée à l'œuvre des tailleurs,
Au lieu de faire un point, eût fait une couture.

BARTHÉLEMY.

LES ETOILES ILLUSOIRES

Au Docteur Cl. Simon, très
sympathiquement.

Puisque c'est au-dessus des belles moissons mûres
Que l'orage est plus noir et l'éclair plus certain,
Puisqu'il faut qu'à l'instant fixé par le destin,
Le mal s'en prenne au corps et la rouille aux armures,

Puisqu'un même sanglot vibre en tous les murmures,
Puisque les mêmes pleurs parlent tous les matins,
Puisque toujours l'espoir fuit d'un pied clandestin,
Puisque toujours l'oiseau s'envole des ramures,

Soit ! j'accepte l'arrêt sans grimace et sans bruit,
Résigné comme on l'est à voir tomber la nuit,
Domptant l'émoi des nerfs et le frisson des moëlles ;

Et, de même qu'il poind des étoiles aux cieux,
Je *veux* que dans ma nuit s'allument des étoiles :
Si ce n'est dans mon front, que ce soit dans mes yeux.

TROP DE FLEURS

Depuis que la Joconde a déserté son mur,
On n'a fait que vanter son sourire si pur,
Des bords de l'Amérique au fond de la Russie.

MORALITÉ :

D'en avoir tant parlé, Léonard devint scie.

Docteur de Saint-Mande
(*Médecine Pratique*).

MADELEINE

Elle naquit, un beau matin,
D'un archonte et d'une putain,
    Madeleine ;
Dès huit ans on l'enculait,
Car la pédérastie régnait
    A Athènes.

A seize ans, sans plus d' façons,
Elle f'sait la r'tape sur l' Parthénon,
    Madeleine.
Elle exhibait deux blancs nichons :
Ça f'sait bander les vieux cochons
    D'Athènes.

Un jour, Socrate, très emmerdé,
Xantippe venant de le plaquer,
    Lui dit : — " J' t'emmène. "
Huit jours après on l' voyait plus
Qu' bouffant des boîtes de copahu,
    A Athènes !

A ses disciples il la r'passa
Et sans rancune il leur vanta
    Madeleine.
Aristippe, qui n' fut pas sérieux,
Eut une orchite, le malheureux !
    A Athènes !

Platon, plus malin, s' fit branler,
Etendu sur un canapé,
    Par Madeleine.
Xénophon tira six coups,
Attrappa douze chancres mous,
    A Athènes !

D'vant Hippocrate, Méd'cin des bites,
On lui fit passer la visite,
    Non sans peine !
Il lui dit : — " T'as la syphilis,
" Des chancres mous, plus la chaude-pisse ! "
    Pauv' Madeleine !!

Dès lors ses beaux jours furent passés ;
Elle creva d' faim sur le Pirée,
    Loin d'Athènes !
A ceux qu'ignoraient sa vérole
Elle suçait l' dard pour une obole,
    Madeleine.

Enfin, lass' d'errer par les rues,
Elle avala de la ciguë,
    Madeleine !
Socrate profita d' l'occasion
Pour flétrir la prostitution
    D'Athènes !

———— >†< ————

FABLE

Un archevêque, ayant usé des plus gros nœuds,
Se mettait des timons de charrette au derrière.

MORALITÉ :

Que les délicats sont donc malheureux !
    Rien ne peut les satisfaire.

Guy de MAUPASSANT.

———— ✳ ————

LES MÉTAMORPHOSES DU VAMPIRE

La femme cependant, de sa bouche de fraise,
Et se tordant ainsi qu'un serpent sur la braise,
Et pétrissant ses seins sur le fer de son busc,
Laissait couler ces mots tout imprégnés de musc :

— " Moi, j'ai la lèvre humide, et je sais la science
De perdre, au fond d'un lit, l'antique conscience ;
Je sèche tous les pleurs sur mes seins triomphants
Et fais rire les vieux du rire des enfants.

Je remplace, pour qui me voit nue et sans voiles,
La lune, le soleil, le ciel et les étoiles !
Je suis, mon cher savant, si docte aux voluptés,
Lorsque j'étouffe un homme en mes bras veloutés,

Ou lorsque j'abandonne aux morsures mon buste,
Timide et libertine, et fragile et robuste,
Que, sur ces matelas qui se pâment d'émoi,
Les Anges impuissants se damneraient pour moi. "

— Quand elle eut de mes os sucé toute la moëlle
Et que, languissamment, je me tournai vers elle
Pour lui rendre un baiser d'amour, je ne vis plus
Qu'une outre aux flancs gluants, toute pleine de pus.

Je fermai les deux yeux, dans ma froide épouvante ;
Et, quand je les rouvris à la clarté vivante,
A mes côtés, au lieu du mannequin puissant
Qui semblait avoir fait provision de sang,

Tremblaient confusément des débris de squelette,
Qui, d'eux-mêmes, rendaient le cri d'une girouette
Ou d'une enseigne, au bout d'une tringle de fer,
Que balance le vent pendant les nuits d'hiver,

BAUDELAIRE.

IMPRESSIONS MARSEILLAISES
SUR LA DERMATOLOGIE PARISIENNE (1)

Air : *Le Pendu.*

Chaque année, puisqu'il est d'usage
Qu'à ce joyeux " dîner du Cours "
Tout Peaucier en apprentissage
Doit prononcer un bref discours,
Au nom des Enfants de Marseille
Je profite de l'occasion,
Sur Saint-Louis et ses merveilles
Pour vous donner mon impression.

Ce monument allégorique,
Aux murs croûteux et défraîchis,
Semble un vieil eczéma chronique
Sous des toits de psoriasis.
Les Etrangers — je le constate,
Sont épatés par ce décor...
Quant à nous, que plus rien n'épate,
Nous avons vu beaucoup plus fort.

Ainsi votre Musée de cire,
Par tout le monde si vanté,
N'est pas mal... mais, faut-il le dire ?
Ce n'est pas très bien imité.

Quand on fait, chez-nous, un moulage
De blennorrhée... c'est si frappant
Qu'on doit lui faire un grand lavage
Pour arrêter l'écoulement.

Jusqu'aux microbes en vedette
Qui sont ici mesquins, poussifs...
Je l'ai vu votre spirochète
Tout scrofuleux, pâlot, chétif !
A Marseille : pas de Schaudinne.
S'il y en avait, coquin de sort !
A la place de la Sardine,
C'est eux qui boucheraient le Port.

Vos zona, lichens, myxœdèmes,
Peuvent passer... à la rigueur,
Mais tous vos pseudo-z-érythèmes
Sont si blafards qu'ils me font peur ;
Votre urticaire est d'une espèce
Qui n'a pas cours dans le Midi :
Il vous manque la bouillabaisse,
Maï la bourrdo, maï l'aioli.

Vos sarcomes sont peu de chose
Auprès des nôtres, croyez-m'en.
Pour un morceau de mélanose
Vous criez tous : Au merle blanc !
Ces trésors vous sembleraient maigres
Si vous faisiez un tour là-bas :
Dans nos ports on voit de vrais nègres
Qui n'en sont pas plus fiers pour ça.

Vos nœvi parisiens... péchère !
Taches de vin, de minium,
Contrefaçon des plus grossières
Qui déteignent au radium...

14

Nos nœvi à nous, de Marseille,
Sont plus sérieux et moins tachants :
Car le vin s'y trouve en bouteille
Avec l'étiquett' du marchand.

Quant à vos tumeurs cérébrales,
Quel chichi ! près du Marseillais
Qui se fit ouvrir l'encéphale
Pour évacuer un abcès ;
Or, huit jours avant ce malaise,
Il était saoul comme un... bourgeois :
Son cerveau grouillait de punaises,
Il avait eu la gueul' de bois.

Et ce fils de la Joliette,
Ayant un rendez-vous d'amour,
Qui, trop confiant en la fillette,
L'attendit en vain tout un jour...
Le lendemain, triste et morose,
Il fut trouver son médecin :
Il avait d' la sporotrichose
Pour avoir " bouffé ce lapin " !

Et maintenant, voulez-vous, trève
De galéjades. — En finissant,
Souffrez que votre indigne élève
Se montre enfin reconnaissant.
A vous tous, merci, mes chers Maîtres,
Pour vos leçons, votre bonté :
C'est un honneur de vous connaître,
Un vrai chagrin de vous quitter.

Dr WYSE-LAUZUN.
(Marseille Universitaire)

(1) Chanté au dîner du cours complémentaire de l'Hôpital St-Louis.

LE CERCLE VICIEUX

— " Docteur, mon fils est bien malade. "
— " Qu'a-t-il ? " — " Il a... vous savez bien. "
— " Allons, ne soyez pas maussade ;
Un peu de copahu ; cela ne sera rien.
D'ailleurs, voilà mon ordonnance. "
— " Très bien. Mais, écoutez encore :
Le drôle a poussé l'impudence
Jusqu'à profaner le... trésor
De notre gentille Suzanne,
Cette bonne que nous aimons tant. "
— " Bigre ! Il faudra double tisane. "
— " Oui. Mais là n'est pas l'important :
Le malheur, c'est qu'au même instant
Où mon fils travaillait la belle
J'avais des rapports avec elle ;
Et... vous m'en voyez tout autant ! "
— " Diable ! L'affaire se complique.
Vous voilà pincés tous les trois.
Ceci, mon très cher, vous explique
Comment les bergers et les rois,
Faute d'avoir des gants aux doigts,
Les voient maigrir de maladie ;
N'allez donc plus à l'étourdie.
Imitez-moi, soyez prudent.
Quand il me faut de la tendresse,
Je sais bien à qui je m'adresse.
Enfin, c'est fait. Force chiendent
Vous tirera bientôt d'affaire.
Mais il est surtout nécessaire
D'éviter votre femme. " — " Hélas ! il est trop tard :
Dimanche, me sentant gaillard,

J'ai passé la nuit avec elle.
Au lit, voyez-vous, moi j'excelle.
Puis je ne me doutais de rien.
Bref ! Elle aussi ne va pas bien...
Qu'avez-vous, docteur ? " — " Ma parole !
— Dit en bondissant celui-ci —
Si votre femme a la vérole, .
Alors je vais l'avoir aussi ! " (1)

René de R..L.

(1) *Variante des quatre derniers vers :*

Qu'avez-vous docteur ? " — " Mais, j'y pense,
— Dit en bondissant celui-ci —
Malade, elle, oh ! quelle imprudence !
Sacristi ! Je vais l'être aussi !!! "

———————— ·◇· ————————

CHANSON TRISTE

Air : *Le Pendu* de MAC-NAB.

Balladant sa conjonctivite
Le long du joyeux boulevard,
Il était presque aussi cécite
Que l'aveugle du Pont des Arts.
Le beau sexe, assis en ces bouges
Où l'on boit de la bière d'or,
Disait : — " Ses yeux, comme ils sont rouges, } (bis)
Peut-être bien qu'il coule encor. "

Lorsqu'il allait à la musique,
Le Jeudi soir, au Luxembourg,
Un doux relent copahivique
Parfumait tout l'air d'alentour.

Le mélancolique trombone,
Accompagné par le doux cor,
Disait à plus d'une personne :
— " Prenez bien garde : il coule encor. " } *(bis)*

A la Source, au Vachette même,
Quand son étoile le poussait,
Il demandait un café-crème
(Peu de café, beaucoup de lait).
Le garçon, de ce doux mélange
Chargeant la tasse jusqu'au bord,
Disait : — " Plus d'absinthe, ça l' change ; }
Bien sûr que Monsieur coule encor. " } *(bis)*

Contre son ardeur érotique,
Chaque soir il s'administrait
De camphre et d'extrait thébaïque
Un mélange intime et discret ;
Et Vénus, déesse aphrodite,
Pleure sur son organe mort.
En vain, son aiguillon l'excite : }
Adieu, plaisir ! Il coule encor. } *(bis)*

A ses maux, il veut mettre un terme.
En Seine, près du Châtelet,
Il se jette. L'eau se referme.
Il est submergé. C'en est fait.
Le fleuve prend des tons superbes
Et du couchant reflète l'or.
Dans le courant, rasant les herbes, }
Le pauvre noyé coule encor. } *(bis)*

————•○•————

LA MORT D'UN TRAPPISTE

Le Lundi de Pâques dernier, toute la communauté était en rumeur. On y voyait les abbés réunis autour du Père On et du Père Istyle, formant des groupes tristes et mornes. C'est qu'une nouvelle accablante venait de circuler : la mort de l'abbé Quille ! Tout à coup arrivent l'abbé Trave et le Père Vert. — " Hélas ! disent-ils, la nouvelle n'est que trop vraie. Pendant que l'abbé Nédiction donnait le salut, l'abbé Quille tombait dans les bras du Père Clus, pour ne plus se relever. Une discussion violente, qu'il avait eue avec le Père Siffleur, avait déterminé une attaque d'apoplexie. Le Père Linpinpin lui a administré sa poudre, et le Père Oxyde son cordial : mais, hélas ! c'était en vain. Le Père Chlorure a voulu lui faire donner aussi, par le Père Tuis, un remède de sa façon ; mais le Père Itoine s'y est formellement opposé et, de fait, il n'était plus temps : l'abbé Quille venait d'expirer ! "

A ces mots, l'émotion se manifeste sur tous les visages. L'abbé Gueule tombe évanoui ; on l'emporte. Un seul des RR. PP. était joyeux, malgré sa tristesse apparente ; c'était le Père Fide. Quand au Père Du, il ne savait où donner de la tête.

Le Père Imètre fit le tour de la communauté et, rencontrant un vieux moine affaibli par l'âge, il lui dit : — " Ah ! Père Itif, voilà une nouvelle qui va faire bien de la peine au Père Nod. Et il lui raconta la catastrophe. L'abbé fila à toute vitesse prévenir les communautés des alentours. Le repas du soir, présidé par l'abbé Ration, fut des plus tristes : Le Père Oquet ne disait mot et le Père Sil avait perdu toute sa fraîcheur. Cette fois, au sortir du réfectoire, le Père Pendiculaire ne monta pas droit chez lui et l'abbé Daine n'eut pas d'indigestion. Bref, chacun se retira dans sa cellule. Le lendemain, le Père Uquier rasa toute la communauté et l'on se rendit à la chapelle, pour la cérémonie funèbre. Là, comme il n'y avait pas de chaire pour le Père Orum, le Père Oquet monta sur le perchoir et prononça une remarquable oraison funèbre. Le Père Emptoire lui succéda, avec non moins de succès ; mais le plus éloquent fut certainement le Père Tinent. Tout le monde pleurait, surtout le Père Méable. Après la messe, on donna l'absoute et, avant de partir pour le cimetière, chacun vint jeter sur le cercueil l'eau bénite que tendait l'abbé Gnoire. Les chantres, accompagnés par le Père Cussion et le Père Golèse, renforcés de l'abbé Mol et de l'abbé Carre, entonnent le Miserere ; tandis que le Père Sonnage, le plus grand de la communauté, sonnait, à toute volée, les cloches du monastère.

Une grande discussion vint à s'engager, au sujet de la route à prendre pour se rendre au cimetière. L'abbé Vue voulait prendre la route la plus longue ; l'abbé Casse et le Père Dreau, qui aiment à aller à-travers champs, ainsi que le Père Illeux, qui affectionne les sentiers escarpés, soutenaient l'abbé Vue. De son côté, l'abbé Cane préférait la grande route. Mais le Père Clus, qui, en perdant l'abbé Quille, avait perdu son seul soutien, opinait autrement. Le Père Sévérant et le Père Sistant ne voulaient pas démordre de leur avis.

L'abbé Nignité était de l'avis de tout le monde, tandis que le Père Sécuteur et le Père Turbateur ne faisaient qu'envenimer la question à la satisfaction générale. Le Père Plexe, interrogé, n'avait rien à répondre. Quand au Père Manent, on l'avait laissé dans sa cellule dont il ne sortait jamais. Le cortège fut imposant. On y voyait figurer tous les vieux souvenirs des autres pays, jusqu'à l'abbé Résina, l'abbé Otie, le Père Igord et le Père San. Le Père Missionnaire, parti en vacances depuis quelque temps, s'était fait représenter par le Père Ipatéticien, professeur de philosophie. Enfin, on arriva à la tombe que le Père Foreur avait creusée, après avoir acheté le terrain au Père Pétuité. On pria ardemment le Père Dominum Nostrum d'introduire l'abbé Quille dans l'abbé Atitude, par l'intermédiaire du Père Omnia Sœcula Sœculorum. Amen !

Le Père Spicace, qui voulut bien nous communiquer les détails du malheur venant ainsi frapper le monastère de la Grande Trappe, nous raconta, depuis, avoir appris, par l'abbé Tise, que l'émotion avait rendu muet l'abbé Gueule.

LE SERVICE DE ROBIN

Air : *Le Petit Chaperon Rouge.*

Auprès de la Halle aux Vins,
J' connais un servic' très chic...que ;
C'est celui d'Albert Robin,
Héros d' l'analys' chimique.
On y fait d' la thérapeutique en grand,
Des étud's complèt's sur l'urine et le sang ;
Mais c'est dans l'analys' du suc gastrique
Que cet homme illustre est surtout brillant.
Hyperchloridriqu's, ulcèr's d'estomac,
Vienn'nt, de tout Paris, se faire soigner là.

Le patron, régulièr'ment,
Le lundi de chaqu' semaine,
Fait des topos sur l' pigment
Et sur le corps chromatogène.
Ce n'est pas qu' ce corps soit bien inédit,
Car il y a 25 ans qu' Rosenstein le vit ;

Depuis on l'a découvert un' douzaine
De fois, et toujours on s'en est gaudi ;
C' qui prouv' — qu'oiqu'en dis'nt les esprits mal faits —
Que la science chimique est en grand progrès.

Quel est cet homme important,
Barbu comme un vieil arverne ?
C'est le docte Capitan,
De la Médecine Moderne.
Pour ne pas s' cogner dans les omnibus,
Au lieu d' tuyau d' poêle, il porte un gibus.
C'est lui qui commande en chef et gouverne
Le groupe encombrant des rastas velus :
Son cerveau puissant de science est un puits,
L' Dictionnair' Larouss' n'est rien auprès d' lui.

Voici l' blond Mauric' Michel,
Favori des bell' petites,
Conférencier officiel
De tout's espèc' de cardites.
D'puis dix ans qu'il est dans les hôpitaux,
Sur ces affections y prend des tuyaux ;
J' vous l' divulgue (surtout à personn' ne l' dites) :
Il a de grands projets matrimoniaux.
Aussi ce savant n' s'émeut pas beaucoup,
Quand la bell' Angèl' lui fait les yeux doux.

Londe dit, sans hésiter,
Tout c' qu' y a dans la capsule
Interne, et, sans se tromper,
Fait l' quatrièm' ventricule.
Comme un géologu', de son p'tit marteau,
Pour chercher les réflexes anormaux

A coups redoublés il frapp' les rotules
Et fait tressauter les muscles cruraux.
Avec lui tout l' monde est un peu nerveux,
P. G. P. futur, candidat gâteux.

De l'illustre Bournigault
Nous allons chanter la gloire ;
C'est lui le chef des travaux
Qui s' font au laboratoire.
Son tube en caoutchouc, dans l'estomac,
Produit l' même effet qu'un' dos' d'ipéca ;
Il suffit pour ça d' presser sur la poire
Et puis de lâcher tout : l' malade dégueul'ra.
Sans atteindr' la taill' d'un tambour-major,
Quand on est malin, on peut être très fort.

Comme Monsieur Robin voulait
Doser l'air atmosphérique,
Il fit v'nir papa Binet,
L'homme à l'acid' carbonique,
Qui, tous les matins, fait, dans des ballons,
Passer le contenu de quelques poumons,
D'emphysémateux, d' bacillaires chroniques,
Pour voir si cet air contient des poisons.
Moi, j'y connais rien ; mais, vrai ! c'est égal,
C' bon Monsieur Binet se donn' bien du mal.

A côté de c' doseur d'air,
On voit la petit' cuisine
Où son camarade Vieiller
Fait mijoter son urine.
L'odeur de c' liquide et d' l'acid' nitreux
Remplit le local d'un mélange heureux ;

Du matin au soir le bon suiss' turbine ;
Qu'a-t-il découvert ? C'est l' secret des Dieux !
Mais lui, toujours calme, avec conviction,
Remet à bouillir la préparation.

Après eux vient le Potard,
Bon garçon, mais pas novice,
Arrivant toujours trop tard,
Carabinier du service.
C'est lui qu'élabor', sous form' de potions,
Du grand thérapeut' les prescriptions.
Pour être sûr que l'un d'eux réussisse,
D' six médicaments, il combine l'action.
Du Condurango ? Du Jaborandi ?
Voulez-vous la r'cette, on la trouve ici.

Pour compléter ce tableau,
Nous avons une princesse.
Qui trott' derrièr' Bournigault,
Comm' l'enfant d'chœur à la messe.
Elle a des nichons comm' Lian' de Pougy :
Je n' les ai pas vus, mais on me l'a dit ;
Et chacun lui lanc' des yeux pleins d' tendresse
Et des mots galants dont elle rougit.
On l'entend parfois dire, en soupirant,
Que l' sulfat' de soude est un sel charmant.

J' vous présent' Monsieur Baudoin,
Le parfait syphiligraphe,
Qui sait vous dir', de très loin :
— " D' la vérol' voilà l' paraphe. "
Il attribue tout à l'hérédité,
En baissant les yeux par timidité,

Agitant les bras comme un télégraphe,
Son ami Bolche est tout l'opposé :
J' voudrais bien savoir ce qu'il a fait pour
Avoir cett' barb' en baguettes de tambour ?

Dans ce servic', quelquefois,
On en entend dir' de raides ;
C'est quand Robin, sur le foie,
Fait parler Monsieur Leredde.
Nous avons aussi, fait accidentel,
Des conférenc's fait' par Monsieur Mendel
Qui vient expliquer comment il procède,
C' que l' laryngoscope à ses yeux révèle,
C' qu'y a dans l'oreille et comment il faut
Fair' l'exploration des cornets nasaux.

Nous avions Monsieur S...,
Un bien vilain rastaquouère ;
Heureusement qu'il est parti,
Car il ne nous plaisait guère.
Avec lui s'en vont MM. P....,
A....., B....., et J......
Seigneur ! extirpez de la terre entière
Tous ces sales rastas et leurs pataquès ;
Car, quoi qu'en ait dit notre bon Doyen,
Je voudrais les voir tous dans leur pat'lin.

Maint'nant qu' j'ai fini d' chanter
Ma bell' chanson du service,
Il est temps de m' résorber,
D' peur que Robin ne sévisse,
Que Capitan n' m'enlèv' ma note " très bien ",
Que la bell' Mathild' m' fass' mordr' par son chien

Et que le trio des joyeux Thémisses
M'lanc' de vitriol un cristalloir plein.
Mais j' veux pas d'tout ça, car j' tiens à ma peau,
Et j' compt' écrir' plus d'un couplet nouveau.

REQUIEM ! [1]

Accepte, ami, cette couronne funéraire :
Ces perles sont les pleurs que nous avons pleurés
En songeant que demain nous n'aurons plus de frère,
    Collègues éplorés !

Demain tu pleureras ta jeunesse fanée,
Ta calotte fidèle et ton tablier blanc !
Demain, c'est le concours ; demain, c'est l'hyménée ;
    Mais jamais le Client !

Tu n'es plus le "Bourgès " qu'acclamaient nos poitrines,
Mais : M'sieur l' Docteur Bourges, un médecin !
Entonnons, oubliant la Valse des Chopines,
    La Marche de Chopin !
      !!!!

HÉBÉ.

Hôtel-Dieu, (27 janvier 1891).

[1] A un ami, pour ses adieux à la vie d'Interne.

SONNET AU SPERMATOZOIDE

A la muse de Baudelaire.

Ne sens-tu tressaillir les murs de ta prison,
Spermatozoïde à la tête si gracile ?
Des canaux déférents le chemin est facile
Quand un ébranlement soulève leur cloison.

Grâce au fleuve roulant, un nouvel horizon
Va s'ouvrir devant toi, si tu sais, très docile,
Flotter au gré du flot et triompher, agile,
De tes nombreux rivaux. A toi seul la maison !

Mais ne t'attarde pas aux futiles orgies,
Fuis la fraîche oasis, le gazon cilié,
Le sang ou les parfums, le pus avarié !

Ainsi qu'en un trou noir la flamme des bougies
Guide l'explorateur, marche vers la lueur
Du petit col ouvert, puis... pénètre en vainqueur !

Dʳ Henry LABONNE,
(*Mars 1908*).

LE PATRICE VERT-DE-GRIS

Refrain :

Ta ra ta ra tara la la houp, ⎫
   Tara tara la la la. ⎬ (*bis*)
               ⎭

   Du temps où Pharamond
   Etait marchand d'fromages,
   Vivait dans son donjon
   Une dame fort sa-a-ge,

Chérie de son mari,
Le patrice Vert-de-Gris,
Caporal dans l'armée
Depuis bien des années.

Mais il partit en guerre,
Laissant dans son manoir
Sa belle ménagère
Pleurant dans son mouchoir.
La belle Dulcinée
A la mine éplorée
Laissa flotter au vent
Les plis d'un mouchoir blanc.

Puis il monta sa bête,
Un superbe étalon,
Et se mit à la tête
De son fier escadron.
On la vit à genoux
Aux pieds de son époux,
Chaussant ses éperons
Et sonnant du clairon.

Elle apprit la nouvelle,
Par son page favori,
De la mort bien cruelle
De son époux chéri
Qui fut, dit-on, en Perse,
Percé par un Persan,
Qui lui perça la fesse
Pour voir c' qu'y avait d'dans.

A la triste nouvelle,
La dame se laissa choir

Et s'en fut, sans chandelle,
Pleurer dans son boudoir.
Elle appela son page :
— " Ah ! mon bébé chéri,
" Redis-moi ton message,
" Car j'n'ai pas bien compris. "

Son page bien fidèle,
Frisé, cosmétiqué,
S'en fut auprès d' la belle,
Afin d' la consoler.
Et, pour montrer son zèle,
Ota son pantalon,
Prit dans son escarcelle
Un p'tit bonnet d' coton.

Mais, ô surprise extrême !
Vers trois heures du matin,
Le patrice lui-même
Chez lui revint soudain.
Et voilà qu'aussitôt
Le jeune adolescent
Veut mettre flamberge au vent
Mais n' trouve que son fourreau.

Le patrice, en colère
De se voir supplanté,
Tira sa longue rapière
Et la fit tournoyer.
En moins d'une seconde,
Le jeune adolescent,
Forcé de quitter c' monde,
Mourut en s'écriant :

La morale de c'tt' histoire,
J' vas vous la raconter :
C'est qu'il n' faut jamais croire
C' qui n'est pas arrivé.
Ceci nous prouve encore
Que l' pétrole a d' la peine
Pour éclairer si fort
Que le gaz hydrogène.

(1880).

CONSULTATION

Souvenir d'un licencié à un docteur.

Des gens rich's étaient en pleurs,
Un des leurs
Fichait l' camp vers le trépas
A grands pas ;
On s' dit : — " Faut, sans hésiter,
" Consulter
" Deux méd'cins aussi fameux
" Que coûteux :
" L' nôtre n' prend pas assez cher,
" On n' peut pas s'y fier. "

Les docteurs vinr'nt, par hasard,
Sans retard ;
On leur mit un encrier,
Du papier,
Du sucre sur un plateau,
Un verr' d'eau ;

15

Bref, on n'omit nul apprêt,
Puis après,
On ferma sur leurs talons
La port' du salon.

Une fois seuls devant l' turbin,
Les copains
Se mir'nt à parler longu'ment,
Et gaiement,
De la Bourse, du Choléra,
D' l'Opéra,
D' Péan, qui veut pocher l'œil
A Verneuil :
Puis, comme ils arrangeaient l' feu,
L' malad' devint feu !

Tout l' monde était frémissant,
En pensant
Que les méd'cins s'raient vexés
De c' décès :
Mais tout s' passa poliment,
Gentiment :
Ils sortir'nt sans embarras,
S' donnant l' bras,
Et dir' d'un ton net et franc :
— " Vous nous d'vez mill' francs ! "

Les héritiers, très surpris
De ce prix,
Disaient : — " Cristi ! qu'est-c' qu'on d'vrait
" S'il vivait ? "
Mais eux dir'nt : — " Vous vous trompez,
" Vous payez

" Notre petit dérang'ment,
　　　" Simplement :
" Qu'il vive ou meur' ; par le fait,
　　" Qu'est-ce que ça nous fait ? "

　　　　　　　　Gaston SÉCOT.

　　　　　(Revue des Nouveautés médicales).

L'AUTOPSIE [1]

Un matin, sur la voie publique,
Un inconnu fut trouvé mort.
Flairant un mystère tragique,
Le parquet s'en émut très fort.
A la Morgue, un méd'cin légiste
Vint, suivant un usage ancien :
R'nifla le cadavr' qu'avait l'air triste,
L'examina, mais n'trouva rien ;
　　　Rien, rien,
　　Absolument rien !

L'enquête allait demeurer vaine,
Quand survint un second docteur,
Qui crut découvrir, non sans peine,
Les traces d'une lésion au cœur.
On remit, sans aucun scrupule,
L' précieux viscère au praticien,
Qui, d' l'oreillette au ventricule,
Explora tout, sans trouver rien ;
　　　Rien, rien,
　　Absolument rien !

La polic', n'ayant rien à faire,
Voulut pousser la chos' plus loin,
Un médecin de la Salpêtrière
Examina l' corps avec soin ;
Dit : — " Y a quéq' chose dans l'encéphale.'
Prit l' cerveau, le retourna bien,
Fouilla la matière cérébrale,
Ouvrit un lobe, et n' trouva rien ;
            Rien, rien,
        Absolument, rien !

Ça commençait à sembler drôle ;
Sur l' cadavre du patient
Tous les médecins, à tour de rôle,
Venaient essayer leur talent ;
C'était à qui prendrait un membre,
Chacun voulait avoir le sien.
A la Morgue on f'sait antichambre,
Mais personn' ne trouvait rien ;
            Rien, rien,
        Absolument rien !

(1) Chanson de ZIG et de ZAG.

———————•—•———————

LE CON

Parodie du LAC, de LAMARTINE.

Ainsi, toujours séduit par de folles images
Que le cœur égaré caresse tour à tour,
Le con ne pourra-t-il, dans ses lubriques rages,
        Se calmer un seul jour ?

O con ! la nuit à peine a fini sa carrière
Où dix fois mon engin te donna le bonheur
Et tu désires encor que d'une tête altière
      Il brave ta fureur.

N'as tu pas épuisé, jusqu'aux dernières gouttes,
Le sperme par l'amour dix fois renouvelé ?
Faut-il que mes vingt ans succombent à ces joutes
      D'amour échevelé ?

Un soir, il m'en souvient, sur une couche ardente,
Le sommeil, par un rêve, irritant le désir,
Il semblait que les nerfs de ta vulve béante
      Palpitaient de plaisir.

Tout à coup, des accents, inconnus de la terre,
De tes bords charnus frappèrent les échos ;
Sur le monde lascif des fêtes de Cythère
      On entendit ces mots :

—" O vit ! bande toujours ; et vous, couillons propices,
      Distillez votre jus,
Pour fixer à jamais les rapides délices
      De nos sens éperdus.

" Assez de malheureux, rongés par la vérole,
      Redoutent vos ardeurs.
Restez mous pour ceux-là que trop bander désole ;
      Gardez-moi vos raideurs.

" Mais non. Je dis en vain : Durez, durez sans cesse,
      O plaisirs enivrants.
L'amour fuit, le vit tombe et l'indigne mollesse
      Fait les couillons pendants.

" Baisons donc, baisons donc. De l'heure fugitive
Hâtons-nous. Jouissons !
Ne laissons pas la pine en sa raideur oisive.
Vite recommençons. "

LE CON, *indigné :*

— " Vit sans nerf, se peut-il que ces moments d'ivresse,
Où tu sais à longs flots me verser le bonheur,
Disparaissent encor avec plus de vitesse
Que tes nuits en tiédeur. "

LE VIT, *furieux :*

— " Eh quoi ! ne pourra-t-on jamais te satisfaire,
Infortuné objet de notre enivrement ?
Pour moi, cela est plus que je ne saurais faire.
Dieux ! Quel tempérament !
(*Se radoucissant*)

" O poils ! lèvres ! bouton ! vous du con la parure !
Vous que la main caresse au moment du plaisir,
Gardez de cette nuit, charmes de la nature,
Au moins le souvenir.

" Qu'il soit dans le zéphir doux et frais qui caresse
De ses molles senteurs ta motte de velours,
Dans l'astre rebondi que des deux mains je presse
Pour aider nos amours,

" Qu'il soit dans ton repos, qu'il soit dans ton ivresse,
Beau con, et dans l'aspect de tes traits enchantés,
Et dans les poils touffus dont la soyeuse tresse
Voile tes cavités,

" Que tes bords caressés par une main nerveuse,
Que tes parfums, beau con par le foutre arrosé,
Tes attraits chiffonnés par l'extase amoureuse,
Tout dise : — " Ils ont baisé ! "

SOUVENIR DU QUATIER LATIN

Air : *T'en souviens-tu ?*

— " Te souviens-tu ? " disait à sa grisette
Un étudiant sans soucis d'avenir
" Comme, autrefois, dans ma pauvre chambrette,
Je savourais le nectar du plaisir ?
Comme, autrefois, pour combler ton ivresse,
J'oubliais tout, et fortune, et vertu ?
Alors, alors, j'ignorais la tristesse.
O Rosita ! Dis-moi, t'en souviens-tu ?   } *(bis)*

" Je t'admirais, tressant ta chevelure
Qu'en mes deux mains j'aimais tant à rouler ;
Je me plaisais à froisser ta parure,
A voir ton œil des feux d'amour briller.
Alors le sang me bouillait dans la veine ;
J'étais heureux du bonheur d'un élu ;
Car de mon cœur je t'avais fait la reine ;
J'étais ton roi. Dis-moi, t'en souviens-tu ?   } *(bis)*

" Sur mes genoux, ou bien sur la couchette,
Combien de fois j'escomptais de désirs !
Combien de fois la muraille indiscrète
A révélé nos baisers, nos soupirs !
O Rosita ! si gentille et si folle,
Que d'heureux jours avec toi j'ai vécu !
Le vieux latin, généreux et frivole,
Aimait alors. Dis-moi, t'en souviens-tu ?   } *(bis)*

" J'avais vingt ans ; j'ignorais la misère,
Et de l'amour je cherchais les secrets.
Comment songer à l'existence amère
Quand cet enfant nous ouvre ses bosquets ?

Rien ne venait assombrir l'existence.
Ce beau roman, hélas ! je l'ai tout lu.
De ces instants parfumés d'espérance,
O Rosita ! dis-moi, t'en souviens-tu ? } *(bis)*

" Te souviens-tu comme j'adorais l'ombre
Quand le soleil brûlait à nos carreaux ?
Mais, à présent, que tout me paraît sombre !
Je n'aime plus à fermer les rideaux.
Car il me faut la chaleur bienfaisante,
En souvenir d'un doux rêve perdu.
Pour te parer d'une robe charmante,
J'étais joyeux. Dis-moi, t'en souviens-tu ? } *(bis)*

" Oh ! bien souvent j'ai fermé ton corsage
Et tout cela me valait un baiser ;
J'en prenais deux. Tu m'appelais : volage !
Moi j'en riais, et toi de m'accuser.
Dans ton miroir j'épiais ton sourire,
Quand sur ton cou j'ajustais ton fichu ;
En ton regard qu'il m'était doux de lire !
O Rosita ! Dis-moi, t'en souviens-tu ? } *(bis)*

" Et puis, un jour, ô ma bonne grisette !
Sans nul espoir il fallut nous quitter.
Ce matin-là, négligeant ta toilette,
Entre mes bras tu te pris à pleurer.
De longs soupirs oppressaient ta poitrine...
De nos adieux je me sens tout ému ;
Lorsque mon cœur vers le passé s'incline,
J'entends ces mots : Dis-moi, t'en souviens-tu ? " } *(bis)*

UN MORPION.....

Un morpion se masturbait
Dans la fente d'une muraille.
L'araigné', qui le regardait,
Lui dit : — " Que fais-tu là, canaille ? "
Emu par ce ferme propos,
Le morpion changea de place.
Il lui déchargea dans le dos,
Et l'araigné' fit la grimace.

Un morpion se balladait
Dans le jardin des Tuileries.
D'une main, sa canne il tenait,
Et de l'autre son parapluie.
— " Oh ! oh ! dit le roi-suzerain,
" Cet animal a l'air austère.
" Gageons qu'il fera son chemin
" Dans les bureaux du ministère. "

Un morpion gamahuchait
La femme d'un hippopotame.
Mais le mari le regardait
Sur le con de sa noble dame.
— " Oh ! oh ! dit l'animal cornard,
" Que fait là cette molécule ? "
Ni plus ni moins qu'à Abélard,
Il lui trancha les testicules.

LES TROIS GARCES ET JÉSUS-CHRIST

Refrain :

Oh ! la la !
Dzim ! boum ! tra la la la !
Nous irons chez ma tante !
Dzim ! boum ! tra la la la !
Chez ma tante on ira !

En revenant d' Montmartre,
De Montmartre à Paris,
J'ai rencontré trois garces,
Trois garc's de mon pays.

J'ai rencontré trois garces,
Trois garc's de mon pays.
J' m'approchai d' la plus jeune,
Sur mes genoux, j' l'assis.

J' m'approchai d' la plus jeune,
Sur mes genoux, j' l'assis.
Je r'garde entre ses cuisses,
J'aperçois l' Paradis.

Je r'garde entre ses cuisses,
J'aperçois l' Paradis.
Je r'garde entre les miennes,
J'aperçois Jésus-Christ.

Je r'garde entre les miennes,
J'aperçois Jésus-Christ.
Jésus-Christ lèv' la tête
Et rentr' dans l' Paradis.

Jésus-Christ lèv' la tête
Et rentr' dans l' Paradis.
Il y rentra si fort
Qu' la cervell' lui jaillit.

Il y rentra si fort
Qu' la cervell' lui jaillit.
Tout's les fill's de Montmartre
Apportèr'nt d' la charpie.

Tout's les fill's de Montmartre
Apportèr'nt d' la charpie,
Pour env'lopper la tête,
La tête à Jésus-Christ.

Pour env'lopper la tête,
La tête à Jésus-Christ.
Plaignez, plaignez, Mesdames,
Le sort de Jésus-Christ.

Plaignez, plaignez, Mesdames,
Le sort de Jésus-Christ.
Quand il était sur terre,
Il vous faisait plaisir.

SON NOMBRIL

Elle avait le nombril en forme de cinq (1)
Et n'en était d'ailleurs pas plus fière pour ça.
On la voyait tous les matins
Tuer le ver avec les copains
Sur le zinc,
Ainsi que vous et moi, sans faire d'embarras,
Et nul, en la voyant, simple, lever son verre
N'aurait pu se douter que l'accorte commère
Avait le nombril en forme de cinq.

Ah ! qui vous chantera, fleurs mystiques, écloses
Parmi les chairs nacrées aux ivoires troublants ?
Quel poète dira, nombrils, nénuphars roses,
Le nonchaloir exquis qui mollement vous pose
Sur le lac pur des ventres blancs ?

Elle avait le nombril en forme de cinq :
Une autre aurait fait des manières,
Une autre aurait fait du chichi,
Aurait chercher à s'exhiber aux Folies-Bergères,
Ou bien encore au Casino de Paris.
Elle, pas du tout. Et quand, en souriant,
Un ami lui disait : — " Fais donc voir ton nombril ",
Elle se dégraffait sans se faire de bile,
    Et montrait son nombril,

Ainsi que vous et moi, très simplement,
Elle était si douce et si simple !

(Quel poète dira l'ironie décevante
De cet orgueil goguenard que Dieu nous mit au ventre
Comme les architectes dans les maisons
Mettent une rosace au plafond ?)

Elle avait le nombril en forme de cinq :
Une autre aurait affiché la prétention
D'être le clou tant cherché de l'Exposition.
Elle, pas du tout. Elle allait à l'Exposition sans pose,
Avec son petit chapeau de paille noir à rubans roses.
Son nombril ne lui faisait pas tourner du tout la boule
Et si, dans les flots pressés de la foule,
Quelque malappris lui pinçait les fesses,
(Elle est si débauchée aujourd'hui la jeunesse !)

Elle préférait se laisser faire, sans rien dire,
Ainsi que vous et moi, se contentant d'en rire.

Je dois même ajouter qu'elle y prenait quelque plaisir.
Elle était si douce et si simple !

Elle avait le nombril en forme de cinq :
Une autre serait morte d'une façon tragique,
Aurait cherché quelque suicide dramatique,
Histoire de défrayer longuement les chroniques.
Elle, pas du tout. Elle mourut dans son lit,
Ainsi que vous et moi, munie,
Faut-il pas qu'en fidèle historien je le dise,
Munie des sacrements de l'Eglise.

(Quel poète dira vos formes tant diverses,
Nombrils ? nombrils corrects, nombrils à la renverse,
Nombrils en long des faméliques,
Nombrils en large des grosses dames apoplectiques,
Nombrils en porte-cochère,
Comme en ont fréquemment les accortes bouchères,
Nombrils troublants des folles filles de l'Espagne,
Nombrils gras et béats des curés de campagne,
Nombrils effarés des timides épouses,
Nombrils de gros rentiers, larges comme des bouses,
Nombrils rusés, nombrils malins,
Qui avez l'œil américain,
Nombrils moulés ainsi que de petites crottes
Qui parez l'abdomen des vierges Hottentotes,
Nombrils mi-clos, nombrils entrebâillés,
— Il faut pourtant qu'une porte soit ouverte ou fermée —
Nombrils en rond, nombrils en boule,
Nombrils gros comme des ampoules,
Et vous nombrils en cul-de-poule,
En l'avril d'un babil puéril et subtil,
Ah ! qui vous chantera, nombrils ?)

Elle avait le nombril en forme de cinq :
Une autre aurait voulu qu'on la mît en terre
Avec le concours d'un de ces messieurs du ministère,
Qu'il y eût des discours, des musiques.
Elle, pas du tout. Ce fut simple et banal,
Il n'y eût même pas un conseiller municipal,
Mais deux ou trois parents, quelques amis et l'ecclésiastique.

Et quand le tabellion ouvrit son testament
Il lut ces quelques mots profondément touchants :
— " Je, soussignée, désire et veux que mon nombril
Serve de numéro à quelque automobile. "

(1) Cette configuration ombilicale était très bien portée chez les Romains. Il est d'ailleurs visible que le mot *nombril* vient de *nombre*, sans quoi il n'aurait aucune espèce de signification. On vient du reste de trouver récemment dans les fouilles de Pompéi une magnifique collection de *nombrils* romains de l'époque, figurant des cinq, des sept et des neuf (en chiffres romains, bien entendu). De nos jours ces formes ont totalement disparu. C'est du moins l'opinion de M. Honoré Trouillard, le sympathique président de la Société des Recherches Ombilicales de la Vienne-Inférieure.

LA LANGUE

Bijou de pourpre étincelante
Dans l'écrin brillant de l'émail,
Elle est l'exquis épouvantail
De la vierge chancelante.

Soit qu'elle s'attarde, brûlante,
Sur la nacre d'un fin poitrail,
Agaçant le grain de corail
D'une mamelle frissonnante,

Soit qu'elle coure sur les chairs,
Mouillant de baisers fous et chers
Les nudités voluptueuses,

Elle est le petit diablotin,
Vêtu d'argent et de satin,
Qui damne les plus vertueuses.

ROBERT.

———— ✻ ————

LE VIEUX SOLITAIRE

Tu t'éteins, ô triste journée !
Trop pareille aux autres, hélas !
Dans ma braguette tinte un glas...
Il n'y a plus de périnées !

O rarissime Dulcinée !
Verrai-je, au bruit de tes talons,
Bander ma verge d'étalon ?
Il n'y a plus de périnées !

De ta carène illuminée,
Là haut, dans les bleus infinis,
Descendras-tu, blonde Artémis ?
Il n'y a plus de périnées !

La dernière cocotte est née,
Le printemps, qui chante aux buissons,
Gonfle d'ardeur mes caleçons.
Il n'y a plus de périnées !

Te voilà, plus flasque et fanée,
O tunique de mon dartos !
Habet pendentes et magnos,
Il n'y a plus de périnées !

Inerte besace, entraînée
Au poids lourd des cotylédons,
Pour ragaillardir tes cordons,
Il n'y a plus de périnées !

Qui que tu sois, enfarinée
De poudre, et laide comme six
Poux... viens caresser mon coccyx.
Il n'y a plus de périnées !

Il est une heure infortunée
Où le plus infâme sphincter
Aguiche notre crémaster.
Il n'y a plus de périnées !

Vulve béante couronnée
De bois pleins de sombres rôdeurs,
J'affronterai tes profondeurs !
Il n'y a plus de périnées !

Hélas ! cruelle destinée !
Silence ! nuit ! chaque vagin
Garde lèvres closes ! Va ! geins !
Il n'y a plus de périnées !

Vieille pipe ! humble cheminée
Dont l'encens fidèle m'est doux !
Console-moi ! Culottons-nous !
Il n'y a plus de périnées !

ROBERT.

LA BALLADE A L'ILE MAÏRE

A-propos de la création d'un
Hôpital de contagieux à l'Ile Maïre.

Air : *Un Bal à l'Hôtel de Ville.*

Un jour, les Administrateurs
De la caiss' des Hospices,
La trouvant trop riche, eurent peur
D'être taxés d'avarice :
   Les malades, repus,
   Pourtant n' mouraient plus
Qu' d'indigestions flagrantes ;
   L' personnel entier,
   Jusqu'au cuisinier,
Tous se faisaient des rentes. (*bis*)

Mais gaspiller cet argent-là
Eut été chose inique :
A l'île Maïre on décida
D'aller en pique-nique.
   Pour les curieux,
   Les contagieux,
Réclamant un asile,
   Visiter ce roc
   Tout à fait " ad hoc "
Fut le prétexte utile. (*bis*)

Il faut bien faire ce qu'on fait,
Se dirent nos Mécènes :
On amena donc le Préfet,
La Commission d'Hygiène,
   Quelques médecins,
   De bons pharmaciens,

Un service d'ambulance :
    Dîner en plein air
    Est parfois pervers
Faut avoir d' la prudence ! *(bis)*

Midi sonnant, sans défection,
La horde de notables,
En face de l'île en question,
Se mit d'abord à table ;
    Victim's du devoir,
    Tous voulaient avoir
Un embarras gastrique ;
    Au champagne, émus,
    En pleurant on but
A l'Assistanc' Publique ! *(bis)*

Après le café, les liqueurs,
On parla d'abordage ;
Mais chacun ayant mal au cœur
S'excusa du voyage ;
    Jusqu'au Président
    Qui jugea prudent
De sacrifier l'île.
    Entre deux hoquets,
    Il fit remarquer
Qu'elle était inutile. *(bis)*

— " D'ailleurs, elle ne peut servir,
" Dit-il, il y a maldonne !
" On aurait dû nous avertir
" Que la mer l'environne.
    " Les Ingénieurs
    " Chercheront ailleurs...

" Il faut qu'on nous procure

   " Un autre îlot où

   " L'on puisse à son saoul

" Pénétrer en voiture. (*bis*)

" En attendant de trouver mieux,

" Que chacun se rassure

" Sur le sort des contagieux :

" On a pris des mesures.

   " Pour ne pas créer

   " De trop gros foyers,

" Chose des plus fatales !

   " On les dispersera

   " Tous d'ici, de là,

" Au hasard, dans les salles. (*bis*)

" Pour les typhiques, c'est certain,

" Y a un progrès notoire :

" On n'en met plus qu' dix dans un bain,

" Sans vider la baignoire.

   " Par ces temps d'impôts

   " Faut épargner l'eau.

" Les charges sont si lourdes !

   " Et puis, songez donc,

   " Nous laïcisons

" La Piscine de Lourdes ! " (*bis*)

Après ce speech fort applaudi,

On reprit du liquide ;

Aussi, lorsque tomba la nuit,

Seul, la caisse était vide.

   Et l'on vit fort tard

   De nombreux brancards

Gagner la Cannebière
A la queue leu leu ;
C'était le fameux
Corps expéditionnaire. (*bis*)

MORALE :

Marseillais ! ne redoutons plus
Choléras, typhus, pestes !
Nous sommes très bien défendus :
Ces Messieurs nous l'attestent...
Car, dans leur bonté,
Pour nous éviter
L'Epidémie blafarde,
Tous ces gaillards-là
Nous ont promis à
Notre-Dam' de la Garde. (*bis*)

Dr WYSE-LAUZUN.
(*Marseille Universitaire*).

>I<

UN CLYSTÈRE

SONNETS

I

Dans un couvent d'Andalousie
Sœur Pétronille languissait :
Un mal sournois la menaçait
Aux sources mêmes de la vie.

Sangrado parlait d'inertie
De l'intestin, et qu'il fallait
Déterger l'organe imparfait,
Triompher de son apathie.

Il ne pouvait plus clairement
Dire : donnez un lavement
A la bonne sœur Pétronille.

Or l'éguisier n'existait pas
A cette époque, et l'embarras
Fut très grand derrière la grille.

II

C'était en effet le frater,
Assisté d'un apothicaire,
Qui pourvoyait à cette affaire
Où seul leur talent voyait clair.

Mais il faudrait montrer sa chair,
Renoncer à tous ses mystères,
Laisser dans des coins solitaires
Pénétrer les doigts de l'Enfer,

Montrer, ô cruelle aventure,
Tout l'opposé de la figure.
Pétronille, ma sœur, jamais !

Et, cependant, c'était la vie...
Dieu veut-il qu'on la sacrifie
Pour quelques regards indiscrets ?

III

On consulta le Saint-Office ;
Mais rien dans les rites d'écrit.
On invoqua le Saint-Esprit
Pour ce derrière de novice.

Elle offrait à Dieu son supplice,
Résignée et d'un cœur contrit.
Mais, au fond, elle eut bien souscrit
A laisser voir... son sacrifice.

Les médecins étaient d'accord :
Un lavement ou bien la mort.
L'Eglise était inexorable ;

Les canons ne permettaient pas
Aux sœurs de montrer, maigre ou gras,
Ce que voudrait bien voir le diable.

IV

Mais le mal s'était aggravé.
Le couvent était en prière
Quand, inspirée, une tourière
Cria, se signant : — " J'ai trouvé !

" Collons, en disant trois Ave,
" Une image de saints entière ;
" Elle cachera le derrière,
" Sauf un petit point réservé.

" Ne pas coller, on le devine,
" Le saint qu'à ce point Dieu destine
" Pour qu'on le lève au bon moment.

" Notre sœur montrera tout juste
" Ce qu'il faut voir, pour qu'on ajuste,
" Sans se tromper, le lavement."

V

En bon latin, par une bulle,
Rome permit le procédé.
Aussitôt il est décidé
Qu'on agira sans préambule.

Mis à nu, le derrière ondule
Et de saints il est placardé,
Le ciel entier s'est évadé
Sur le gracieux monticule.

Le hasard fait qu'au bon endroit
Antoine et son cochon l'on voit,
Bien au centre, dans la rosace ;

Très dévotement encadré,
De vierges saintes entouré,
Il est à la meilleure place.

IV

Tout est prêt dans l'alcôve claire,
Sur le lit d'un blanc virginal
S'élève un dôme triomphal,
Tout en saints, comme un reliquaire.

La Légende Dorée adhère
Sur ce contour fondamental,
Sauf Antoine et son animal
Qui n'y sont qu'à titre précaire.

L'apothicaire est introduit,
La lance au vent, dans ce réduit
Où vainement il s'oriente...

L'aide et lui sont embarrassés.
Lors dit une voix suppliante :
— " Levez Saint-Antoine et poussez. "

Jean GÉRARD.
(*Le Médecin de Paris*)

AU PAVILLON N° 2

Il est à l'Ecol' de Méd'cine
Un' centain' de typ's très sérieux
Qui font de la dissection fine,
Au pavillon numéro deux. (*bis*)

I' n' dissèqu' peut-êtr' pas très vite,
Mais Poirier dit qu' ça n'en vaut qu' mieux
Et les trait' d' " étudiants d'élite ",
Au pavillon numéro deux. (*bis*)

C'est Gargantua qu'est leur père,
C'est l' plus cocass' et c'est l' plus vieux ;
Y fum' tout l' temps des pipes en terre,
Au pavillon numéro deux. (*bis*)

L' prosecteur, pris d'un' maladie,
Pouss' sa ballad' sous d'autres cieux,
Pendant qu'on fait d' la charcuterie
Au pavillon numéro deux. (*bis*)

Les quatr' aides sont : Arrou, Cazenave,
Monsieur Cestan, le schémateux,
Walsch, toujours taciturne et grave,
Au pavillon numéro deux. (*bis*)

Y'a des gens d' tous les coins du monde,
Un tas d' jeun's rastas très galbeux
Et des Lyonnais à barbe blonde,
Au pavillon numéro deux. (*bis*)

Cinq ou six jolies demoiselles
Dissèquent un macchabée graisseux ;
Quand elles parlent, on n'entend qu'elles,
Au pavillon numéro deux. (*bis*)

Le pipelet, que l'diable emporte !
Pour les r'tardatair's est grincheux ;
Mais c'est la f'nêtr' qui sert de porte,
Au pavillon numéro deux. (*bis*)

D'couper tibias et humérusses,
Ça n'empêch' pas qu'on soit joyeux :
On chant' " Bell'ville " et l' " Hymne russe ",
Au pavillon numéro deux. (*bis*)

Dans les autr' pavillons d' l'Ecole,
Il n'en est pas d'aussi fameux,
On travaill' autant qu'on rigole,
Au pavillon numéro deux. (*bis*)

Et Farabeuf, la joie dans l'âme,
— Lui qu'est pourtant si pointilleux —
Recevra, quand viendra l'exâme,
Tous les typ' du numéro deux. (*bis*)

C'te chanson n'est p't' êtr' pas bien riche
— C'est vrai que Xanrof en fait d' mieux —
L'auteur le sait bien, mais s'en fiche,
Au pavillon numéro deux. (*bis*)

(Décembre 1891).

SÉRÉNADE PLATONIQUE

J'aime tes grands yeux noirs qui donnent le frisson,
Qui fascinent mon âme et me versent l'ivresse ;
Tes grands yeux, prometteurs de l'intime caresse,
Qu'on ne contemple pas sans perdre la raison.

Tes beaux yeux de putain qui voudrait qu'on devine
Que d'envie elle meurt de sucer une pine ;
Tes beaux yeux de salope, au cul chaud comme braise,
Qui hurle de bonheur quand un mâle la baise.

Et je suis affolé par tes yeux magnétiques :
Ils ont jeté le trouble en mon cerveau d'enfant ;
La fièvre me dévore et le désir troublant
M'apporte chaque nuit des songes érotiques !

Tes sourcils veloutés font que l'on s'imagine
Qu'un poil épais et chaud sert de feuille de vigne
A ton sexe béant mouillé par le désir ;
Ton unique dessein doit être de jouir !
Tel un satyre en rut flairant l'odeur d'un con,
En songeant à ton cul, je bande sur ma couche ;
Si j'avais seulement ou ta main ou ta bouche
Pour soulager ma pine et vider mes rognons.

Mais tes yeux sont moqueurs, narquois est ton sourire ;
Tu ne crois pas sincère un pauvre troubadour,
Ou tu ne crois à rien, surtout pas à l'amour.
En partant je ne puis qu'encore te redire :
J'aime tes grands yeux noirs qui donnent le frisson,
Qui fascinent mon âme et lui versent l'ivresse ;
Tes grands yeux, prometteurs de l'intime caresse,
Qu'on ne contemple pas sans perdre la raison.

JEANMAIRE DE L'ECU. *(1904).*

LA GAUDRIOLE

L' curé d' chez nous, s'en allant à la chasse,
Avec son chien, son fusil, je l'ai vu,
Sur son chemin rencontre une bécasse,
La couche en joue et l'attrape droit dans...
L' curé d' chez nous s'en allant à la chasse,
Avec son chien, son fusil, je l'ai vu.

Contre un ormeau, j'ai rencontré Adèle
Qui sommeillait sur le bord d'un gazon ;
Tout doucement je me suis approché d'elle
Et d'une main je patinais son...
Contre un ormeau, j'ai rencontré Adèle
Qui sommeillait sur le bord d'un gazon.

Vit-on jamais une pareille mère,
Qui ne veut pas me donner un mari ?
Elle en a cinq ou six, sans mon père ;
Elle ne veut pas me contenter d'un...
Vit-on jamais une pareille mère,
Qui ne veut pas me donner un mari ?

Confessez-la bien, Monsieur le Vicaire,
Et donnez-lui votre absolution.
— " Mais non, dit-il. Elle ne veut pas se laisser faire ;
" Elle ne veut pas que l'on jouisse de son... "
Confessez-la bien, Monsieur le Vicaire,
Et donnez-lui votre absolution.

Vit-on jamais une chose aussi noire
Qu'un pélerin passant gaiement sa vie ?
Pendant le jour, il s'amusait à boire ;
Pendant la nuit, il s'astiquait le...
Vit-on jamais une chose aussi noire
Qu'un pélerin passant gaiement sa vie ?

Contentons-nous d'une simple bouteille :
L'excès du vin nous fait perdre la raison.
On en boit peu, on se porte à merveille ;
L'on en boit trop, l'on s'endort sur le ...
Contentons-nous d'une simple bouteille :
L'excès du vin nous fait perdre la raison.

Vive Bordeaux pour les belles grisettes !
Vive Paris pour se bien divertir !
Elles n'aiment pas qu'on leur conte fleurette ;
Mais elles aiment mieux qu'on leur pousse un gros...
Vive Bordeaux pour les belles grisettes !
Vive Paris pour se bien divertir !

Cueillons des fleurs, mon aimable bergère,
Cueillons des fleurs de toutes les saisons.
Et quand viendra la saison printanière,
Nous planterons des asperges dans ton...
Cueillons des fleurs, mon aimable bergère,
Cueillons des fleurs de toutes les saisons.

MERCI

Merci : je l'ignorais en moi ce mal qu'on cache ;
Impitoyablement, vous m'avez dit : — " Macache. "

Merci : les yeux fermés je marchais tout droit vers
Le gâtisme ; — à-présent j'irai, les yeux ouverts.

Merci : c'est un bienfait que je ne puis omettre
De m'avoir transformé le corps en baromètre.

LA FOSSETTE DE SUZETTE

J'avais encore mon pucelage.
Seul, aux billes, sous le feuillage,
Je jouais, plus content qu'un roi,
Lorsqu'en me surprenant, Suzette
Me dit : — " Petit, à la poussette,
" Veux-tu que je joue avec toi ? "

— " Oui, " dis-je. — Aussitôt la follette
Me couche sur la molle herbette
Et, se troussant ses cotillons,
Dessus moi, vite, elle se jette.
De son con fait une fossette
Et des billes de mes roustons.

Stupéfait, je la laisse faire ;
Bientôt, à mes sens salutaire,
Un trouble exquis vient me saisir
Et : — " Dig, dog, — criai-je à Suzette, —
" Pousse-Dieu ! l'aimable fossette.
" Suzette, je meurs de plaisir ! "

———✂———

GUY RETROUVANT SA FILLE

— " Ma fille, à soixante ans, j'ai foutu pour la gloire.
De mes jeunes exploits j'ai perdu la mémoire.
Dans un obscur cachot, réduit à me branler,
De tendres souvenirs venaient me consoler.
Oui ! j'aimais à penser que j'avais une fille
Et qu'elle soutenait l'honneur de la famille.

O fouteurs ! mes amis, plaignez tous mon destin :
Je retrouve ma fille ; elle n'est point putain !
Quoi ! tu n'es pas putain ! fille ingrate, inhumaine !
Le foutre le plus pur circule dans tes veines ;
Dans son superbe con, hélas ! ta pauvre mère
Aurait, je crois, reçu tous les vits de la terre.
Dans son con sacré le vit le plus lutin,
A force d'y jouir, s'y lassait à la fin.
Tiens, ma fille, regarde, ce morceau sous tes yeux,
C'est un échantillon du vit de tes aïeux.
Ne remarques-tu pas, parmi ces durillons,
Ces insectes vivants, tous ces nobles morpions ?
Un homme tel que moi jamais ne s'en dépouille :
Ils sont nés sur mon cul ; ils mourront sur mes couilles.
Crois-moi, ma fille, quitte cette ingrate vertu ;
Ne songe désormais qu'à tortiller du cul.
Mais que vois-je ? Ton con s'ouvre et rugit.
Je vois ce qu'il demande : il demande un bon vit.
Et le mien tout bandé, malgré mon nom de père,
En te fendant le cul, pourra te satisfaire. "

Aussitôt fait que dit. Le bougre s'en saisit ;
Du revers de son vit à terre l'étendit
Et, mettant fin à ses transports brûlants,
Il s'écorche la pine et meurt en déchargeant.

DÉDÉ (LIT N° 3) A MADAME L'INTERNE [1]

Air : *Petite brunette aux yeux doux.*

Altière, intrépide, ô dorée !
De tout le service adorée,
Dites-le moi, que cherchez-vous,
Madame l'Interne aux yeux doux ?

Est-ce le frisson du pubère ?
Est-ce la croix pour votre père ?
Et n'avez-vous pas peur du... loup,
Madame l'Interne aux yeux doux ?

Ecoutez la naïve histoire
D'un pauvre gosse à la Gringoire,
Qui ne rêve plus que de vous,
Madame l'Interne aux yeux doux.
Du tréfonds de mes chairs imberbes
S'élancent des désirs superbes,
Lorsque j'entends votre froufrou,
Madame l'Interne aux yeux doux.

Et si votre main qui caresse
Effleure la joue de Nénesse,
De Jean, de Victor, de Loulou,
Madame l'Interne aux yeux doux,
Vous n'avez pas vu ma colère :
Mon pauvre cœur se désespère
Et je me sens devenir fou,
Madame l'Interne aux yeux doux.

Je voudrais, tout comme Polyte,
Avoir aussi l'appendicite ;
Ou tout au moins mal au genoux,
Madame l'Interne aux yeux doux ;
Pour que, palpant ma chair dolente,
Votre main désirée ressente
Que mes " moyens " ne sont pas mous, (2)
Madame l'Interne aux yeux doux !

(1) Poésie trouvée en 1906-1907, dans la case de l'Econome, à l'Hôpital des Enfants-Malades ; auteur anonyme inconnu.

(2) *Variante :* Que mon cœur ne bat que pour vous.

LES AGENTS THÉRAPEUTIQUES

Air : *En r'venant d' la R'vue.*

Depuis quelque temps, M'sieu Lépine,
Fait suivre très régulièr'ment
Les cours d' la Faculté d' Méd'cine
Par des cipaux et des agents ;
Comm' ce sont d'excellents élèves
Qui ne fréquent'nt pas les brass'ries,
Entre eux ils se poussent sans trève
Des colles sur la pathologie :
     Ils parlent d'emphysème,
     De cancer, d'érythème ;
Ils voient des maladies partout,
Ils percutent, ils auscultent tout ;
     Un poivrot sympathique
     Pour eux est " éthylique ",
     Et s'il chante un' romance
Ça d'vient du " delirium trem...ance. "
     Depuis c' temps-là,
     Plus d' passages à tabac,
     Car les apaches serv'nt à
     Des chos's épiques :
     Dans les violons,
     On fait d' la dissection,
     Puisqu'il faut des sections
     D' travaux pratiques.

On a changé leur uniforme :
Ils ont un grand tablier blanc,
Avec un flacon d' chloroforme
Et tout c' qu'il faut pour les pansements ;

Au lieu du sabre d'ordonnance,
Un bistouri bien affilé ;
Et de l'autre côté d' la panse
Un forceps en métal nick'lé ;
    Au lieu d'un p'tit bâton
    Un gros paquet d' coton,
Un rouleau d' diachylon gommé,
Une ou deux gouges pour trépaner,
    Un petit thermomètre
    Qu'ils veulent toujours vous mettre,
    Au lieu d' chiens policiers
Un lot d' cobayes immunisés.
      Et l' bon bourgeois
    Qui s'écrie plein d'émoi :
    — " Je suis blessé ; à moi !
    On m'assassine. "
    Grâce aux agents
    Connaîtra sur le champ
    L' pouvoir phagocytant
    D' ses opsonines.

Quand un tramway, par trop rapide,
Ecrase un prom'neur imprudent,
L'agent voit d'un regard placide
Cette expérience de sectionnement ;
Ensuite armé du stéthoscope
Il examin' le malheureux
Et conclut à une syncope
Suivie d'un état comateux.
    Aussi, dans son rapport,
    Il note que la mort
Est dûe presque certainement
A un traumatisme violent ;

Et, quand il a fini,
Contemplant les débris,
Il dit : — " C'est le moment
De faire un puzzle étourdissant. "
Sur la chaussée,
Il commence à ranger
Les débris, les quartiers
De la victime ;
Soudain grognon
Il s'écrie : — " Nom de nom !
Il manque l'épiploon
Et l'épendyme ! "

Un bon rentier, la nuit dernière,
Passait dans la rue d' la Goutt' d'Or,
Lorsque deux rôdeurs de barrière
Lui mirent les boyaux dehors ;
Le pauvre homme était très malade
Et tournait d' l'œil d'puis un moment
Lorsqu'un brave agent en ballade
S'approche de c' cas intéressant,
Et s'écrie : — " Mes amis !
Quelle laparotomie !
On lui voit le duodenum,
Le colon et le jejunum ;
La rate, le pancréas
Lui sortent d' la carcasse,
Mais c'est pas dans les formes
Puisqu'il n'est pas sous l' chloroforme.
Son compte est bon,
Ce bourgeois rubicond
Va claquer d'infection :
(Cause indirecte)

Car les apaches
Négligent, les ganaches,
De flamber leurs eustaches
Et ça s'infecte. "

Puis, souvent, sur la voie publique,
Arrivent de ces accidents
Où les nouveaux talents des flics
S'exercent très utilement ;
Toujours prêts à rendre service
Dans toutes les éventualités,
Ils remplaceraient les nourrices
S'ils pouvaient donner à téter.
Quand en f'sant son marché
Une dam' très étoffée
S'écrie tout à coup : — " Oh ! j'ai mal ! "
On la porte au poste central ;
L' brigadier averti
Prépare ses outils
Et dit : — " Ne r'muez pas tant,
Sinon je n' réponds pas d' l'enfant ! "
Sans hésiter,
Les manches retroussées,
Les bras stérélisés
Et très à l'aise,
L'agent tripote,
Soupèse et emmaillotte
Le poupon qui chevrotte
La Marseillaise !

Y avait déjà l'agent cycliste,
Y avait aussi l'agent fluvial,
L'agent polyglotte " speak english "
Et maintenant l'agent médical ;

Si d'Annunzio se met en grève
On aura l'agent inspiré ;
Quant à Mauric' Rostand, s'il crève,
Quel cipal poura l' remplacer ???
   Car Lépine, sans repos,
   Créera des corps nouveaux :
L'agent chauffeur, l'agent trottin,
L'agent professeur de patin ;
   Et le bon contribuable
   Dira : — "C'est admirable !
   Mais c' qu'est pas rigolo
C'est les apaches et leurs couteaux ! "
     En cherchant bien,
   Lépine, toujours malin,
   Trouv'ra le bon moyen
     Que ça finisse :
     Ce s'ra d' créer
   Des corps d'agents armés
   Et ceux-là s'ront chargés.....
     D' faire la police !

L. KANNAPELL (1911).

***

L'HOMME ABSURDE EST CELUI
QUI NE CHANGE JAMAIS

Dans la prairie, errants, le comte à la comtesse
Se plaisait à vanter les tours de sa jeunesse ;
Et la belle épousée, au très-fond de son cœur,
Se disait un peu bas : — " Pourquoi cette vigueur
" N'est-elle pas éternelle avecque le printemps,
" Et subit-elle aussi la dure loi du Temps ? "

Quand, soudain, un taureau mugissant, sur sa vache
Accomplit, sans effort, un superbe " panache ".
Emue et rougissante à ce vivant tableau,
La comtesse admira le chef de son troupeau.
Bientôt, recommençant sur une autre génisse,
L'animal, très en rut, fit le même exercice.
— " Quel exemple, mon cher, avez-vous vu la fête ? "
— " Oui, madame, c'est vrai. Mais il changea de bête."

Dr Henry LABONNE.

L'HEUREUX MARI

SONNET

Lorsqu'Elle eut mangé deux babas,
Arrosés d'un doigt de madère,
Pour l'assaut bi-hebdomadaire,
Nous sonnâmes le branle-bas.

Ayant voilé le lampadaire,
Elle enleva..... jusqu'à ses bas,
Et, pour Cythère aux doux combats,
Mon lit servit d'embarcadère.

. . . .

Comme je me flattais d'avoir
Rempli, largement, mon devoir....
— " Pas mal ! soupire Eléonore ;

" Ta devise est celle d'Amieux !
" Et ton éloquence m'honore,
" Oui !... Mais Gaston...b-abille mieux ! "

PASCALON.

LES BIJOUX

La très chère était nue, et, connaissant mon cœur,
Elle n'avait gardé que ses bijoux sonores,
Dont le riche attirail lui donnait l'air vainqueur
Qu'ont, dans leurs jours heureux, les esclaves des Maures.

Quand il jette, en dansant, son bruit vif et moqueur,
Ce monde rayonnant de métal et de pierre
Me ravit en extase, et j'aime avec fureur
Les choses où le son se mêle à la lumière.

Elle était donc couchée et se laissait aimer ;
Et, du haut du divan, elle souriait d'aise
A mon amour, profond et doux comme la mer,
Qui, vers elle, montait, comme vers sa falaise.

Les yeux fixés sur moi, comme un tigre dompté,
D'un air vague et rêveur, elle essayait des poses ;
Et la candeur, unie à la lubricité,
Donnait un charme neuf à ses métamorphoses.

Et son bras et sa jambe, et sa cuisse et ses reins,
Polis comme de l'huile, onduleux comme un cygne,
Passaient devant mes yeux clairvoyants et sereins ;
Et son ventre et ses seins, ces grappes de ma vigne,

S'avançaient, plus câlins que les anges du mal,
Pour troubler le repos où mon âme était mise,
Et pour la déranger du rocher de cristal
Où, calme et solitaire, elle s'était assise.

Je croyais voir, unis par un nouveau dessin,
Les hanches de l'Antiope au buste d'un imberbe,
Tant sa taille faisait ressortir son bassin !
Sur ce teint fauve et brun le fard était superbe !

— Et la lampe s'étant résignée à mourir,
Comme le foyer seul illuminait la chambre,
Chaque fois qu'il poussait un flamboyant soupir,
Il inondait de sang cette peau couleur d'ambre !

BAUDELAIRE.

LE DÉLICAT

Refrain :

J' mang' beaucoup et j' chi' peu
A seul' fin que rien n' se perde ;
Si j' suis dégoûté d' la merde,
C'est qu' j'y ai trouvé un ch'veu.

Je suis un bon jeune homme,
Econome et rangé.
Mais les goûts raffinés qu' j'ai
Font que " Délicat " l'on m' nomme.

La sœur Adélaïde
Me fit dévôt complet
En me donnant pour chap'let
Un rang d' ses hémorroïdes.

Quand sur ma femme je m' penche
Et l'embrasse, un jeudi,
Dans ses dents, c'est comm' j' vous l' dis,
Je r'trouv' le m'nu du dimanche.

Pour un' lentille épaisse
Sortant d'un joli cul,
Vous pouvez êtr' convaincus
Que j' vendrais mon droit d'aînesse.

Entre un beau borborygme,
Une vesse, un pet mignon
Ou bien un pet coup de canon,
Que choisir ? Cruelle énigme !

Je torche d'une langu' leste
Les gens qui s' lèv'nt du pot ;
Mais j'aim' pas l' faire aux négros :
On croit toujours qu'il en reste.

Sur c' que les typ's déposent,
Je me jette aussitôt ;
Mais si j'en r'tir' les noyaux,
C'est par goût ; c'est pas par pose.

Je viens de perdr' mon oncle
Qu'est mort, couvert d'abcès ;
Avant qu'il n' soit enterré,
Faut qu' j'aille sucer ses furoncles.

Rien ne m' plaît davantage,
Je l' dis sans embarras,
Que d'lécher du haut en bas
La rai' d'un cul bien en nage.

Un bock bien frais me touche
Beaucoup moins, c'est certain,
Que le bock d'une putain
Quand ell' l' rend dans la bouche.

Ce qui vraiment m'allume,
C'est d' déterrer la nuit
Quelques maccabé's d'Ivry,
Afin d' leur tailler des plumes.

J' viens d' plaquer Antoinette :
Croiriez-vous qu' cett' sal'té
Avait l' culot de s' laver
Avant que j' lui fass' minette !

J' bouff' les chiur's des oreilles ;
Mais, pour corser l' plaisir,
Dans les mienn's j' les laiss' vieillir :
Le pap' n'en mang' pas d' pareilles !

Les huîtres de Marennes
J'en mang'rais pas longtemps ;
Mais des molards tremblotants,
Ça, j'en gobe à la douzaine.

Vous m'trouv'rez ridicule,
Mais j'aval', mêm' sans faim,
La râclur' d'un peigne fin
Bien saupoudré d' pellicules.

C' que les personn's vomissent,
Faut le lécher viv'ment :
Ça perd au bout d'un moment
L' fumet qui fait mes délices.

Lorsque les gens s' pagnottent,
Ils s' ratiss'nt les doigts d' pieds,
Flair'nt ça, et puis l' jett'nt après...
J'aim' mieux l' bouffer, saperlotte !

Quand mes ongles j'aiguise,
Je les garde allongés :
Ça m' fait des garde-manger
Où j' peux puiser à ma guise.

J'aim' tant la morve verte,
Coulant des escargots,
Qu' pendant mes rhum's de cerveau,
J'ai tout l' temps la bouche ouverte.

D'Eau de Seltz on arrose
Les liquid's sirupeux ;
Moi, j'y fous des pets foireux :
Au moins, ça a l' goût d' quelqu' chose.

Rien d' meilleur, quand on dîne,
Que d' finir en s' râclant
Tout le fromage du gland,
Et d' manger ça en tartine.

Les quatr' mendiants... ? — Arrière !
Je les trouve suspects ;
Ils n' val'nt pas les raisins secs
Qui pend'nt aux poils du derrière.

Au grand rabbin j'escroque
Tout c' qu'il coupe aux Lévy ;
Ça marin' dans mon eau-d'-vi',
Et quand j'en rencontr', ça croque.

Quand j'ai fini de faire
Un repas succulent,
Je me passe entre les dents
Un morceau d' ver solitaire.

J'aim' l'armé', j' peux pas l' taire,
Et je pompe les dards
De tous les vieux chaud'pissards,
S'ils ont la goutt' militaire,

Mon ami, c'est notoire,
Pigea la syphilis ;
J'aim' bien ça, car son pénis
Fond dans ma bouch' comme un' poire.

Vous me trouvez immonde !
Fermez donc vos égouts.
Moi j'ai l' courage de mes goûts :
Ça n'arriv' pas à tout l' monde !

———— ✳ ————

LA DANSE MACABRE

En écoutant Saint-Saëns.

La lune au ras des monts arrondit son œil jaune
Et les cyprès aigus où siffle un vent d'automne
Exhalent le glas noir des hiboux attristés.
Les sépulcres au loin font de blanches clartés...

Ecoutez !... Sous l'archet rapide
Frôlant la corde des violons,
Voltigent dans la nuit livide
Les notes, sombres papillons.

Le hullulement des chouettes
Scande le macabre ballet.
Soudain les flûtes aigrelettes
Eveillent le rythme affolé.

L'herbe s'allume, pétillante,
Des braises d'or luisent au sol
Et la sarabande effrayante
Bondit, tournoie et prend son vol.

Les os dont l'ivoire étincelle
Craquent sous l'effort insensé.
Voici la fine demoiselle
Au frêle squelette élancé.

Au bras de l'amoureux funèbre
Elle abandonne avec ardeur,
Dans la formidable Ténèbre,
Son thorax où pourrit son cœur.

Les crânes desséchés et vides
L'un vers l'autre penchent, heurtés,
Et les maxillaires avides
Ont d'épouvantables baisers.

Au fracas lugubre des sistres
Flottent les longs suaires blancs.
On entend les rires sinistres
Des fantômes tourbillonnants.

La danse sur un pied sautille,
Puis repart, brusque, dans la Nuit
Et sur le gazon qui grésille
Son talon bondit et reluit.

Les mâchoires aux dents qui brillent
Entrechoquent leurs os branlants,
Des larves affreuses fourmillent
Aux creux des bassins pestilents.

La hanche verdâtre s'effrite
Sous les heurts des couples damnés.
Un rictus effrayant palpite
Sur les visages décharnés,

Dans les poitrines ajourées
La lune met ses rayons bleus.
Des lambeaux de chairs déchirées
Claquent sur les membres hideux.

Au fond des prunelles éteintes
Bruissent d'étranges grouillements,
Et les infernales étreintes
Ont de terribles grincements.

Ils franchissent les monts, les plaines,
Les fleuves, les bois endormis ;
Des essaims de noires phalènes
Viennent battre leurs fronts blémis.

La fiancée à sa fenêtre
Pâlit à leurs lugubres voix
Et tombe, — les voyant paraître, —
En faisant un signe de croix.

Ils traînent dans leur danse horrible
L'enfant couché dans son berceau.
La mère pousse un cri terrible :
Le nid rose n'a plus d'oiseau.

Le vieillard, penché sur son livre,
Devant une pile d'écus,
En vain refuse de les suivre
En crispant ses longs doigts crochus.

Ils enchaînent dans leur rafale
Chaque âge et chaque passion.
Leur sarabande triomphale
Brise toute rébellion.

Leur ricanement sarcastique
Accueille l'hôte épouvanté...
Et dans la ronde fantastique
Ils l'emportent à leur côté.

Soudain le chant du coq déchire
La Nuit aux lugubres abois.
La danse ralentit... expire...
Et l'Aube luit sur les grands bois !

Alfred ROBERT.

* * *

MARS ET VÉNUS

Mars, trouvant Vénus, à Paphos,
Mollement couchée sur le dos ;
— " Voyons, dit-il, tout ce qu'elle a,
 " Alleluia ! alleluia ! alleluia ! "

Il s'approcha et soudain
Ota l' voil' qui couvrait son sein :
Plus blanc que neige il le trouva.
    Alleluia ! *(ter)*

Enivré des plus doux plaisirs,
Il forma de nouveau désirs,
Ce qui s'augmente s'augmenta.
    Alleluia ! *(ter)*

On dit qu'amplement il fêta
Son sein, sa bouche, et cœtera,
Et de baisers les régala.
    Alleluia ! *(ter)*

Vénus, à la fin, s'éveillant,
Dit au dieu, presque en rougissant :
— " Grand dieu que faites vous donc là ? "
Alleluia ! *(ter)*

MÉLANCOLIE BLENNORRHAGIQUE

Petit anneau de chair, petite fente laide,
    Petit sphincter païen,
Petit coin toujours moite, empoisonné d'air tiède,
    Petit trou ; petit rien !

Es-tu laid, quand tu ris de ta lèvre lippue ;
    Es-tu laid quand tu dors !
Laid, toi que Dieu cacha dans cet angle qui pue,
    Près des égouts du corps !

Ah ! tu peux pourlécher ta babine rosée,
    Vilain monstre d'orgueil !
Tu peux, ouvrant ta gueule à crinière frisée,
    Bâiller comme un cercueil.

Ventouse venimeuse, insatiable gouffre,
    Si funeste et si cher ;
Je veux te mépriser, toi par qui pleure et souffre
    Le meilleur de ma chair.

Je veux te détester à toujours, chose infâme,
    Toi qui rends mal pour bien ;
Petit néant creusé dans le bas de la femme,
    Petit trou, petit rien !

Et dire que c'est là que Satan met son trône
　　　　Et l'homme son honneur !
Là que la poésie a placé ta couronne,
　　　　Eros, Dieu du bonheur !

Et dire que c'est là que l'Idéal du Rêve
　　　　Vient toujours aboutir ;
Là que meurt — agonie ineffable et trop brève —
　　　　L'amour vierge et martyr !

Que c'est quand nous naissons par cette plaie immonde
　　　　Que le jour nous sourit ;
Et par elle, quand Dieu voulut sauver le monde,
　　　　Qu'entra le Saint-Esprit !

Dire que c'est par là que Junon perdit Troie,
　　　　Que Ninive croula ;
Dire que tout, espoir, force, courage et joie
　　　　Nous vient de ce trou-là !

Et qu'il est le chemin du ciel, la grand' porte
　　　　Qu'Eve ouvrit d'un recul ;
Et dire qu'une femme, et vieille et laide, porte
　　　　L'Infini sous son cul !

VARIANTES SUR LE " DE PROFUNDIS "

Une femme, c'est comme une vieill' pair' de bottes
　　　　Que l'on fout dans un coin
　　　　Et que l'on ravigote
　　　　Quand on en a besoin.
　　　　De profundis !

Lorsqu'une femme pisse du vinaigre
Et chie du poivre moulu,
La salade est bientôt faite
Si le cresson lui pousse au cul.
De Profundis !

Une femm' qu'on fout par la fenêtre
Est bientôt descendu'
Et le peu de forces qui lui reste
Lui sert à s' tâter l' cul.
De Profundis !

LE TRÉPONÊME

SONNET

Gracile et serpentin, je suis le Spirochaëte,
Et le chancre induré voilà mon habitat.
Tu me voudrais chasser, oh ! japonais Hata,
De mon palais muqueux où, calme, je végète.

Je le sais, le mercure et l'hectine me guette ; (1)
Le 606 d'Ehrlich, qui, toujours, me rata.
Je m'en fous ! Croyez-le, jamais on ne m'ôta
Toute vélléité de faire la dînette

De votre corps lubrique. Humains, pâles humains,
Employez le phénol et lavez-vous les mains ;
Mais je suis bien en vous, étant héréditaire.

Je suis prince du sang et j'échappe à vos lois,
Eternel parasite, étant protozoaire,
J'ai tué bien des gueux mais aussi quelques rois.

R. C.
(Externe des Hôpitaux, 1910).

(1) Licence orthographique, sans doute pour la rime.

606

Guerre implacable au tréponême !
Ce tréponême est un cochon
Qui rend dangereuse Fanchon
Et rend insalubre Thélème.

Le tuer, — tel est le problème,
Ou du moins lui mettre un bouchon.
Mais cet animal folichon
Se raille de notre anathème

Erlich lui-même est indécis.
Va-t-il, avec son " six-cent-six ",
Vaincre la fortune jalouse ?

— Eh ! pour nous garder à carreau,
S'il lui faut du " douze-cent-douze ",
Qu'il double son gros numéro.

A. VARIÉ.

LA SERVANTE ET LE VALET

Refrain :

Tirez les rideaux, dondaine,
Tirez les rideaux, Georget.

C'est not' servante et not' valet, (*bis*)
Tous deux assis sur le chevet.

Tous deux assis sur le chevet. (*bis*)
La servante dit au valet :

La servante dit au valet : (*bis*)
— " Quéqu' t'as donc là, mon petit Georget ? "

— " Quéqu' t'as donc là, mon p'tit Georget ? " (*bis*)
Georget tire son flageolet.

Georget tire son flageolet (*bis*)
Et lui met dans son sigouret.

Et lui met dans son sigouret. (*bis*)
Mais, en s'remuant, ell' fit un pet.

Mais, en s' remuant, ell' fit un pet. (*bis*)
— " Quéqu' tu fais là ? " lui dit Georget.

— " Quéqu' tu fais là ? " lui dit Georget. (*bis*)
— " C'était mon puc'lag' qui craquait. "

— " C'était mon puc'lag' qui craquait. " (*bis*)
— " Il pu' bougrement ! " dit Georget.

— " Il pu' bougrement ! " dit Georget. (*bis*)
— " Il peut bien avoir du fumet. "

— " Il peut bien avoir du fumet : (*bis*)
Voilà longtemps que j' te l' gardais. "

―――――― >―< ――――――

HISTOIRE VRAIE

Un compère auvergnat, dont le visage doux
L'avait rendu l'amant d'une tendre novice
Pratiquant bien l'amour sans soupçonner le vice,
Postures, pâmoisons, baisers fous des époux,
Fut pris, un certain jour, d'attaque apoplectique.
Le voilà donc fort mal. Le lendemain matin,
Maints avides neveux, ainsi que des mâtins,
Arrivent dans sa chambre, et le cataleptique,

Endoctriné par eux, prit un tabellion
Aux fins de testament. Le parler du malade
Etait embarrassé ; sa langue, par saccade,
Prononçait seulement (aliénation)
L'unique mot "*plum, plum*".—"Ah çà,—dit le notaire,—
" Demande-t-il de l'encre, en désir d'ajouter
" Un mot à mon écrit ? C'est très facile à faire. "
— " Pourquoi son cœur palpite ? Certes, je vois l'affaire
" Mieux que vous, s'exclama la novice. Sortez.
" *Plum, plum.* Par charité, je vais le satisfaire. "

Dr Henry LABONNE.

IL FAUT DIRE... ET NON PAS...

IL FAUT DIRE :	SURTOUT NE DITES PAS :
Yuan-Shi-Kaï a mis la *Chine* au *pas*.	Yuan-Shi-Kaï a mis la *pine* au *chat*.
Ce batelier nettoie le *fond* de sa *quille*.	Ce batelier nettoie le *con* de sa *fille*.
Ce pauvre mineur a été écrasé sous un *pilier* de *mine*.	Ce pauvre mineur a été écrasé sous un *millier* de *pines*.
Cette jeune fille a une *mine* de *perles* dans la bouche.	Cette jeune fille a une *pine* de *merle* dans la bouche.
Cette fillette suce le *pis* de *la vache*.	Cette fillette suce le *vit* de *l'apache*.
Taisez-vous, dans le *bas !*	*Baisez*-vous dans le *tas !*

Le déménageur à bien *vissé* mon *lit*.

Le déménageur à bien *lissé* mon *vit*.

Ma femme a *bêché* trois *allées*.

Ma femme a *léché* trois *abbés*.

Le vicomte a *bouffé* dans la *louche* de la baronne.

Le vicomte a *louffé* dans la *bouche* de la baronne.

Les *quatre* filles du général *Kouropatkine*.

Les filles du général *courent aux quatre pines*.

Un *mot* de *vous* me rendrait bien heureux.

Un *mou* de *veau* me rendrait bien heureux.

Cette aviatrice a *pendu* son *fuselage* dans son hangar.

Cette aviatrice a *fendu* son *pucelage* dans son hangar.

Vous avez, madame, un *joli port* de *tête*.

Vous avez, madame, une jolie *tête* de *porc*.

Cette *fille* fait deux *vœux* tous les soirs.

Cette *folle* fait deux *vieux* tous les soirs.

Le jeune marié avait une *mine piteuse*.

Le jeune marié avait une *pine miteuse*.

L'AMOUR EN VINGT LEÇONS

Air : *Hirondelle gentille.*

Le printemps vient de naître ;
Je sens, par tout mon être,
Un feu nouveau ;
Chaque femme qui passe
Me trouble, et tout s'efface
De mon cerveau.

Oh ! veux-tu, jeune fille
Dont la paupière brille
    En éventail,
Permettre que je touche
De mes lèvres ta bouche
    Aux doux corail ?

Dans ta chambre, seulette,
Nulle oreille indiscrète
    N'écoutera
Les mots remplis d'ivresse
Qu'à ma jeune maîtresse
    Mon cœur dira.

Sur ton lit, ma charmante,
Tu seras mon amante
    Pour plus d'un jour.
Oh ! viens, ma fiancée,
Sur mon âme oppressée,
    Parler d'amour.

La chambre est parfumée
Et la porte fermée ;
    En liberté,
Sous les leçons du maître,
Enfin tu vas connaître
    La volupté.

Mais tu rougis, vilaine;
Permets que je t'apprenne
    Ce que l'on fait.
Assieds-toi sur ma cuisse,
Commençons l'exercice...
    Bien ! C'est parfait !

Je veux, ma blanche étoile,
D'abord ôter ce voile
        Qui peut gêner ;
Sur ta chair transparente
Laisse ma main brûlante
        S'abandonner.

Quelle gorge divine !
Quelle peau douce et fine !
        Quelle fraîcheur !
Chaque bouton de rose
Semble naître et repose
        Sur sa rondeur.

Dieux ! qu'elle est ferme et blanche !
Et quelle aimable hanche
        Au doux satin !
Permets que je caresse
Ce ventre et cette fesse
        Avec ma main.

Sous ce globe d'albâtre
Oh ! je sens ton cœur battre !
        Est-il vaincu ?
Laisse-moi voir encore
Ce beau sein que j'adore
        Et ton beau cul !

Dieux ! La charmante motte !
Mon bouton de culotte
        Vient de partir...
Ce joli poil qui frise
Fait lever ma chemise
        Par le désir.

Ah ! Divine ouverture !
Ravissante nature !
　　Qu'il est petit !
Mon doigt pénètre à peine...
On dirait que ça gêne
　　Ton doux réduit...

Sur ces lèvres de rose,
Ah ! permets que je pose
　　Le petit bout
De ma langue amoureuse
Qui serait bien heureuse
　　Dans ton joujou.

Permets que je branlotte
Le bouton de ta motte
　　Légèrement.
Cette chaleur astique
La liqueur spermatique
　　De ton amant.

Mais... tu te pâmes d'aise.
Oh ! viens que je te baise,
　　Ange divin !
Donne-moi ta languette
Et porte à ma braguette
　　Ta blanche main...

Lève un peu plus la cuisse...
Ah ! qu'elle est blanche et lisse !
　　C'est du velours !
Dans ton petit trou rose
Je veux mettre la chose
　　De nos amours,

Ah ! ah ! ah ! quelle ivresse !
Ma gentille maîtresse,
    Serre-moi bien...
Comme il faut que ça rentre,
Avance un peu ton ventre
    Contre le mien....

Oh ! que c'est bon... mon ange !
Ça me brûle et démange
    Je ne sais où....
On n'est pas... plus... étroite,
Et... malgré ça... j'emboîte
    Ton... cher... bijou !

Tu tournes la prunelle...
Tu vas jouir... ma... belle...
    Ça... vient... crois-moi...
Tu vas... per...dre... la... vie...
At...tends-moi... je... t'en... prie,
    Tiens... tout pour toi !...

Mais j'en désire encore...
Viens ! viens ! toi que j'adore...
    Fais-moi jouir...
Car hélas ! ô ma chère,
Sans amour sur la terre,
    Mieux vaut mourir.

Marc CONSTANTIN.

DIALOGUE

entre

MESSIRE LE CON
& MONSEIGNEUR LE TROU DU CUL

— " Petit con, joli petit frère,
Disait le cul, ah ! laisse-moi
Te conter ma douleur amère ;
Je n'ai de confident que toi. "

— " Cochon ! répondit le confrère,
Cesse de soupirer ainsi,
Car ton haleine m'exaspère
Et de tes maux je n'ai souci. "

LE CUL

Pour parler de la sorte, écoute,
As-tu supputé seulement
Ce que ton voisinage ajoute
De supplices à mon tourment ?

Il faut enfin que je te dise,
Voisin, ce que j'ai sur le cœur :
Tandis que le vit te courtise,
Je reste avec mon déshonneur.

Il n'est morceaux que pour ta bouche ;
Il n'est que pour toi de plaisirs ;
Et si parfois un doigt me touche,
C'est pour accroître tes désirs ;

Car un lien commun nous lie ;
Et, lorsque tu fais le déduit,
Mon sphincter aussitôt s'écrie :
— " Foutre ! c'est le con qui jouit ! "

Ah ! permets-moi, je t'en conjure,
De me fourrer, un coup sur dix,
Un de ces vits dont l'encolure
Donne à rêver du Paradis !

LE CON

As-tu donc fréquenté Sodome
Ou Rome ? Bougre d'enculé !
Que tu parles de prendre un homme
Et comme nous d'être enfilé !

LE CUL

Eh quoi ! nuit et jour, sans mystère,
Tu donnes et prends du plaisir !
As-tu le droit de te distraire ?
Je veux celui de me grandir.

LE CON

Rentre en toi-même, pauvre sire ;
Vois la figure que tu fais :
La merde coule comme cire
De ton trou sordide et punais.

LE CUL

Tu mets sur le tapis la merde !
Soit ! mais s'il est vrai que l'amour
De dégoût faiblisse ou se perde,
Crains de l'écœurer à ton tour.

Je suis emmerdé, c'est l'usage,
Plutôt deux fois qu'une, par jour ;
Mais d'ici je sens ton fromage :
Est-ce un mets qui plaise à l'amour ?

Enfin, il est une semaine,
Dans chaque mois, si ce n'est plus,
Où tu te mets en quarantaine,
Pour laisser couler certain flux.

Ce ne sont point là, que je sache,
Avantages dont un vagin
Doive, en se faisant la moustache,
Se montrer satisfait ni vain.

LE CON

Ignorant ! Tu nommes fromage
Un arôme exquis, épicé,
Qu'un vit flaire comme un hommage,
Car un grand veut être encensé.

Pour ces règles, que tu débines
Et traites de déjections,
Ce sont les sources purpurines
Des saintes fécondations.

Quant à toi, la bonté divine
Te garde aussi son aiguillon ;
Si pour nous elle fit la pine,
Elle offre au cul le postillon.

LE CUL

Le postillon ? Belle foutaise !
En amour, je veux tout ou rien ;
Je suis étroit, chaud comme braise :
Mon pucelage vaut le tien.

LE CON

Va, tu n'es que le trou qui chie ;
Tu n'as de talent que le pet,
Et l'animale hiérarchie
Te réserve pour le baquet,

MORALITÉ :

A cet instant de la querelle,
Un vit, qui bandait dur et fort,
S'avisa de foutre en aisselle.
Cet argument les mit d'accord.

Tout est fantaisie ou caprices,
Chez le bizarre genre humain :
On fout en con, en cul, en cuisses,
Au besoin même dans la main.

————————o————————

FAIT ET FAIRE

Sexe charmant, à qui l'on fait
Ce qu'il est si joli de faire,
Je voudrais vous avoir au fait,
Pour vous montrer mon savoir-faire ;
Car avec vous, quand on le fait,
On a tant de plaisir à faire
Qu'on voudrait ne pas l'avoir fait....
Pour pouvoir encore vous le faire.

Quand trop souvent on vous le fait,
Bientôt on ne peut plus le faire ;
Vous avez sur nous, dans le fait,
L'avantage de toujours faire.
Mais comme sans nous, dans le fait,
Belles, vous ne pourriez rien faire,
Afin que cela soit bien fait,
Ne vous le faites pas trop faire.

L'époux qui jamais ne le fait,
A sa femme défend de faire ;
Mais si l'épouse aime le fait,
L'époux a beau dire et beau faire...
Dût-il la prendre sur le fait,
Elle trouve moyen de faire ;
De sorte que l'époux est fait...
Pour n'avoir pas voulu le faire.

Mais c'est assez parler du fait,
Belles, devant vous, sans le faire :
Vous me croiriez peut-être fait
Pour en parler... et n'en rien faire.
Sans plus tarder, venons au fait,
Et vous verrez — me sentant faire —
Que si je parle bien du fait
Je sais encore bien mieux le faire.

LA NUIT DE NOCES

Air : *Vive la Lithographie.*

Maman, faut que j' vous raconte
Comm' mon mari s'est conduit ;
Il m'a fait mourir de honte
Pendant un' parti' de la nuit.
En s' mettant au lit, l' brutal
Saut' sur moi comm' sur un ch'val,
Et me dit, en m'étouffant,
Qu'il veut me faire un enfant !
Maman, jugez d' la bêtise
De ce bougre d' polisson :
Il me r'lève ma chemise

Et me prend l' cul sans façons ;
Puis il m'empoign' les tétons
Et veut en mordr' les boutons !
Là d'ssus, j' lui fous un soufflet
Qui l'étend sur son chevet !
Pour mettr' fin à ses caresses,
Je m' dépêch' de tourner l' dos :
Mais j' sens qu'il m' frott' sur les fesses
Quelque chose d'assez gros.
Sur cet insolent paquet
Je lâche un vigoureux pet.
Mon mari, tout étonné,
D'abord se bouche le nez ;
Mais le malin, dans sa rage,
Ne se tient pas pour battu :
Il dit qu'il faut qu' mon pucelage
Par l' dieu d'amour soit vaincu.
Il m'allong' près du croupion
Une espèc' de cornichon,
Et m' dit, en m' crevant l'anus,
Qu'il agit au nom d' Vénus.
Moi, sans fard, sans enveloppe,
J' lui dis : — " Bougre de couillon !
" Ta Vénus est un' salope,
" Ton dieu d'amour un cochon ! "
Se voyant traité de la sorte,
Il dit qu'il s'est trompé d' porte,
Et veut m' fourrer son outil
Dans un trou qu' j'ai sous l' nombril,
— " Mais, finis donc, imbécile !
" Sacré nom-de-Dieu d' gredin !
" Si tu n' me laiss's pas tranquille,
" J' vas pisser sur ton machin ! "

Loin d'm'écouter, il s'trémousse ;
Au lieu de r'culer, il pousse ;
J'ai beau gueuler et souffrir,
Il soutient qu' ça m' fait plaisir.
Mais c'machin s'change en lavette,
Grâce au pouvoir d' la vertu,
Et j' m'en tire, quitte et nette,
Avec un peu d'colle au cul !

RIEN QU'UN... OU DEUX

A seize ans, pauvre et timide,
Devant les plus frais appas,
Le cœur battant et l'œil humide,
Je voulais et n'osais pas.
Et je priais, et, sans cesse,
Je répétais dans mes vœux :
— " J'ai-s-eu rien qu'une maîtresse, ⎫
" Rien qu'une maîtresse ou deux. " ⎭ (bis)

Lors une beauté, qui daigne
M'agacer d'un air moqueur,
Me dit : — " Enfant, ton cœur saigne
" Et j'ai pitié de ton cœur.
" Ah ! Dis-moi donc quel dictame
" Te faut-il, pauvre amoureux ? "
— " Oh! rien qu'un baiser, madame, ⎫
" Oh ! rien qu'un baiser ou deux ! " ⎭ (bis)

Puis, le beau docteur qui raille
Me tâte le pouls, et moi,
En façon de représailles,
Je tâte... je ne sais quoi.

— " Où vont ces lèvres de flamme ?
" Où vont ces doigts curieux ? "
— " Puisque j'en tiens un, madame, ⎱
" Laissez-moi prendre les deux. " ⎰ *(bis)*

La coquette, sans alarmes,
Rit si bien de mon amour
Que j'eus à baiser ses larmes
Quand je riais à mon tour.
Elle sanglote et se pâme :
— " Qu'avons-nous fait là, grands Dieux ? "
— " Oh ! rien qu'un enfant, madame, ⎱
" Oh ! rien qu'un enfant ou deux. " ⎰ *(bis)*

———— ✳ ————

UN VRAI CON

Messieurs, vous aimez tous le con ;
　　Eh bien ! d'un con
　　Voulez-vous qu'on
　Vous raconte l'histoire ?

　　C'était un con
　　Bien rubicond ;
　A beaucoup boire
　Il faisait con-
Sister toute sa gloire ;
Un vit lui servait de flacon
Et nuit et jour ce sacré con
　Répétait : — " Bon !
" Que le foutre est bon !
" Qu'on n'en saurait trop boire ! "

Or, voici ce qui s'ensuivit :
On dit qu'au lit
Il vit un vit
A la peau rude et noire ;
Il prit le vit
Et s'en servit,
Et sur lui sa soif assouvit.
Mais, pourriez-vous le croire ?
Bourré, gavé jusqu'au croupion,
Dans sa barbe, ce foutu con
Répétait : — " Bon !
" Que le foutre est bon !
" Qu'on n'en saurait trop boire ! "

Le vit alors, bien convaincu
Qu'on ne peut voir
Un con vaincu,
Renonce à la victoire.
Il déconne et s'adresse au cul ;
Puis, zeste !... il fait le con cocu,
En bravant merde et foire.
Le cul bava ; le sacré con
But la bavure, le cochon !
Répétant : — " Bon !
" Que le foutre est bon !
" Qu'on n'en saurait trop boire ! "

———————×<———————

RÉCIT DES TEMPS MÉROVINGIENS

.....Pendant que Saint-Eloi forgeait, son fils Oculi soufflait,
et la mère d'Oculi filait.....

VOLUPTÉ SUPRÊME

La Pompette

Mollement étendu, la bouche souriante,
L'aimé, plein de désirs, contemple son amante
Qui vient de se glisser au fond de la couchette
Pour faire à son cher gosse une bonne sucette.
Saisissant bien le vit, sur la pointe, aussitôt,
Une amoureuse lèvre y dépose un bécot.
Puis, le décalottant de sa main de velours,
Son experte languette en lèche tout le tour.
Lors, du haut jusqu'en bas, la langue douce et fine
De l'amante s'exerce à caresser la pine
De son amant chéri qui bande toujours mieux.
Le plaisir qu'il ressent se découvre en ses yeux
Et, pour accompagner ces gentilles sucettes,
Ses petits doigts mignons chatouillent les couillettes.
Tout son être charmant ressent un doux frisson
Et tout bas il mumure : —"Chérie, comme c'est bon !"
Le voyant excité, pris d'un désir farouche,
Bien vite elle saisit la pine à pleine bouche
Et la garde un instant, ensuite la ressort,
La bécote partout et la reprend encore.
Or, chaque fois qu'elle est dans sa bouche enfoncée,
L'amant sent les douceurs de la bonne sucée.
Pour combler ce bonheur et charmer sa passion,
Les couilles de ses mains ressentent la pression.
Maintenant il se pâme, et la liqueur si bonne
Sort en rapide jet dans la bouche mignonne.
Elle aspire, elle tète alors plus fortement.
Les couilles de l'aimé se vident doucement...
Voyant qu'il jouit bien, la gentille amoureuse

Avale tout le foutre et semble radieuse ;
Car, sachant avaler, elle a, dans ce beau jour,
A son fidèle ami témoigné son amour.
Lors, la remerciant de ce bonheur extrême,
L'amant lui dit tout bas : — " Ma belle, que je t'aime!"
A ce très doux murmure, elle apprête ses doigts
Et, tous deux s'enlaçant, vers de nouveaux exploits,
Volent, l'âme ravie et les sens en délire...
Car l'amour n'est jamais fatigué de sa lyre !

LES BAIGNEUSES

— " A nos désirs, voici l'heure propice,
Et cet instant va combler tous nos vœux ;
Loin des regards et sans témoins, ma Lise,
Le même bain nous recevra toutes deux.
Fais comme moi, quitte ta chemise
Et de ton sein enlève ce mouchoir.
Ne tremble pas ; crains-tu quelque surprise ?
Va, sois tranquille : personne ne peut nous voir.

" Là, maintenant, te voilà toute nue.
Grands Dieux ! combien tu as d'appas !
Combien aussi ta gorge s'est accrue !
Qu'ils sont jolis, les contours de tes bras !
Tous ces attraits, sous peu, je te parie,
De mille amants feront le désespoir.
Ah ! laisse-les moi contempler, je t'en prie.
Va, sois tranquille : personne ne peut nous voir. "

— " Y songes-tu ? Dans ce moment ? De grâce !
Tes compliments vont me faire rougir. "
— " Si tu savais en moi ce qui se passe.
Ta voix, enfant, m'inspire des désirs.
Si, de l'amour par la douce magie,
D'être homme ici j'obtenais le pouvoir,
Avec transport ta fleur serait ravie.
Va, sois tranquille : personne ne peut nous voir.

" Et maintenant, sur tes lèvres de rose,
Laisse-moi donc cueillir un doux baiser. "
— " Je le veux bien. Mais tu fais autre chose.
Où va ta main ? Vois, tu le fais exprès.
De tes baisers je suis toute tremblante ;
Nouveaux désirs viennent de m'émouvoir.
Finis, grands Dieux ! par pitié, chère amante. "
— " Va, sois tranquille: personne ne peut nous voir. "

" Et de mon doigt tu demandes l'usage ;
C'est pour calmer le feu que tu ressens.
Eh quoi ! ma sœur, si modeste et si sage,
Tu connaissais ces plaisirs enivrants ?
Tous les contours de ce que je touche,
Qu'ils sont jolis et ravissants à voir !
Oh ! laisse-moi donc y porter ma bouche.
Va, sois tranquille : personne ne peut nous voir. "

— " Laisse-moi, maintenant. Par maintes caresses
Tu oses encore espérer dans mes bras,
Quand sur ton sein ta jolie main me presse
Et l'autre aussi me lutine plus bas. "
— " Pour que ton corps soit docile à ma flamme,
De ton amie reconnais le pouvoir. "
— " Finis, grands Dieux ! par pitié ! je me pâme ! "
— " Va, sois tranquille : personne ne peut nous voir, "

— " Et, maintenant, baignons-nous, chère amie.
·Livrons nos corps au cristal de ces eaux.
Plus qu'un baiser sur ta bouche jolie
Nos sens émus ont besoin de repos.
Puis de retour, craignant quelque migraine,
Le même lit nous recevra toutes deux.
L'amour alors reserrera la chaîne
Et, sans témoin, nous rendra plus heureux. "

————————:o:————————

LE LOUP

L'ennemi de nos troupeaux,
La terreur de nos bergères,
Rôde autour de nos chaumières,
Pour surprendre nos agneaux.
Grand'maman dit : — " Mon Estelle,
Crains du loup la dent cruelle.
Il te croquerait, ma belle.
Ne va pas au bois surtout. "
Moi, qui ne suis pas peureuse,
Mais qui suis fort curieuse,
Je voudrais bien voir le loup. (bis)

— " Il a les côtes en long
— Disait ma tante à ma mère. —
C'est pourquoi son trou, ma chère,
Est moins large que profond.
Quand trop de chaleur le presse,
Il pénètre avec adresse
Les forêts les plus épaisses

Et se blottit dans un trou. "
Si tu doutes de la chose,
Consulte ma tante Rose,
Car ma tante a vu le loup. (*bis*)

" Il a le museau pointu
Et l'air — dit-on — plein d'audace.
Par son âge et par sa race,
Il est plus ou moins barbu.
Il pénètre dans les grottes
Presque toujours à plat-ventre ;
Plus il pousse, plus il rentre.
Ce jeu-là lui plaît beaucoup. "
— " Oh ! d'après cette peinture,
Ma tante, je vous le jure,
Je voudrais bien voir le loup. " (*bis*)

Blaise, qui me suit partout,
Au bocage, à la prairie ;
Blaise, au gré de son envie,
Voudrait me faire voir le loup.
Blaise a pour moi le cœur tendre ;
Blaise saura bien me défendre,
Et là, coup sur coup,
Je le verrai à mon aise.
Avec mon ami Blaise,
Je n'aurai pas peur du loup. (*bis*)

L'on raconte au hameau
Qu'un jour la bergère Annette
S'en fut cueillir la noisette
Avec son petit agneau.
Tandis qu'elle va s'y rendre,
Un gros loup, pour la surprendre,

Se développa tout à coup.
Le berger couvrit Annette
Et l'agneau de la pauvrette
Fut dévoré par le loup. (*bis*)

RONDE ENFANTINE

Refrain :

Dansez Bamboula !
Zim-zim
Boum-Boum !
Dansez Canada !
Toujou comme ça :
A â â âh !

Papa et maman étaient dans l' jardin ;
La bite à papa était dans sa main.

Papa et maman étaient dans l' salon,
Papa lui secouait une bougie dans l' con.

Papa et maman dansaient le cul nu,
La bite à papa était dans son cul.

Papa et maman étaient dans leur lit,
Papa bouche au cul, Maman bouche au vit.

Papa et maman étaient dans les chiottes,
Elle était à genoux, il r'poussait ses crottes.

LA GOTON ET LE TROUPIER

Un jour, je trouve Goton
Qui se branlait l' bouton
A l'ombre d'un vieux chêne.
Je m'approche poliment
Et j' lui dis : — " Belle enfant,
Pourquoi prends-tu tant d' peine ? "
Je lui montre mon vit :
— " Tiens, prends cet outil,
Ma charmante reine.
Tâche de t'en servir :
Tu y trouv'ras beaucoup d' plaisir. "

— " Allons ! mon cher amant,
Quel bel instrument
Qu' tu m' présentes.
Il est trop gros, ma foi,
Pour entrer dans ma fente ;
Mon con est trop étroit ;
Il faut que de mon doigt
Je me contente ;
Car d'un si gros vit
Ça pourrait me le fendre
Jusqu'au nombril. "

— " Allons ! mon petit cœur,
Ne faut pas avoir peur
D'une telle aventure.
Crois-moi, tout ce que je te dis :
Le plus gros des vits

Que fait la nature
Entrera aisément
Dans ton coin charmant.
Oui, je te le jure. "
La belle lève ses collants jupons,
Et me fait voir le plus beau des cons;
Et moi, bandant comme un dragon,
Sur le vert gazon
Je la prends, je la couche,
Je lui mets, sans plus tarder,
Un tendre baiser
Sur sa noble bouche,
Et je lui fourre sans façon
Mon vit dans son con
Jusqu'aux deux roustons,
La belle lève les yeux
Et me dit d'un air gracieux :
— " Oui, je suis perdue,
Je vois mon sang couler,
Mon con décharger ;
Oui, je suis foutue !
Ah ! ma foi, dans mon con,
Ni vit, ni couillon,
Je le jure, n'entreront.
Car d'un si gros vit
J'en ai le con fendu
Jusqu'au trou du cul. "

ET TA SŒUR ?

Civilités d'usage courant.

Ma sœur, elle bat le beurre : quand elle battra la merde, tu lècheras le bâton !

Ma sœur, elle a un frère qui t'emmerde !

Ma sœur, elle est au Panthéon, qu'elle prie le Bon Dieu pour que tu soyes pas si con !

Ma sœur, elle est comme moi : elle a un con devant elle !

Ma sœur, elle a ton portrait entre les jambes !

Ma sœur, elle est au bord de la mer, qu'elle pêche des maquereaux pour la tienne !

Ma sœur, elle est couverte en ardoises, pour que les crapauds comme toi y grimpent pas dessus !

Ma sœur, elle est comme l'omnibus : pour trois sous, on grimpe dessus, et pour six sous, on entre dedans !

LES SOUVENIRS

Air : *Les Souvenirs*, de CHATEAUBRIAND.

Combien j'ai douce souvenance
De nos amours, ô ma Clémence !
Ces jours, à jamais effacés,
    J'y pense,
Où sont nos coïts insensés
    Passés ?

Te souvient-il, lorsque ma pine,
Luxuriante et libertine,
Entre tes lèvres se glissant,
    Coquine,
Tu me suçais en rougissant
    Souvent ?

Dis-moi, te souvient-il encore
De ces caresses que j'adore :
Ma langue avide, en frémissant,
Dévore
Ton clitoris rose et dardant
Son gland ?

Te souvient-il du tour agile
De notre tête-bêche habile,
Quand ma langue, du cul au con,
Docile,
Répondait à ton postillon
Mignon ?

Te souvient-il de ta sœur Luce,
Qui me branlottait le prépuce,
Pendant que toi tu lui mettais,
En puce,
Ta langue au con et lui faisais
Minet ?

Oh ! qui nous rendra nos foutries,
Nos jouissances, nos orgies !
Oh ! qui nous rendra ces amours
Jolies
Qui doraient nos nuits et nos jours
Toujours !

LA MERDE ET LE COCHON

Une merde bien fraîche, aussi pure que belle,
Exhalait son parfum aux bornes d'alentour.
Tous les étrons voisins se desséchaient pour elle
Et poussaient des soupirs et d'espoir et d'amour,

Mais elle, vierge encor, et comprenant à peine
Ce que l'on doit sentir en des cas si pressants,
Les laissait soupirer jusques à perdre haleine
Et, sans le savourer, méprisait leur encens.

Un étron de haut lieu sapeur à barbe blonde,
A cependant fixé notre jeune beauté,
Et leurs épanchements, remplis de volupté,
Déjà faisaient fumer cent étrons à la ronde.

O terreur ! un cochon, par l'odeur alléché,
Apparaît au moment de leur plus douce ivresse
Et, comme un furieux à sa proie attaché,
Il vous gobe à la fois l'amant et la maîtresse.

Ce cochon, c'est le Temps, qui détruit tour à tour
La fleur qui vient de naître et la merde et l'amour.

LE COCHON ET LA MERDE

Au soleil, sous un mur, une merde fumait
                Et parfumait
Les airs et le gazon à cent pas à la ronde.
C'était bien, s'il faut croire aux récits des passants,
La plus belle merde du monde.
A ses pures vapeurs mariant leur encens,
Vingt étrons soupiraient pour ses appas naissants.
Mais un cochon survient, la flaire, la regarde
Et l'avale sans sel, sans poivre et sans moutarde.

Comme une merde, hélas ! chacun passe à son tour.
La vie est un cochon, qui détruit sans retour
                La beauté, la gloire, et l'amour.

JE VOUDRAIS ÊTRE CHIEN

Refrain :

Je voudrais être chien ;
Car du soir au matin
Je pourrais me sucer la pine.

Franchement, Dieu, lorsqu'il nous fit,
Nous a bougrement mal construits ;
C'est surtout lorsqu'il fit l'échine.
Les quadrupèdes ont des reins
Bien plus souples que les humains.

Les largues nous pompent le nœud ;
Mais nous nous le pomperions mieux
Si, comme la race canine,
Nous pouvions, sans gêne et sans mal,
Nous gamahucher le canal.

Les hommes, lorsqu'ils ont foutu
A double couillon rabattu,
Se lavent dans une terrine.
En cela moins bêtes que nous,
Les chiens se lèchent, c'est plus doux,

Avec mon nez, bien qu'il soit long,
Je ne puis me fair' postillon ;
Et voilà ce qui me chagrine :
Avant ma mort, j'aurais voulu
Foutre mon nez dans l' trou d' mon cul.

COUPEROSES

Voici l'âge des couperoses,
Pour les peaux de deuxième choix
Fertiles en métamorphoses.
Voici l'âge des couperoses,
Où moins de lis et plus de roses
Ornent la face des bourgeois.
Voici l'âge des couperoses,
Pour les peaux de deuxième choix.

Résignons-nous, mon camarade,
A ce visage diapré
Qui vaut bien un visage fade.
Résignons-nous mon camarade,
Sans être, pour cela, maussade,
Au flamboiement du nez pourpré.
Résignons-nous, mon camarade,
A ce visage diapré.

Consolez-vous, belle jolie,
De voir votre teint moins uni
Se colorer d'un peu de lie.
Consolez-vous, belle jolie :
Teint vermeil ou lèvre pâlie,
Qu'est cela près de l'Infini ?
Consolez-vous, belle jolie,
De voir votre teint moins uni.

O mon très cher, ô ma très bonne,
Puique les temps sont révolus,
Acceptons la ride et l'automne.
O mon très cher, ô ma très bonne

Acceptons le teint qui bourgeonne
Et le cœur qui ne fleurit plus,
O mon très cher, ô ma très bonne,
Puisque les temps sont révolus.

Ne fleurit-il plus en cachette,
Ce pauvre cœur humilié
Par qui la laideur se rachète ?
Ne fleurit-il plus en cachette,
Ce cœur, que raillerait Nichette,
A cette peau mésallié ?
Ne fleurit-il plus en cachette,
Ce pauvre cœur humilié ?

Il se peut ; mais ce n'est qu'un songe :
Le Réel est disgracieux
Comme un décor que le temps ronge.
Il se peut ; mais ce n'est qu'un songe :
Par ses pores lâches d'éponge,
Seul le derme fleurit aux yeux.
Il se peut ; mais ce n'est qu'un songe :
Le Réel est disgracieux.

Voici l'âge des couperoses ;
Brisons la coupe et le miroir.
Malgré les docteurs et leurs gloses,
Voici l'âge des couperoses,
L'instant des calculs et des proses,
L'heure, hélas ! où tombe le soir !
Voici l'âge des couperoses :
Brisons la coupe et le miroir.

LA FLEUR ROUGE

A M. le P' BAR.

Quand l'été, dans le charme alanguissant des soirs,
Répand sur les jardins le parfum de ses roses,
Les rayons du couchant mettent des reflets roses
Dans le rêve mélancolique des yeux noirs.

L'éclat mystérieux de ces vivants miroirs
Est voilé lentement par les paupières closes
Dont les tendres couleurs, nouvellement écloses,
Appellent les baisers riches de doux espoirs.

Mais mon cœur, amoureux de la seule obstétrique,
Loin de ces voluptés, m'entraîne à la Clinique
Où flotte, nuit et jour, un arôme utérin.

Pour plaire au maître Bar, grand-prêtre de Lucine,
J'y vais cueillir bientôt, large fleur purpurine,
Un délivre complet sur le bord d'un vagin.

(*Clinique Tarnier, la garde de jour
du 26 février 1912*).

———— ►×◄ ————

MUSÉE SECRET

Des déesses et des mortelles
Quand ils font voir les charmes nus,
Les sculpteurs grecs plument les ailes
De la colombe de Vénus.

Sous leur ciseau s'envole et tombe
Le doux manteau qui la revêt,
Et sur son nid froid la colombe
Tremble sans plume et sans duvet.

O grands païens ! je vous pardonne.
Les Grecs, enlevant au contour
Le fin coton que Dieu lui donne,
Otaient son mystère à l'amour.

Mais nos peintres, tondant leurs toiles
Comme des marbres de Paros,
Fauchent sur les beaux corps sans voiles
Le gazon où s'assied Eros.

Pourtant, jamais beauté chrétienne
N'a fait à son trésor caché
Une visite athénienne,
La lampe en main, comme Psyché.

Au soleil tirant sans vergogne
Le drap de la blonde qui dort,
Comme Philippe de Bourgogne
Vous trouveriez la toison d'or ;

Et la brune est toujours certaine
D'amener au bout de son doigt,
Pour le diable de La Fontaine,
Le cheveu que rien ne rend droit.

Aussi, j'aime tes courtisanes
Et tes nymphes, ô Titien !
Roi des tons chauds et diaphanes,
Soleil du ciel vénitien !

Sous une courtine pourprée,
Elles étalent bravement,
Dans sa pâleur mate et dorée,
Un corps superbe où rien ne ment ;

Une touffe d'ombre soyeuse
Veloute sur leur flanc poli
Cette envergure harmonieuse
Que trace l'aine avec son pli ;

Et l'on voit, sous leurs doigts d'ivoire,
— Naïf détail que nous aimons, —
Germer la mousse blonde ou noire
Dont Cypris tapisse ses monts.

A Rome, ouvrant ses cuisses rondes,
Sur un autel d'or, Danaé
Laisse du ciel, en larmes blondes,
Pleuvoir Jupiter monnoyé ;

Et la tribune de Florence
Au *cant* choqué montre Vénus
Baignant, avec indifférence,
Dans son manchon ses doigts menus.

Maître, ma gondole, à Venise,
Berçait un corps digne de toi,
Avec un flanc superbe où frise
De quoi faire un ordre de roi.

Pour rendre sa beauté complète,
Laisse-moi faire, ô grand vieillard !
Changeant mon luth pour ta palette,
Une transposition d'art.

Oh ! comme dans la rouge alcôve,
Sur la blancheur de ce beau corps,
J'aime à voir cette tache fauve
Prendre le ton bruni des ors

Et rappeler, ainsi posée,
L'Amour sur sa mère endormi,
Ombrant de sa tête frisée
Le beau sein qu'il cache à demi.

Dans une soie ondée et rousse,
Le fruit d'amour y rit aux yeux,
Comme une pêche sur la mousse
D'un paradis mystérieux.

Pomme authentique d'Hespéride,
Or crespelé, riche toison,
Qu'aurait voulu cueillir Alcide
Et qui ferait voguer Jason !

Sur ta laine annelée et fine
Que l'art toujours voulut raser,
O douce barbe féminine,
Reçois mon vers comme un baiser;

Car il faut, des oublis antiques
Et des pudeurs d'un temps châtré,
Venger, dans des strophes plastiques,
Grande Vénus, ton mont sacré !

Théophile GAUTIER.

MAISON DE PASSE

Air : *De la Gaze.*

Paris fourmille de maisons
Où les bambocheurs et les garces
Peuvent, dans toutes les saisons,
Foutre, branler, faire leurs farces.
Pour s'amuser, se divertir,
Il en est de première classe.
Paillards, pour trouver le plaisir,
Il n'est qu'une maison de passe.

Une fille qui cherche un vit
Ne peut, sous les yeux de sa mère,
Remuer du cul sur son lit :
Il faut y mettre du mystère.
Femme qui veut planter du bois
Et que son amant la repasse
Prend un abonnement par mois
Avec une maison de passe.

Dans ces voluptueux réduits,
Quel bonheur de passer sa vie
Et de voir les jours et les nuits
S'écouler au sein d'une orgie !
O Priape ! Dieu tout-puissant !
Je te le demande par grâce,
Que mon vit soit toujours bandant :
J'achète une maison de passe.

MILORD ARSOUILLE.

LE SAUT DU MORPION

Chanson qu'on ne peut chanter qu'au rez-de-chaussée, attendu qu'elle est à se faire foutre par la fenêtre.

Air : *Cadet-Roussel.*

Refrain :

Ah ! g'na, du cul au con,
Que la culbute d'un morpion.

Depuis que je prends mes ébats
Dans les féminins Pays-Bas,
J'ai toujours vu le trou qui tète
Trop voisin de celui qui pète.

Pendant le combat amoureux,
Margot m'a fait un pet foireux ;
Tandis qu'au fond mon vit la mouille,
La garce m'emmerde la couille.

Ce matin, en baisant Suzon,
D'un coup j'effondrai la cloison ;
Trou du devant, trou du derrière
Ne font plus qu'une même ornière.

L'autre jour, en foutant ta sœur,
Je fis une bougre d'erreur :
Croyant voyager dans Cythère,
Mon vit lui foutit un clystère !

Il faut l'avouer entre nous,
Trop rapprochés sont ces deux trous :
Si le vit manque Pluviôse,
Il se fout tout droit dans Ventôse.

Pour le dire plus proprement :
L'Est est trop voisin du Ponent.
Le moyen qu'un vit ne se perde,
Quand l'foutre est si près de la merde ?...

Demandons, pour le bien de tous,
Que l'on éloigne ces deux trous,
Afin qu'un brave et franc coniste
Ne soit pas, malgré lui, culiste.

Refrain du dernier couplet :

Les ch'mins en s'ront plus longs :
Ma foi ! tant pis pour les morpions !

LE MOUSQUETAIRE

Air : *Il était une bergère.*

Quand j'étais mousquetaire,
La rage des culs, la rage des cons,
La rage du jus de mes deux roustons,
Quand j'étais mousquetaire,
J'allais toujours bandant,
     Ran plan,
J'allais toujours bandant.

Je m'en fus au bordel-le,
La rage des culs, la rage des cons,
La rage du jus de mes deux roustons,
Je m'en fus au bordel-le :
— " Peut-on foutre en payant ?
     Ran plan,
Peut-on foutre en payant ? "

— " Oui " m' répond la maq'relle,
La rage des culs, la rage des cons,
La rage du jus de mes deux roustons.
" Oui, m' répond la maq'relle,
Prenez cette belle enfant,
    Ran plan,
Prenez cette belle enfant. "

Je la prends, je la baise,
La rage des culs, la rage des cons,
La rage du jus de mes deux roustons,
Je la prends, je la baise,
Je la fous tout en sang,
    Ran plan.
Je la fous tout en sang.

— " Ah ! que dira ma mère ? "
La rage des culs, la rage des cons,
La rage du jus de mes deux roustons.
" Ah ! que dira ma mère,
En me voyant en sang,
    Ran plan,
En me voyant en sang ? "

Tu lui diras : — " Bougresse ! "
La rage des culs, la rage des cons,
La rage du jus de mes deux roustons.
Tu lui diras : — " Bougresse !
T'en as bien fait autant,
    Ran plan,
T'en as bien fait autant.

" Avec un mousquetaire "
La rage des culs, la rage des cons,
La rage du jus de mes deux roustons.
" Avec un mousquetaire
Du même régiment,
      Ran plan,
Du même régiment. "

INDEX MEDICUS

Toi, qu'alors tout enfant, je mettais dans mon nez,
Pour régulariser mon doux souffle gêné ;
Toi, que j'aimais tant pour récurer mon oreille ;
Toi, qu'après je suçais, couvert de miel d'abeille ;
Toi, que toujours tôt ou tard on se met dans l'œil,
Dès le sein maternel jusqu'au fond du cercueil ;
En souvenir du temps où tu rendais service,
Je voudrais pour toujours te rendre ici justice.

Toi, dont le frère moud les préludes d'amour
Aux honnêtes ébats de la nuit et du jour ;
Toi, dont le frère sert d'époux aux jeunes filles
Qui ne veulent point vouer leurs vertus aux béquilles ;
Toi, dont le frère, utile aux regards très pressés,
Au bout de main tendue indique les W. C ;
Je te voudrais toujours rendre gaie la vie,
Pour t'éviter d'avoir au cœur de folle envie.

Toi, qui fouilles le luc, la gueule et loubé ;
Toi, qui sens le méat pour être radoubé ;
Toi, qui frôles et vois, sans vergogne et sans honte,
L'infâme lazzi-lof, le morpion et sa ponte ;

Toi, qui scrutes les plis radiés des lucs pelés,
Pour reconnaître s'ils sont usés ou fêlés ;
Toi, qui trouves le pou égaré dans la jongle ;
Hommage à toi — heureux rival du doigt sans ongle !

Enfin, je veux à ma mort, ô triste bonheur !
Toi, qui fus au devoir, que tu sois à l'honneur.
Je veux te voir, privé de la vile matière,
Resplendir embaumé, couché dans une bière
D'or, de soie et de perle, unique souvenir
De mon corps, abîmé au sein de l'Avenir.
Adieu, très cher index, compagnon de mes luttes,
Fidèle serviteur de toutes mes minutes.

Dr HERDEHAT (*St-Lago, 1892*).

FOUTONS-NOUS D'ÇA

Refrain :

Foutons-nous d' ça, tra la la,
Foutons-nous d' ça, tra la la,
Sur l'air du tra déri déra,
Tra la la.

J' n'ai jamais fait fortune,
Mais j'ai souvent gouapé,
Le ventre au clair de lune,
Le cul dans un fossé.
Quand j' rencontre une gourgande,
Vite, je cherche mon vit
Et j' lui fais, quand je bande,
Une pirouett' sur l' nombril.

Je suis dans la débine,
J'ai tout au Mont-de-Piété ;
J'y mettrais bien ma pine,
Mais on n' veut rien m' prêter ;
Du con de ma maîtresse
J'espérais trouver mieux,
Mais, en voyant ses fesses,
On m'a dit : — " Fi ! qu' c'est vieux ! "

Si jamais la fortune,
— Cett' nom de Dieu d' putain ! —
Me foutait d' la pécune
Seulement plein la main,
J' voudrais, — sacré tonnerre ! —
Soûler les Iroquois,
Pocharder tout' la terre
Et enculer les rois.

La vieille racaille
Qui d' meur' sur mon carré
Dit que j' suis un' canaille
Bonne à guillotiner.
Tout ça pour la bêtise
Qu'un soir, étant pochard,
Tout en changeant d' chemise,
J' lui fis voir mon bracq'mard.

FABLE

Un enfant mal élevé gamahuchait sa mère.....

MORALITÉ :

On ne peut contenter tout le monde et son père.....

DÉBUT DE LA GROSSESSE

J'ai vu Lise hier au soir ;
Lise était charmante :
Mais, hélas ! j'ai cru la voir
Triste et languissante.
Vous croyez qu'avec Lycas
Ce sont de nouveaux débats ;
Non, vous ne devinez pas
Ce qui la tourmente.

Dans un bosquet, l'autre jour,
La jeune innocente
A cueilli des fleurs d'amour ;
Mais trop imprudente,
Elle tremble d'avoir pris
Avec les fleurs quelques fruits.
Et voilà, mes chers amis,
Ce qui la tourmente.

Déjà Phébé, dans son cours,
Lui paraît plus lente ;
Un courrier, depuis trois jours,
Trompe son attente.
Mais chacun, peu consterné
De son sort infortuné,
Lui voudrait avoir donné
Ce qui la tourmente.

INVITATION

Air : *Sans le vouloir*, de BLAGINY.

Quoi ! sans bander,
Dans mon con, imbécile !
Tu prétends faire entrer ton vit mollet.
Apprends, benêt, que, pour foutre une fille,
Il faut aussi posséder le secret
De bien bander.

Vois ces tétons :
Ils font honte à l'albâtre ;
Eux seuls feraient dresser un vit perclus.
De mon beau cul chacun est idolâtre ;
Chez toi, vieux bougre ! il n'opère pas plus
Que mes tétons.

De mon poignet
Je t'offre le service :
Ses mouvements sont souples et très doux ;
Dans l'art manuel je ne suis pas novice :
Pour décharger, il ne faut que deux coups
De mon poignet.

Au pied du lit
Rends hommage à mes charmes ;
La volupté t'appelle dans mes bras.
Profite au moins de l'état de tes armes ;
Fous sans tarder et tu achèveras
Au pied du lit.

Dedans mon con
Ton vit s'ouvre un passage ;
Je sens déjà .... délicieux moment !
Voilà l'instant où jure le plus sage :
Fous, cher ami, lance un foutre brûlant
Dedans mon con.

LE TEMPLE DE VÉNUS

Fantaisie Mythologique.

Le Soleil allait paraître, et l'Aurore, entourée de son auréole lumineuse, resplendissait seule dans le ciel, dont elle faisait pâlir les étoiles, quand, du sein des flots, sortit une Déesse nouvelle qui était appelée à dominer le monde.

A l'apparition de cette, beauté, qui n'avait et ne pouvait avoir de rivale, tous les Dieux descendirent de l'Olympe et vinrent contempler ces formes si belles et si pures, ces contours si gracieux, ces charmes jusqu'alors inconnus, que faisaient encore ressortir des mouvements lascifs et des regards dans lesquels se peignaient les plus suaves passions.

Tous les Dieux poussèrent un cri d'admiration à la vue de cette beauté incomparable, et s'approchèrent de la Déesse, avec cette pensée qu'eux-mêmes, tout Dieux qu'ils étaient, devaient se prosterner devant elle et lui offrir un culte.

Mais Mercure, qui partageait la contemplation générale ; Mercure, le Dieu rusé, qui cherchait avant tout les choses utiles et positives ; Mercure fit observer qu'à la Déesse il fallait un temple où l'on pourrait lui porter ses hommages et lui verser ses offrandes.

Les Dieux partagèrent son avis, et l'on chercha le lieu où l'on pourrait placer ce temple digne de la Déesse qui excitait tant d'enthousiasme.

— " J'ai trouvé l'endroit, s'écria Mercure. Son temple, elle l'aura en elle-même, et elle appréciera mieux le culte qu'on lui rendra. Sa place, c'est là, entre ces deux colonnes d'albâtre, et sous cette petite butte qui lui servira d'abri et le tiendra caché aux yeux du profane vulgaire. "

Tous les Dieux applaudirent, et Mercure, se mettant à l'œuvre, perça une ouverture étroite, mais élastique, dans laquelle il concentra les plus douces émotions de la vie.

— " Voilà le temple, dit-il, et voici le vestibule. " Ce disant, il promena un instrument tranchant, depuis le temple jusqu'à la petite butte ; et, quand il vit vette fente si attrayante par sa couleur purpurine, il décida que le temple resterait ainsi, pour le plus grand bonheur de tous. Seulement, et comme charme de plus, il entoura et couvrit l'ensemble d'un bois touffu, aux branches souples et flexibles, pour que les abords fussent en harmonie avec les beautés intérieures.

Puis, se ravisant et voulant compléter son œuvre, il ajouta : — " Voilà le temple pour les adorateurs; mais, pour les prêtres et les initiés, il faut une sacristie. " Et alors, un peu plus bas, il pratiqua une autre entrée, qu'il ne se donna même pas la peine d'embellir.

— " Maintenant, dit-il, Vénus est parfaite ! " Aussitôt Jupiter, le Maître des Dieux, voulut être le premier à brûler son encens, et, couvrant la Déesse de ses caresses les plus érotiques, il brisa un léger obstacle et pénétra dans le temple, au moment où Vénus, en jetant un cri, lui rendait un baiser voluptueux.

— " Et moi, dit Mercure, moi, l'auteur de ce chef d'œuvre, je veux ma part aussi. Puis, profitant du moment où

Vénus s'était un peu penchée, pour embrasser un petit Dieu qui lui souriait, il pénétra dans la sacristie, en faisant éprouver à la Déesse une sensation d'autant plus vive qu'elle était moins attendue.

— " Oh ! s'écria alors le petit Dieu, vous êtes deux égoïstes ! Vous lui avez procuré du plaisir, sans doute ; mais vous le lui avez donné pour le partager. Moi, je veux lui donner du plaisir pour elle seule. " Et aussitôt, prenant la Déesse avec ses petites mains caressantes, il la renverse doucement, écarte les colonnes, se fraie un passage au milieu du bois, entr'ouvre le vestibule, et, portant sa langue sur un bouton de rose, il la remue, avec une agilité progressive, jusqu'au moment où Vénus, pâmée, enivrée, épuisée, tombe en extase et reste anéantie.

Bientôt son œil s'ouvre. Elle cherche l'enfant, le saisit, le presse sur son sein palpitant, le couvre de baisers, et, s'adressant aux Dieux :

— " Par vous, dit-elle, j'ai connu la volupté ; mais par lui, par cet enfant que j'adopte, j'ai senti, j'ai compris l'Amour, et c'est le nom qu'il portera désormais. "

LA VIE EST UN VOYAGE

Air : *Un mousquetaire bon drille.*

La vie est un voyage,
Egayons le chemin,
Et que tout pucelage
Tâte de mon engin.
Ayons, soir et matin,
Toujours la pine en mains ;
Lançons, à gros bouillons,
Le foutre dans les cons.

Chacun à sa manière
Se conduit ici-bas,
Et je ne songe guère
Aux grands, aux potentats.
Sans dispute des goûts,
Quand je bande, je fous,
Je bouche tous les trous :
Que ces plaisirs sont doux !

A la brune, à la blonde,
Je porte mon encens ;
Je foutrais à la ronde,
Jusqu'aux vieilles sans dents.
Conin, conasse ou con,
Pour mon vit tout est bon ;
J'affronte le hasard :
Je suis un franc paillard.

Lorsque, pour l'autre monde,
Un jour, je partirai,
Ah ! bien loin que j'en gronde,
Comme un fou j'en rirai !
Je donne au vieux Caron
Mon vit pour aviron ;
Puis j'encule Pluton
Et j'enfile Alecton.

MILORD ARSOUILLE.

————⊁⊰————

AIR DE CHASSE

Chasseur as-tu vu
Le trou de mon cul ?
Si tu veux le voir
Tu viendras ce soir.....

Moi j'ai vu le tien,
Je n'en ai rien dit ;
Si tu vois le mien,
Tu n'en diras rien.....

Taïaut ! Taïaut ! Taïaut !

———————— •✗• ————————

LE MEUNIER DE CORBEIL

(*Ronde*)

Air : *J'ai vu la Meunière.*

Lucas le mettait par devant
    A sa chambrière ;
Comme il entrait, voilà qu'un vent
    Sortit par derrière.
— " Ah ! dit Lucas, en déconnant,
Que ne puis-je, dans ce moment,
    Boucher le derrière
    Comme le devant ! "

La chambrière, apercevant
    Sa brette encor fière,
Lui dit : — " Puisque tu crains le vent,
    Fous-moi par derrière. "
Il le fit ; mais le mouvement
Fit sortir, après un moment,
    Du vent par derrière,
    De l'eau par devant.

— " Comment faire ? " dit le manant.
    — " Tiens, dit la commère,
Je crois découvrir maintenant
    La bonne manière :

Si tu crains la pluie et le vent,
Il faut mettre, dorénavant,
Ton nez par derrière,
Ton vit par devant. "

Armand GOUFFÉ.

EXTERNAT

Air : *Le petit Chaperon Rouge.*

L'ami Duviard, l'autre jour,
Se rendant à l'Assistance,
Dit : — " C'est aujourd'hui mon tour,
Faut que j' pass' dans cett' séance.
Je voudrais bien savoir quell' s'ra la question :
Os, artèr', nerf, muscle, articulation.
Si j' piqu' pas un 20, c'est qu' j'aurai pas d' chance :
Mon maître, Poirier, est d' la commission,
Et l'on n' vit jamais meilleur président
Que c' bon soliveau de Gérard Marchant. "

Il entr', on appell' son nom ;
On l' fait passer dans la turne,
Puis on tire un' des questions
Qui vienn' de sortir de l'urne :
Rapports et configuration du cœur.
Notre éminent chef prend un air moqueur ;
Puis devant l' jury toujours taciturne,
L' chapelet d' candidats passe avec lenteur.
L'un est trop concis, l'autre trop bavard ;
Enfin c'est le tour de l'ami Duviard.

— " Messieurs, dit l'ex-avocat,
Le cœur est un gros viscère
Dont les fonctions consist' à
Lancer l' sang dans les artères.
Sappey dit qu'il a le volum' du poing ;
Cett' comparaison est vraie d' point en point ;
Mais l' poing peut grossir dans certain' carrières,
Tandis que dans c' cas l' cœur ne varie point.
Dans cette description, je m' rencontre avec
Tous nos bons auteurs et mêm' Laënnec. "

Quand il eut ainsi parlé
Pendant cinq longues minutes,
Il descend, tout énervé
De l'ardeur de cette lutte.
En rentrant chez lui, il s' sent mal aux ch'veux,
Il est pris d'un accès d'asthme nerveux ;
Faut absolument qu'il quitte sa cahute,
Pour aller respirer en liberté.
Le soir, brusquement, à sa femme il dit :
— " Fais tes mall', nous partons pour le Midi. "

Il file aussitôt sur Lyon,
Cinq ou six jours il s'y r'pose.
Puis, sous l' soleil de Menton,
Voit fleurir violette et rose.
La vue du ciel bleu l' frapp' d'un tel émoi,
Ça l'épat' tell'ment qu'il reste trois mois,
F'sant d' la bicyclette et toute autre chose
Que d' l'anatomie et d' la dissection.
Si bien qu' quand il reprend l' chemin d' Paris
Il trouv' le concours tout-à-fait fini.

Aujourd'hui, Duviard attend
L' concours de l'année prochaine,
Piochant la question : Lav'ment,
L' maxillaire, la veine saphène.
Ce qui l' consol' c'est que d' Monte Carlo
Il a rapporté un joli magot :
Ceci pour prouver qu' les ceuss qu'ont d' la veine
Au jeu n'en ont pas aux questions d' Patho.
N' croyez rien d' tout ça : fort heureusement,
Le poète a fait ces vers en dormant.

BALLADE DU MOT

(dite *de Réplumard*).

A Waterloo, lorsque Cambronne,
Et tel, à Fontenoy, Condé,
D'un pharynx que le feu goudronne,
Jetait son cri dévergondé,
Sut-il qu'il avait fécondé
L'atrabile qui nous démange ?
Non. Mais quel culte il a fondé,
Le mot auquel on répond : — " Mange ! "

Verbe-Roi que nul ne détrône,
Dans le balthazar débondé
Dont Médan montre le Pétrone,
C'est lui qui tourna le bon dé !
Et puis il a vagabondé
Sur les bouches des hommes (mens-je ?)
Jusqu'aux pôles, dans l'Insondé,
Le mot auquel on répond ; — " Mange ! "

République, grasse matrone,
Est-il pouvoir qu'il n'ait frondé ?
A la tribune, où l'on plastronne,
Un jour de gloire il a grondé,
Et l'art de Danton, secondé
De l'art corrosif de Domange,
Grava sur le marbre inondé
Le mot auquel on répond : — " Mange !"

ENVOI :

Prince, en ton langage émondé,
Non pas comme homme, mais comme ange,
N'aurait-il pas trop abondé ?
Le mot auquel on répond : — " Mange ! "

X........ 1892.

LE MIRLITON

Un beau jour, les trois déesses
Junon, Pallas et Vénus
Gaîment se lavaient les fesses
Ainsi que le trou de l'anus
Et le Mirliton, Mirliton tontaine,
Et le Mirliton ton ton.

Quand la Discorde, crottée,
Voulut se laver aussi,
Junon, toute courroucée,
Lui dit : — " Fous-moi le camp d'ici,
Affreux Mirliton, Mirliton tontaine,
Affreux Mirliton, ton ton. "

La Discorde en prit vengeance.
Savez-vous ce qu'elle fit ?
Au trois déesses elle lance
Une pomme d'or et dit :
— " Au plus beau Mirliton, Mirliton tontaine,
Au plus beau Mirliton, ton ton. "

Junon promit la richesse
Au jeune berger Pâris ;
Pallas promit la sagesse.
Que promit Dame Cypris ?
Rien que son Mirliton, Mirliton tontaine,
Rien que son Mirliton, ton ton.

A cette douce parole
On vit le débat cesser,
Car Pâris était un drôle
Qui se serait fait fesser
Pour un Mirliton, Mirliton tontaine,
Pour un Mirliton, ton ton.

Voulez-vous savoir, Mesdames,
Ce que c'est qu'un Mirliton,
C'est le bijou qui se pâme
Quand un vit l'arrose à fond.
C'est ça le Mirliton, Mirliton tontaine,
C'est ça le Mirliton, ton ton.

———————•⋊•———————

CHANSON DE LA PITIÉ

Lorsque la nuit sombre
Couvre de son ombre
Les maisons sans nombre
De Paris brumeux,

La Pitié s'éveille
Et la maison vieille
Va sembler pareille
Aux bordels fameux.

La masure est pleine,
La chose est certaine,
De maintes bedaines
Couplées deux à deux.
Sans une parole,
Sans peur de vérole,
Chacun joue son rôle
Dans l'acte amoureux.

Directeur sévère,
Econome austère
Font à l'infirmière
Un œil polisson.
En fille soumise,
Levant sa chemise,
La pauvrette est prise
Du brûlant frisson.

Plus de modestie,
Plus de hiérarchie,
Partout c'est l'orgie
Des bêtes des bois ;
Et rien ne dérange
Le triste mélange,
Ridicule, étrange,
Des sexes aux abois.

Le laboratoire,
Nouveau champ de gloire,
Devient l'oratoire
Du jeune Gandy

La chaste Suzanne,
Que le plaisir vanne,
Doucement ahanne :
— " C'est trop, mon chéri. "

Plus loin, c'est Grisolle,
Une salle folle
Où l'interne accolle
Maint jeune tendron.
Tandis qu'à la porte,
La triste cloporte
Au large flanc porte
Un Levrey poupon.

Dans la chambre close
Gosset, tout morose,
Craignant qu'on lui pose
Le triste lapin,
Attend la charmante,
La sous-surveillante
Dont la vue enchante
Son cœur libertin.

Il veut la minette ;
Mais elle n'est pas bête,
Entend sa requête
Pour vingt sous de plus.
Il se laisse faire,
Finit son affaire
Et lui dit : — " Ma chère,
Fous l' camp ; j'n'en veux plus. "

Bravant jalousie
Et la calomnie,
Mathilde, attendrie,
Veut faire l'amour.

Lors, à sa fenêtre,
Voyez la paraître,
Offrant tout son être
A l'amant du jour.

Mais son âme heureuse
Hésite, anxieuse,
Entre la glorieuse
De Monsieur Mouchet
Et l'énorme chose,
Si ferme et si rose,
Que Wiart lui propose,
Qui la fait loucher.

Ce n'est plus l'hospice,
Aux pauvres propice,
C'est une matrice
Les attirant tous.
Le rut en tempêtes
Souffle sur leurs têtes
Comme un vent de fêtes
Plein de désirs fous.

HORRIBLE NOUVELLE

Un carabin vient de perdre la vie :
Trop peu sérieux pour la nécropsie,
De disséquer un mort il se faisait un jeu.

MORALITÉ :

Ne jouez pas avec le feu !

BEL ALCYNDOR

Refrain :

Bandais-tu, bel Alcyndor,
Quand tu patinais les tétons d'Angèle ?
Bandais-tu, bel Alcyndor,
Quand tu patinais ces charmants trésors ?
Pine d'ours, couilles d'éléphant,
Peau de chacal, vagin de maquerelle ;
Pine d'ours, couilles d'éléphant,
Peau de chacal, vagin de jument.
Si j' te foutais ma pine dans l' cul,
La prendrais-tu pour des prunes Mirabelle ?
Si j' te foutais ma pine dans l' cul,
La prendrais-tu pour un bouillon pointu ?
Tiens ! Monsieur l' curé qui s' lave les pieds
                    Dans l' bénitier ;
                Ah ! c'te gueule qu'il a,
                    C' con-là !

Si les cons poussaient comme des pommes de terre,
On verrait les vits labourer la terre.

Si les cons nichaient comme des hirondelles,
On verrait les vits monter à l'échelle.

Si les cons volaient comme des bécasses,
On verrait les vits prendre des permis d' chasse.

Si les cons nageaient comme des grenouilles,
On verrait sur l'eau cent mille paires de couilles.

Si les cons pissaient de l'encre de Chine,
On verrait s'y tremper toutes les pines.

Si les cons savaient le théorème de Rolle,
On verrait les vits leur pousser des colles.

CŒUR FIDÈLE

Air : *Le Pendu.*

à l'ami HALLOT.

Orgueil de la potarderie,
C'est l'ornement de l'Hôtel-Dieu
Et jamais Phœbé, notre amie,
N'éclaira si bel amoureux.
Son cœur bat, son œil étincelle
Et le rouge lui monte au front
Chaque fois qu'on parle de celle
Qui, là-bas, l'attend à Noyon.

Le matin, suivant la visite,
Mélancolique et soucieux,
Quand nous rigolons, il évite
De partager nos cris joyeux ;
Et quand de ce chagrin rebelle
On lui demande la raison :
— " Ah ! répond-il, je pense à celle
Qui, là-bas, m'attend à Noyon. "

Rien ne tente ce cœur de glace,
En vain vous pouvez l'essayer,
O ! frais minois de la terrasse
Du d'Harcourt ou bien de Bullier.
Quand la tentation l'appelle,
Il dit : — " Fuyez, séductions...
Car je dois tout mon cœur à celle
Qui, là-bas, m'attend à Noyon. "

C'est au fond de son officine
Qu'il prépare, mystérieux,
Le doux mélange où la morphine
Flirte avec le julep gommeux.

S'il met parfois plus de cannelle
Qu'il n'en faut dans la potion,
Soyez bien sûr qu'il pense à celle
Qui, là-bas, l'attend à Noyon.

Dix ans de labeur et d'étude
En feront, j'espère, un potard ;
Ennemi de la solitude,
Il prendra femme sans retard.
De ce roman d'un cœur fidèle,
Voulez-vous la conclusion ?
Nous le verrons s'unir à celle
Qui tant l'attendit à Noyon.

(*Hôtel-Dieu, 1893*).

UNE REPARTIE DE RICORD [1]

Ricord reçoit un jour la visite d'un client, bourgeois quelconque sans doute, qui vient le consulter au sujet d'une affection rectale non moins quelconque. Après interrogatoire, Ricord procède au toucher rectal, puis déclare au client inquiet que ses craintes sont exagérées, qu'il s'agit là d'un bobo sans importance. Rassuré, le client se rhabille, et demande à Ricord combien il lui doit. — " C'est quarante francs, " répond celui-ci. — " Quarante francs ! " s'exclame l'autre, " c'est bien cher pour une simple consultation ! " — " Bien cher ! " riposte le maître, " Attendez ! " — Et, se déculottant à-demi, Ricord présente au bourgeois ahuri son postérieur, en s'écriant : — " A votre tour ! Foutez-moi vos doigts dans le cul, et je vous rends vos deux louis ! "

Le client paya, s'enfuit, et court encore.....

(1) On attribue à Ricord (on ne prête qu'aux riches) cette anecdote, dont naturellement nous ne pouvons garantir l'authenticité.

LES NAVETS

Refrain :

C' sont des navets,
C' sont des navets au sucre !

Il était un bonhomme
Qui vendait des navets ;
Il les vendait si gros,
Si longs et si bien faits,

Il les vendait si gros,
Si longs et si bien faits,
Qu'il y vint une femme
Qui les lui marchandait.

Qu'il y vint une femme
Qui les lui marchandait.
Elle prit le plus gros,
Le mit dans son corset.

Elle prit le plus gros,
Le mit dans son corset.
Le corset était large,
Le navet descendait.

Le corset était large,
Le navet descendait.
En son chemin rencontre
Un petit cabinet ;

En son chemin rencontre
Un petit cabinet ;
Il en poussa la porte
Et leva son bonnet.

Il en poussa la porte
Et leva son bonnet.
Oh ! quand il fut entré,
Dame ! Comme il allait !

Oh ! quand il fut entré,
Dame ! comme il allait !
De chambre en antichambre,
Partout il fourgonnait.

De chambre en antichambre,
Partout il fourgonnait.
Passant par la cuisine,
Renversa le brouet.

Passant par la cuisine,
Renversa le brouet.
Le cuisinier lui dit :
— " Monsieur, qu'avez-vous fait ? "

Le cuisinier lui dit :
— " Monsieur, qu'avez-vous fait ?
Vous renversez la sauce
Dans ce beau cabinet.

" Vous renversez la sauce
Dans ce beau cabinet. "
Ainsi c'est un usage,
Et je vous dit tout net :

RESTIF DE LA BRETONNE.

VARIANTE *de la même chanson,*
d'après les traditions du Quartier latin :

Refrain :

Cochons d' navets !
Ah ! ah ! ah !
Ah ! ah ! ah ! ah ! ah !
Mesdames,
Mesdames, voilà l' navet !

Il y avait un marchand
Qui vendait des navets ;
Il les vendait si gros,
Si gros et si bien faits,

Il les vendait si gros,
Si gros et si bien faits,
Trois jeun's filles qui passaient
Les lui ont marchandés.

Trois jeun's filles qui passaient
Les lui ont marchandés ;
La plus jeune en prit un,
Le mit dans son corset.

La plus jeune en prit un,
Le mit dans son corset ;
Mais l' corset était large,
Et l' navet descendait.

Mais l' corset était large,
Et l' navet descendait.
Il descendit si bas
Qu'il rencontre une forêt.

Il descendit si bas
Qu'il rencontre une forêt ;
Et dans cette forêt
S' trouvait un cabaret.

Et dans cette forêt
S' trouvait un cabaret ;
S'il voulait y rentrer,
Il ôtait son bonnet.

S'il voulait y rentrer,
Il ôtait son bonnet ;
Et quand il en sortait,
De rage il en bavait.

Et quand il en sortait,
De rage il en bavait ;
Et quand il y r'tournait,
Tout raide il se r'mettait.

LA BLENNORRHAGIE

Poème médico-didactique

(Fragments)

CHANT II. — SYMPTOMES

(*Extraits*)

Aussitôt que du mal l'aiguillon apparaît,
L'organe endolori n'a plus un grand attrait ;
On observe un prurit à cette période,
Voluptueux d'abord, mais bientôt incommode,
Qui, changeant en huit jours et d'état et de nom,
Amène un flux blanchâtre, une vive cuisson.

Les lèvres du méat, rouges, tuméfiées,
Sont par le muco-pus l'une à l'autre accolées.
Si le doigt par hasard presse au niveau du gland,
Un liquide visqueux sort et coule en bavant ;
L'urine, dont le jet en tournant s'éparpille,
Brûle comme un fer chaud, pique comme une aiguille ;
Le pénis, irrité par l'inflammation,
Sur lui-même courbé reste en érection.
Quelquefois il survient une fièvre brûlante,
La perte du sommeil, une douleur ardente
Qui, partant du méat, parcourt tout le bassin ;
Mais jamais la douleur n'osa franchir le rein.
Il faut au moins un mois d'un régime sévère
Pour pouvoir arrêter l'état fluxionnaire ;
Ce temps suffit au mal pour accomplir son cours
Et l'on sent les douleurs s'amoindrir tous les jours.
Mais d'autres fois le mal passe à l'état chronique ;
Il laisse un suintement au blanc d'œuf identique,
Tout à fait indolent, n'existant qu'au matin
Lorsqu'un doigt imprudent presse au-dessous du frein.
Au traitement souvent ce flux est réfractaire,
Le peuple l'a nommé la " goutte militaire ".
Ce que le médecin avec soin doit saisir,
C'est la source du mal ; il peut y parvenir.

Quand Ricord veut savoir si la blennorrhagie
A dans la syphilis sa généalogie,
Il prend une lancette essuyée avec soin,
L'humecte de mucus ; alors, devant témoin,
A l'épiderme il fait une étroite piqûre
Qui du fléau bientôt dévoile la nature :
Sous un verre de montre artistement fixé
Il enferme aussitôt le mucus déplacé.
Est-il syphilitique ? Il survient un ulcère

Qui bientôt disparaît par un léger cautère :
Alors on sait du mal jusqu'au point de départ,
Des soins rationnels sont donnés sans retard ;
L'inoculation, s'il n'est qu'inflammatoire,
N'a pas de résultat : le fait est péremptoire,
Et le malade, heureux de sa bénignité,
N'a rien à redouter pour sa postérité.

C'est en vain qu'à Paris une école ennemie,
Ayant ses partisans même à l'Académie,
Cherche à nous démontrer, par des faits observés,
Que ta doctrine est fausse et tes cas controuvés.
Ne t'avons-nous pas vu, Ricord, parmi tes salles,
Renverser par des faits ces écoles rivales,
Quand deux cents auditeurs, de toutes nations,
Après toi contrôlaient tes observations,
Alors que, nous montrant les lits en bon confrère,
Tu disais à chacun : — " Contemple et délibère. "
Ce temps est loin déjà : de nombreux cheveux blancs
Ont modéré chez moi la fougue du printemps,
Et, rassis aujourd'hui, je suis heureux de dire
Qu'au " Grand Livre " avec toi je voudrais encor lire.

Mais comment ce fléau, fruit d'un juste courroux,
A notre siècle est-il si commun parmi nous ?
A des motifs divers il doit son origine,
Tels que bière, calculs, rétention d'urine,
Rapports immodérés, mauvais tempéraments,
Excès dans la boisson ou dans les aliments.
On peut voir que Moïse, en son saint Lévitique,
Proscrivait les rapports pendant le temps critique ;
Cependant on doit dire avec quelque raison
(Et chaque jour les faits nous servent de leçon)

Que le fléau n'a point d'origine plus sûre
Qu'un imprudent commerce avec la femme impure.

. . . .

Quand il veut dénommer un si cuisant supplice,
Le vulgaire ignorant l'appelle " chaudepisse " ;
Pour un fidèle époux, pour un heureux amant,
Le mot est plus bénin, c'est un " échauffement " ;
Le savant lui donna dans la pathologie
Le nom de " gonorrhée " ou de " blennorrhagie ",
D' " uréthrite " parfois : ce mot est plus heureux,
Convient mieux à l'esprit d'un docteur scrupuleux.

. . . .

Dr A. CORLIEU (1855).

LA PIERREUSE

Viens par ici, viens, mon p'tit homme ;
N'y a pas tant d' merde ; on n'y voit rien.
Déboutonne-toi ; tu verras comme
J' s'rai bonne enfant ; j' t'amus'rai bien.
Arrive ici pour que j' te l' prenne ;
Tu m' foutras six sous pour la peine...
Chut ! un' patrouille... attends-moi là.   } (bis)
Enteurtiens-toi, pendant c' temps-là ! }
            (*Elle s'éloigne, puis revient :*)

C'est des marlous, n'y prends pas garde.
Viens, que j' te magne ton outil...
J' croyais d'abord qu' c'était la garde...
Y bande encore... Est-y gentil !

Va... ferme ! que rien n' t'arrête ;
Fais-moi cadeau d' ta p'tit' burette...
Chut ! un' patrouille... attends-moi là. } (*bis*)
Enteurtiens-toi, pendant c'temps-là !

(Elle s'éloigne encore, puis revient :)

J'ai bien de la chance tout d' même.
T'as du beau linge... Es-tu marié ?
T'es t-un bel homme ; t'as les yeux qu' j'aime...
Avoue-moi qu' t'es t-un épicier ?
T'es p't' être un député d' la Chambre...
Jouis-tu ? cochon... Ah ! le beau membre !
Chut ! un' patrouille... attends-moi là. } (*bis*)
Enteurtiens-toi, pendant c' temps-là !

(Même jeu que précédemment :)

Non !... c'est des boueux d' ma connaissance.
Mais... par oùs' donc qu'il est passé ?
Que j'y finiss' sa jouissance !

(A un passant :)

C'est-y vous, m'sieu, qu' j'ai commencé ?
C'est pas lui... quien ! c'est drôle tout d' même...
Faut croir' qu'y s' s'ra fini soi-même...
Ah ! j' suis volée pour ce coup-là ! } (*bis*)
Faut pas d' crédit dans c' métier-la !

Henry MONNIER.

EPITAPHE D'UN BOUGRE

Ci-gît qui persista toujours
Dans le jésuitique système
Et qui ne bandait qu'à-rebours,
Afin de s'enculer lui-même.

Armand GOUFFÉ.

MODESTIE

FRICOT

J' suis le phénix de l'anatomie ;
J' trouve partout des bours' plein' de synovie ;
J' dissèqu' des épaules... et j' m' pique les doigts.

PIÈGE-A-RATS

C'est exactement la même chos' que moi.

J' fais des beaux dessins et j' les peins en jaune ;
J' mets du vert, du bleu, où l' patron l'ordonne.
Tout ça représent' ... je n' sais pas trop quoi.

FRICOT

C'est absolument la même chos' que moi.

J' pratique dans les os des coup's très savantes ;
J' vérifie tout c' que not' maître invente
Et j'écris 300 quand faudrait dire 3.

PIÈGE-A-RATS

C'est absolument la même chos' que moi.

La peinture, chez moi, c'est un don d' famille :
Puvis et Boug'reau vienn' pas à ma ch'ville ;
En faisant d' la médecine j'ai raté ma voie.

FRICOT

C'est absolument la même chos' que moi.

J'aurais mieux aimé fair' de la sculpture ;
Je n' manqu' pas d' talent en littérature,
Les bouquins qu' j'écris, d'ailleurs, en font foi.

PIÈGE-A-RATS

C'est absolument la même chos' que moi.

J'peins des intestins et des mésentères ;
J' colle, par-ci, par-là, deux ou trois artères.
On fait avec ça des gravur' sur bois.

FRICOT

C'est absolument la même chos' que moi.

J' trouv' des ligaments presque tout' les semaines ;
J'en ai découvert déjà deux douzaines.
Devant ces trouvailles, Poirier saut' de joie.

PIÈGE-A-RATS

C'est absolument la même chos' que moi.

FRICOT

Jusqu'à l'an prochain, si Dieu nous laiss' vivre,
Mon vieux Piège-à-rats, nous f'rons un beau livre ;
Not' patron, d'ailleurs, chaqu' mois en publie.

PIÈGE-A-RATS

Nous f'rons tout à fait la même chos' que lui.

LE COMPÈRE

Mes deux p'tits amis, tout's vos découvertes
— Laissez-moi vous l' dire — je les trouve bien vertes.
Avant d' faire des livres, faut d'abord savoir
C' que les vieux classiqu' ont su si bien voir.

ANECDOTE

Margot rencontre Argant : — " Vieux paillard, lui dit-elle,
Veux-tu monter chez moi ? " — " Que me proposes-tu ?
Je ne décharge plus que du nez ! " — " Bagatelle ! "
Dit Margot ; viens toujours : tu me foutras en cu. "

Armand GOUFFÉ.

LA TRISTE AVENTURE [1]

C'est un jeune homm' de Besançon (*bis*)
Qu'avait les poils du cul trop longs. (*bis*)
Or, par une nuit froide et sombre,
Il prit des ciseaux pour les tondre :
Comme il n'y voyait qu'à-demi. (*bis*)
  Il se coupa, a-a, a-a, (*bis*)
. . . . (2)
  Le bout du vit !

Quand il eut fait ce beau coup-là, (*bis*)
Par la fenêtre il se jeta (*bis*)
Sur le dos d'une vieille femme,
Qui tout aussitôt rendit l'âme.
La justice s'en empara. (*bis*)
  A êtr' pendu, u-u, u-u, (*bis*)
. . . . (2)
  Le condamna !

Comme au supplice on le menait, (*bis*)
Et que le bourreau le tenait, (*bis*)
Prenant son vit à la poignée,
Il le fit voir à l'assemblée ;
Le bourreau que cela fâcha (*bis*)
  Prit son couteau, eau-eau, eau-eau, (*bis*)
. . . . (2)
  Le lui coupa !

Toutes les filles d'alentour (*bis*)
Et de la ville et du faubourg (*bis*)
Prirent des pierr's en abondance
Et les jetèrent avec outrance

Sur celui qui du jouvenceau (*bis*)
　　Avait coupé, é-é, é-é, (*bis*)
. . . . (2)
　　Le long boyau !

(1) Chanson en vogue au premier régiment de spahis, vers 1886-1890, et digne de figurer à l'*Anthologie*.

(2) Quand on arrive à cet endroit (indiqué par des points de suspension), compter, *en silence* : un, deux, trois.

CHEZ LES FOUS

A Monsieur le Rédacteur en chef
du " RICTUS ".

Monsieur,

Très grand admirateur de votre gai *Rictus*,
Je donne ma caresse, pour lui, à ma muse,
Sans craindre pour la chose un tout petit ictus ;
Mais parce que vraiment votre *Rictus* m'amuse.

Faites-moi l'honneur grand de les voir imprimés,
A côté du portrait d'un moderne Esculape, —
Dans le joyeux *Rictus* — mes affreux maux rimés —
Près d'un membre scié qu'un chien sur le cul lape.

Et je m'excuse encor si j'ai trop abusé
De votre patience, et si, l'âme agacée,
Vous rejetez bien loin ce morceau mal saucé,
Que vous ne lirez pas, peut-être, sans nausée.

Mais j'ai l'esprit tranquille, et si j'ai mésusé
Envoyez le poète et ses vers... au Musée
Où regardent les yeux de l'enfant amusé,
Trop petit pour avoir, déjà, l'âme rusée.

　　　　　　　　Edmond DARDENNE.

Ici l'on laisse l'espérance,
L'amour, la joie et la raison ;
Ici l'on trouve la souffrance
Et des tristesses à foison,

Les amertumes sont profondes,
Immenses comme l'Océan
Et plus nombreuses que ses ondes,
Dans ces esprits las, défaillants.

Larmes et rires font ensemble
La plus angoissante harmonie
Et, dans cette géhenne, il semble
Entendre des cris d'agonie.

Dans un recoin, toute accroupie,
Geint une vieille aux yeux éteints,
Le nez plein de jaunes roupies
Et la peau couleur vieil étain.

Puis, voici la douce manie
D'une " impératrice " aux yeux bleus !
Sa rêverie est infinie
Si son empire est nébuleux.

Bienheureuse est la grabataire
Dans le decubitus dorsal,
Elle fait tout dans le mystère !...
Ce qu'elle fait est colossal !...

Une idiote toujours bave,
Assise sur un banc de bois,
Et si tous les jours on la gave,
C'est qu'on la purge tous les mois.

La jeune folle épileptique
Pousse un grand cri et puis s'abat,
Tout le cerveau en écliptique,
Et fait pipi tout plein ses bas.

Et le beau P. G. en extase
Devant sa part de pois au lard !
Oh ! ses pois chiches qu'il entasse !
C'est le festin de Balthazar ! !...

Et je les aime à la folie,
Ces fous secouant leurs grelots :
L'un se croit " roi de l'Italie ",
Un autre... " envahi des mulots ".

Leur vie est un rêve, un mirage...
Durant de l'aube jusqu'au soir !
Si leurs souliers sont sans cirage
Leurs médecins, eux, broient du noir !...

Edmond DARDENNE.
(St-Venant, 20 Août 1912).

———————— ✱ ————————

AIR DE CHASSE

Le grand roi Dagobert
Avait une pine de fer :
Le grand Saint-Eloi
Lui dit : — " O mon roi !
Si vous m'enculez,
Vous m'écorcherez ! "
— " C'est bien, lui dit le roi,
J'en ferai faire une de bois ! "
Taïaut ! Taïaut !

LES TROIS SŒURS

Il était une fois trois belles jeunes filles ;
Toutes les trois étaient charmantes et gentilles !..

C'est dans la ville de Valence
Que cela — dit-on — se passa.
Est-ce bien vrai ? Moi, je le pense :
Je ne vois pas de mal à ça.

Maintenant, écoutez le conte.
Tâchez de retenir vos pleurs !
Or, voilà ce que l'on raconte :

Ces demoiselles étaient sœurs.
Un jour, étant à leur fenêtre,
Riant comme on rit au printemps ;
Tout d'un coup, elles virent paraître
Un homme d'environ trente ans.
Un bon maintien... belle figure...
C'était pour sûr un homme chic,
C'est la cadette qui l'assure...
Mais, maintenant, voilà le hic !

Tout en regardant le jeune homme,
Notre fillette remarqua
Qu'il tendit... devinez en somme...
Un objet...
                Dame, on le reluqua.

— " Qu'est-ce donc ça ? " dit la plus grande.
— " Quoi donc ? " — " Ce qu'il a dans la main. "
— " Voilà ce que je me demande. "
— " Cela sert-il ? " — " Ça, c'est certain. "

— " Ça doit servir à quelque chose "
Dit la plus jeune en souriant :
Elle avait, sous son minois rose,
Un regard vif et pétillant.

Elle s'appelait Gabrielle,
C'était la plus jeune des trois ;
Plus que ses sœurs elle était belle.
Elle reprit, baissant la voix :
— " Cet homme médite une ruse,
Ou je me trompe bien alors ;
Car l'objet... si je ne m'abuse,
N'est pas autre chose qu'un os ! "

— " Un os ? Tu ris, dit la cadette,
Qui te porte à croire cela ?
Un nerf, plutôt... petite bête. "

— " Taisez-vous donc, mes sœurs, holà !
A vous disputer, je vous chipe,
Petites ?... Vous ne savez rien...
C'est un petit morceau de tripe !...
Demandons-lui, nous verrons bien. "

Ainsi fut voté...
                    On appelle
L'individu, lequel monta
Près de nos sœurs... On l'interpelle.
Ebahi notre homme resta !...

— " Voyons donc, exhibez la chose,
Et montrez-nous la, sans détour, "
Dit la petite au minois rose.
Chacune examine à son tour.

L'homme, au comble de la surprise,
S'exécuta... Dame... Il le fit ;
Mais, la chose étant ainsi prise,
Il était... quoi ! Tout interdit...

— " Ah ! j'ai gagné, leur dit l'aînée,
Est-ce une tripe, oui ou non ? "
La chose était ratatinée !
Vous comprenez... l'émotion...

Mais, plus maline, la cadette
(Notre homme étant un peu remis,
L'affaire était plus rondelette.)
S'écria : — " Moi, je vous le dis,
Oui... oui, je gagne la partie ;
C'est un nerf !... Voyez-le raidir ;
La chose n'était qu'engourdie...
Pas vrai, Monsieur ? Faut pas mentir. "

C'est alors que la plus friponne,
La plus jeune, pour dire mieux,
Dit à ses sœurs : — " Ah ! elle est bonne...
Vous divaguez à qui mieux mieux.
Cessez votre sotte querelle,
Le prix ne sera pas pour vous. "
Et, soudain, la main de la belle
Saisit l'objet !...
                    — " Là, voyez-vous ? "

. . . .

Ici, je ne peux plus rien dire ;
Car il faut des bornes à tout.

Avec des points ça doit s'écrire,

. . . .

. . . .

Et du conte voici le bout...

— " C'est moi qui gagne, dit Gabrielle.
Voyez, ... c'est bien un os... à moëlle !... "

MARIAGE ENTRE ENNEMIS

La merde d'un seigneur au splendide chignon
Etait assise un soir au pied d'un champignon,
Mirant coquettement sa face purpurine
Dans un petit miroir de transparente urine ;
Une branche de houx lui servait d'éventail,
Un lardon tout entier, aussi blanc qu'un émail,
Dans son corset mousseux luisait comme une étoile ;
L'araignée autour d'elle avait tissé sa toile ;
Puis un bout de papier, sur le sol étendu,
Indiquait que son père avait torché son cul.

Près d'elle, un vieil étron, le feutre sur l'oreille,
Regardait cette merde à nulle autre pareille :
C'était le noir produit d'un pauvre grenadier,
Qui sans doute en chiant dédaigna le papier,
A moins qu'il n'eût, après s'être torché la cuisse,
Orné de ce papier son bonnet de police.
Cet étron avait donc un redoutable aspect :
Sa moustache de mousse imposait le respect ;
Comme des croix d'honneur, sur son écorce grise
On voyait en relief des noyaux de cerises...

Or, la merde disait : — " Oses-tu m'approcher,
Fœtus empuanti, vil étron de cocher ?
Sache que mes aïeux, aux époques antiques,
Ont eu comme berceau des latrines gothiques !
La merde que pondait le cul des châtelains
Se mésalliait-elle aux étrons des vilains ?
Je suis légitimiste ! Et toi, fils de canaille,
Résidu crapuleux de quelque ignoble entraille,
Tu ne sais même pas si le cul d'où tu sors
T'a chié bonnement, ou t'as foutu dehors ! "

Mais l'étron n'avait pas sa langue dans sa poche ;
Son sang ne fit qu'un tour sous l'insolent reproche :
— " Vous n'êtes, grogna-t-il, qu'une vieille catin !
Il faut, pour m'emmerder, vous lever plus matin !
Apprenez donc un peu que mon illustre père
Etait sergent-major, sa femme vivandière ;
Des rochers des Sierras aux sommets des Balkans,
Vingt ans ils ont versé la goutte dans nos camps ;
Mon frère aîné mourut le soir d'une bataille,
Le pied de l'Empereur l'ayant pris par la taille...

" Il tomba sur le sol mortellement frappé,
Comme un lys odorant que le fer a coupé...
Mais vous, merde de chien ! merde bossue et jaune !
A qui d'une béquille on ferait bien l'aumône,
Mais vous ! d'où sortez-vous ? D'un cul de freluquet ?
D'un trou de balle au musc, fleurant le vieux bouquet ?
Vous n'êtes, après tout, qu'une merde émigrée !
Vous avez bien le droit de faire la sucrée,
Pour une pauvre merde arrivée à son point,
Et que quelque seigneur déposa dans un coin !

Ils en font des milliers que l'on pourrait bien boire !
Mon père chiait dur ! Le vôtre avait la foire !
Je vais vous le prouver ! "...

                   Ils allaient s'élancer,
L'un sur l'autre bondir, sauter et se presser...
Lorsque le champignon, prenant des airs austères,
Ferma son parasol sur les deux adversaires...
... Puis une voix forte retentit auprès d'eux :
— " Cessez, car entre vous tout combat est hideux !
Pour le bien général, que plus rien ne se perde !
Et que l'on trouve unis l'étron avec la merde ! "

CHANSON NORMANDE

Sur cette montagne superbe,
Où, m'a-t'on dit, fut mon berceau,
Sur le devant entouré d'herbe,
Coulait un petit filet d'eau ;
Jadis la petite rivière,
Prenant un sentier détourné,
De ses eaux mouillait le derrière
De la montagne où je suis né !

En ce temps-là, sur la montagne,
Les affair' allaient grandissant,
Et ma mère aux gens d' la campagne
Vendait sa crème au poids d'argent,
Lorsqu'un été des plus contraires,
D'un long malaise accompagné,
Suspendit le cours des affaires,
Sur la montagne où je suis né !

Mais voilà qu'un jour, dans la plaine,
Les Anglais débarquèr' vainqueurs :
Ce jour-là, ma mère était pleine
D'affliction et de douleurs...
Elle pousse un cri de souffrance :
Alors, mon père, tout consterné,
S'élance en criant : — " Délivrance ! "
Sur la montagne où je suis né !

Redressant sa moustache rousse,
Vieux grognard, mon père soudain
Fond sur les Anglais qu'il repousse
Mousquet et pistolet au poing,
Et de son corps couvrant ma mère,
Dans le sang des Anglais baigné,
Que de coups a tiré mon père
Sur la montagne où je suis né !

Ils ne sont plus, ces temps de guerre...
Et ma mère sur le retour
Des Anglais ne compte plus guère...
Adieu ! jours de gloire et d'amour !
Le sol ne porte plus la trace
Du gazon dont il fut orné,
D'affreux sillons marquent la place
De la montagne où je suis né !

———————×———————

FRANÇOIS Ier, ROI DE FRANCE

A la bataille de Pavie,
François Premier perdit, dit-on,
Ton, ton, ton, ton, tontaine, ton, ton,
Tout, fors l'honneur et fors la vie,
Et fors........ son bonnet de coton,
   Ton, ton, tontaine, ton, ton !

Il fut coffré sous bonne garde
Au château-fort de Piqueton,
Ton, ton, ton, ton, tontaine, ton, ton,
Eut pour servante une gaillarde
Que l'on appelait Margoton,
     Ton, ton, tontaine, ton, ton !

C'était une ex-vivandière
Des lansquenets de ces cantons,
Ton, ton, ton, ton, tontaine, ton, ton,
Fille ayant joyeuses manières,
Beaux yeux et robustes tétons,
     Ton, ton, tontaine, ton, ton !

Elle n'avait pour la cuisine
Que très peu de vocation,
Ton, ton, ton, ton, tontaine, ton, ton,
Elle soignait moins bien sa cantine
Que son corsage et son chignon,
     Ton, ton, tontaine, ton, ton !

Un soir, le Roi dit : — " Ça m'embête !
" Toujours du gigot de mouton,
" Ton, ton, ton, ton, tontaine, ton, ton,
" Peux-tu pas trouver dans ta tête
" Plus aimable ravigoton ? "
     Ton, ton, tontaine, ton, ton !

— " Dans ma tête il n'est rien qui vaille,
" Mais j'ai là, sous mon cotillon,
" Ton, ton, ton, ton, tontaine, ton, ton,
" De quoi vous faire une ripaille.....
" Avec la sauce au court-bouillon ! "
     Ton, ton, tontaine, ton, ton !

Le Roi dit : — " Voyons ton histoire,
" Et la couleur du miroton,
" Ton, ton, ton, ton, tontaine, ton, ton,
" Saint-Thomas ne voulait rien croire
" Sans fourrez son nez jusqu'au fond ! "
    Ton, ton, tontaine, ton, ton !

— " Je ne suis dame ni princesse,
" Je n'ai ni titre ni blason,
" Ton, ton, ton, ton, tontaine, ton, ton,
" J'ai peau de satin sur la fesse,
" Et du plaisir dans mon caisson ! "
    Ton, ton, tontaine, ton, ton !

" Ah ! Si j'avais mon pucelage,
" Pour vous en offrir un lardon !
" Ton, ton, ton, ton, tontaine, ton, ton,
" Mais en guerre où tout est pillage,
" Je n'ai sauvé que mon bidon ! "
    Ton, ton, tontaine, ton, ton !

" J'ai quelque part une fourrure,
" Vous en verrez l'échantillon,
" Ton, ton, ton, ton, tontaine, ton, ton,
" Et vous pouver, dans la doublure,
" Réchauffer votre pendillon ! "
    Ton, ton, tontaine, ton, ton !

" Oui, je serais heureuse et fière,
" Si votre royal espadon,
" Ton, ton, ton, ton, tontaine, ton, ton,
" Soit par devant, soit par derrière,
" Daignait embrocher Margoton ! "
    Ton, ton, tontaine, ton, ton !

Lors, pour montrer sa marchandise,
Débridant lacet et cordon,
Ton, ton, ton, ton, tontaine, ton, ton,
Margot fait sauter sa chemise,
Et comparaît en Cupidon,
     Ton, ton, tontaine, ton ton

— " Oh ! dit le Roi, c'est magnifique,
" Et ça me donne le frisson !
" Ton, ton, ton, ton, tontaine, ton, ton,
" Ça fait dresser comme une pique
" Ce que j'ai dans mon caleçon ! "
     Ton, ton, tontaine, ton, ton !

" Viens, Margot, viens ma toute belle,
" Je veux que tu sois ma dondon,
" Ton, ton, ton, ton, tontaine, ton, ton,
" Eteignons vite la chandelle,
" Et fourre-toi sous l'édredon ! "
     Ton, ton, tontaine, ton, ton !

" Je trouverai bien sans lumière
" Tes appétissants rogatons,
" Ton, ton, ton, ton, tontaine, ton, ton !
" Soit par devant, soit par derrière,
" Il suffit d'aller à tâtons ! "
     Ton, ton, tontaine, ton, ton !

Car la nuit, toute chatte est grise,
Qu'on soit mousseline ou torchon,
Ton, ton, ton, ton, tontaine, ton, ton,
On peut rêver d'une marquise
Sur le nombril d'une Fanchon.
     Ton, ton, tontaine, ton, ton !

C'est ainsi que le Roi de France
Troqua le gigot de mouton,
Ton, ton, ton, ton, tontaine, ton, ton,
Et toutes les nuits fit bombance
Avec la gigue à Margoton !
Ton, ton, tontaine, ton, ton !

Par le Docteur D...., 1891.

LE VRAI DOMPTEUR

Parodie du *Noël* d'ADAM

Air : *Minuit, Chrétiens...*

Minuit qui sonne, c'est l'heur' d' la bagatelle,
Madame ronchonne en s'mettant au dodo ;
Monsieur s'en fiche et souffle la chandelle ;
Mais, dédaigneuse, Madame tourne le dos...
Soudain, son corps tressaille d'espérance,
Elle frissonne et sent battre son cœur,
Car, sous les draps, elle sent qu'il s'avance...
Noël ! Noël ! Voici le vrai dompteur !
Noël ! Noël ! Voici le vrai dompteur !

Monsieur, bien vite, ne connaît plus d'entraves :
Drap, couverture, tout a sauté en l'air,
Et de ses doigts, agiles autant que braves,
Il peut bientôt voir le ciel entr'ouvert...
A cet instant, s'accomplit le mystère...
Madame pense, en le fond de son cœur :
—"C' n'est pas Jésus !... Mais c'est son petit frère !..."
Noël ! Noël ! Voici le vrai dompteur !
Noël ! Noël ! Voici le vrai dompteur !

LE ROI DE BAVIÈRE

Il était naguère
Un roi de Bavière
Toujours suivi
D'un long ennui
Que rien ne pouvait distraire...
Un soir, sous l'ombrage,
Seul avec son page,
Il entendit dans la forêt
Une voix qui chantait :

Tu ! tu ! tu !
Pour la vertu !
Je suis putain, je montre mes fesses !
Tu ! tu ! tu !
Pour la vertu !
Je suis putain, je montre mon cul !

— " Quelle est, dit-il,
Cette voix de fauvette? "
— " Sire, c'est Agnès,
Qui se croyait seulette,
Et qui chantait
Le refrain que voilà :

Je n' suis qu'un' putain,
Je le sais bien !
Faut que jeunesse se passe !
Pour un p'tit écu
Je fais voir mon cul
Et je dis merde à la vertu !
Tu ! tu ! tu ! "

Et le roi soupira :
— " Gentille bergère
Qui a su me plaire,
Dans mon palais
Viens avec moi,
Mes trésors sont à toi ! "

— " Sire, vos trésors ne me tentent guère,
Vous pouvez bien vous les foutre au derrière ! "

Et le roi l'épousa ;
Et depuis il chanta :

— " Ah ! la p'tite putain !
Comme ell' bais' bien, comme ell' décharge !
Son petit conin
Chausse mon vit comme un brod'quin !
Tiens ! tiens ! tiens ! "

LUXURE OU GOURMANDISE

Un jour, une fillette vit
Un rustre endormi sur sa couche ;
Il était porteur d'un gros vit ;
La friponne y porta la bouche :
On ne peut guère l'excuser ;
Pourtant, que faut-il qu'on en dise ?
Mes amis, doit-on l'accuser
De luxure ou de gourmandise ?

Armand GOUFFÉ.

LA VALSE DES RASTAS

Rastas gras, rastas maigres,
Rastas grands et petits,
Rastas blancs, rastas nègres,
Grossiers ou trop polis,
Vieux rastas en savates,
Jeunes aux gardénias,
Chantons, sans plus d'épates,
La Valse des Rastas.

Tous les matins, dans les cliniques,
On en voit arriver des tas,
Visages graves et comiques :
Ce sont de bons typ' de rastas.
Y en qui mett' des lunettes,
Pour aider leurs débiles yeux ;
Y en a qui portent des jaquettes,
D'autres des pardessus crasseux.

Ecoutez un peu leur langage,
Ne trouvez-vous pas qu'on dirait
Que vous passez près d'une cage
Où jacassent des perroquets ?
Tirant de leurs cordes vocales
Des sons ronflants et gutturaux,
Ils font trembler les murs des salles
Et tressauter tous les carreaux.

Ils voulurent, dit l'Ecriture,
Construire la Tour de Babel
Qui dépassait, par la stature,
Le petit joujou d'Eiffel ;

Mais, fatigué de leur ramage,
Un jour, le Seigneur se fâcha,
Renversa d'abord leur ouvrage
Et puis, après, les dispersa.

Depuis lors, sur tous les rivages,
De l'Orient à l'Occident,
Ils errent, plus ou moins sauvages,
Peuple bizarre et turbulent.
Qu'ils soient Turcs ou qu'ils soient Bulgares,
De Salonique ou de Jaffa,
Dieu ! permettez que je me gare
Des rastas — et du choléra.

Venus à Paris pour s'instruire,
Ils veulent tout voir, tout savoir ;
Leur curiosité fait rire ;
Ils écoutent sans s'émouvoir ;
Croyant aux bateaux qu'on leur monte,
Même aux " bouillons dilatateurs ",
On se paie leur tête à bon compte :
Tous ces gaillards-là sont gobeurs.

Après quelques lustres d'étude,
Ils retournent dans leurs pays,
Pour importer nos habitudes
Chez les Barbares ébahis,
Comblés d'honneur : le titre opère
Sur ces cerveaux peu dégrossis.
— " Pensez, il est Docteur, ma chère,
De la Faculté de Paris ! "

Rastas gras, rastas maigres,
Rastas grands et petits,
Rastas blancs, rastas nègres,
Grossiers ou trop polis,

Vieux rastas en savates,
Jeunes aux gardénias,
Chantons, sans plus d'épates,
La Valse des Rastas.

———————:○:———————

LA MARIÉE FOIREUSE

Or, écoutez l'histoire affreuse,
Intéressante et douloureuse,
De la petite Margoton
Qui, le jour de ses épousailles,
Eut une colique d'entrailles.
Elle chia dans ses jupons :
Sa chemise et ses cotillons
Ne dégouttaient que de la foire,
D'une couleur jaunâtre et noire,
Et l'odorat du spectateur
Etait frappé de cette odeur.

En la conduisant à l'église,
La merde humectait sa chemise
Et lui battait sur ses bas blancs.
La pauvre fillette, éperdue,
Serrait le cul dedans la rue ;
Mais il sortait, de temps en temps,
De petits grumelots gluants
Qui, coulant le long de la cuisse,
Semblaient redoubler son supplice.
Elle eût donné plus d'un écu,
Pour pouvoir se torcher le cul.

En arrivant au sanctuaire,
Le jus foireux de son derrière
A sortir était obstiné;
Au moment qu'elle s'agenouille,
De nouveau son anus se mouille ;
Les assistants sont étonnés,
Le curé se bouche le nez,
Mais, réfléchissant dans sa tête
— Car ce n'était pas une bête —
Il s'imagina tout de bon
Qu'on avait chié dans le tronc.

Pendant qu'on fait le mariage,
La Marguerite, en fille sage,
Passe une main sous son jupon
Et, par une épingle bien mise,
En dada trousse sa chemise,
Puis met la merde en peloton
Au milieu de l'entrefesson.
L'église sentait les latrines ;
Chacun, se bouchant les narines,
Reçut la bénédiction
Au milieu de l'infection.

Enfin, la pauvre mariée
S'en retourna toute embrennée,
Espérant changer au logis.
Mais le tendre époux qui la guette
Met un obstacle à sa toilette ;
Puis, en la caressant, lui dit :
— " Petite Margoton chérie,
Maintenant, vous êtes ma femme
Et je veux vous prouver ma flamme. "
L'épingle saute : au même instant
Il est couvert de dévoiement.

— " Oh ! juste ciel ! puis-je le croire ?
Je suis tout inondé de foire.
Cet aspect me rend furieux ;
Jamais le trou du cul du diable
Ne produisit rien de semblable :
J'ai de la merde jusqu'aux yeux.
Sur mon honneur, j'aimerais mieux,
Dit-il d'une voix courroucée,
Epouser ma chaise percée.
C'est un déluge d'excrément
Qui lui sort par le fondement. "

Enfin, des pieds jusqu'au visage,
C'est dans la merde qu'elle nage ;
A peine on lui voyait le nez.
Si vous avez l'âme sensible,
La chose est vraiment trop pénible.
Ses appas étaient embrennés
Et de tous côtés emmerdés.
Filles qui lisez cette histoire,
Si jamais vous avez la foire,
Il faut vous mettre prudemment
Un bouchon dans le fondement.

————•✕•————

DIFFÉRENCE

Quelle différence y a-t-il entre votre nœud et la sainte face de Jésus ?

La sainte face de Jésus a reçu des giffles, et votre nœud décalotte (des calottes).

————•✕•————

A LA SOURCE

Soudain, dans la descente, il arrêta sa course,
Sans que se déridât son beau front nuageux,
Et s'assit, tout pensif, au Café de la Source.
— Moi, je considérais ce mortel malheureux. —

Au garçon pâle et glabre, il dit : — "Vite, un madère."
Puis tendit au chasseur un chapeau culotté,
Au poil rugueux comme est celui d'un dromadaire,
Pour qu'il allât le faire arranger à côté.

Le chasseur, sans tarder, le porta chez Bravard.
A l'aide d'un fer chaud le lissant avec art,
Celui-ci lui rendit l'élégance première.

Lorsque le couvre-chef eut repris son brillant,
Il remit un décime au garçon bien content,
Se leva puis partit, sans regarder derrière.

Ce qu'il advint après m'est fort indifférent.

(Novembre 1895).

———>❘<———

AU RESTAURANT GREC DJOVANIE

O ! vous qu'un' faim canin' tourmente,
Vous qu'êtes atteint d'un' gastralgie,
Venez r'fair' vot' santé chanc'lante
Au restaurant grec Djovanie.

On mange adzème et chis-kebappe,
Bœuf nature et macaroni,
On fait des r'pas dignes d'un pape,
Au restaurant grec Djovanie.

Y'a des rastas d' tout's les espèces,
D'Egypt', de Perse et d'Roumanie,
D' Turquie, d' Bulgarie, d' Crête et d' Grèce,
Au restaurant grec Djovanie.

Ils ont des pal'tots magnifiques
Ousque le tailleur n'a pas mis
D' coutur' dans l' dos... c'est bien plus chic,
Au restaurant grec Djovanie.

Ils portent tous des cravates rouges
Ou vert clair, sur des gilets gris ;
Leurs souliers craq' chaqu' fois qu'ils bougent,
Au restaurant grec Djovanie.

Y' a des étudiants en méd'cine
Et des élèves en pharmacie
Qui viennent surveiller la cuisine,
Au restaurant grec Djovanie.

Tous les garçons sont pleins de zèle ;
Antoine, Joseph et l' beau Ghéorghi
Qui crie : — " Pomm' frit' ", d'un' voix d' crécelle,
Au restaurant grec Djovanie.

Mais la chos' qu'est la plus charmante,
C'est la modicité du prix :
On déjeûne pour un franc cinquante,
Au restaurant grec Djovanie.

Pour dessert on a des brioches,
Et ce s'rait un vrai paradis,
S'ï' n'y avait pas d' gens d' basoche
Au restaurant grec Djovanie.

Et puis — réclamation dernière,
Après cell' là ce s'ra fini —
Il manque un' jolie cuisinière,
Au restaurant grec Djovanie.

L'auteur, autrefois pas trop bête,
A mangé trop d' moukalébi
— Ça lui a dérangé la tête —
Au restaurant grec Djovanie.

(24 Décembre 1891).

———— ✳ ————

LE SERGENT-FOURRIER

Un soir, sur la chaussée d'Antin, *(bis)*
J' fus raccroché par une putin. *(bis)*
— " Viens-tu dans ma chambrette ?
            Eh bien !
Nous y ferons minette. "
        Et vous m'entendez bien !

Moi qui suis bon sergent-fourrier, *(bis)*
Qui ne laisse rien à traîner, *(bis)*
J'achète une chandelle,
            Eh bien !
Et je suis la demoiselle.
        Et vous m'entendez bien !

Mais, quand je fus dans son taudis, *(bis)*
Quand je vis les meubles et le lit, *(bis)*
Les draps qu'étaient superbes,
            Eh bien !
Etaient pleins d' foutre et d' merde.
        Et vous m'entendez bien !

Moi qui suis bon sergent-fourrier, (*bis*)
Qui ne laisse rien à traîner, (*bis*)
Je la prends, je la carambole,
      Eh bien !
J'attrape une bonne vérole.
     Et vous m'entendez bien !

A l'hôpital fallut entrer, (*bis*)
Pendant trois mois pour m' faire soigner; (*bis*)
Mais en voyant mon membre,
      Eh bien !
Le major sortit de la chambre ;
     Et vous m'entendez bien !

On m'envoya, pour me soigner, (*bis*)
Un caporal, trois infirmiers. (*bis*)
Ces quatre espèces d'andouilles,
      Eh bien !
Voulaient me couper les couilles.
     Et vous m'entendez bien !

Malgré mes larmes et mes cris, (*bis*)
On me prend, on me couche sur un lit, (*bis*)
Et... d'un coup d' baïonnette,
      Eh bien !
On me coupe les roupettes.
     Et vous m'entendez bien !

Moi qui suis bon sergent-fourrier, (*bis*)
Qui ne laisse rien à traîner, (*bis*)
J'achète une pochette,
      Eh bien !
Pour y mettre mes roupettes.
     Et vous m'entendez bien !

24

Eh bien ! bien !

A PARTHENAY

Eh bien !

Et vous m'entendez bien !

Voyez-vous... ou.

A Parthenay-t-il y avait
Une si tant belle fille ;
Ell' était belle et l' savait ben ;
Elle aimait qu'on y dise.

Un jour son galant ...

Un doux baiser ...

Un jour son galant vint la voir,
Un doux baiser y prit.

Contentez votre envie.

" Pernez-en un, pernez-en deux,
Contentez votr' envie.

" Pernez-en un ...

Contentez votr' envie.

Mais quand ...

N'allez pas ...

LA VOLONTÉ NE FAIT PAS LE POUVOIR

Un vieux paillard n'ayant plus qu'un chicot
Tenant à peine au bord de l'alvéole,
Tout carié, propre à rien en un mot,
Triste débris de Paphos et vérole,
Du bouillon-blanc apprenant la vertu,
Et le talent de ses nymphes gentilles,
Y vint un jour présenter son fétu,
Croyant pouvoir enfiler encor dilles ;
A la prieure il s'adresse en ces mots :
— " Partout l'on vante et prise votre adresse,
" Vos beaux travaux, votre moëlle et bigots,
" Vos coups de cul et mouvements de fesses :
" Vous connaissez tous les murs du chaudron,
" Et de la poële et de la casserole...
" Or, pouvez-vous à si chétif aviron
" Placer un cercle, une bonne virole ? "

— " Il faut le voir ! lui répond la margot,
" Examiner sa tige, sa racine,
" Savoir s'il tient un peu sur son pivot,
" Connaître, enfin, son allure, sa mine... "
Le mettre en jeu n'était chose facile
Pour le pauvre homme ! Il y perdit son temps...
Et la putain, quoiqu'elle fût habile,
Ne put le faire, et resta sur les dents !
Plaignons-le tous, plaignons ce bon ribaud !
Sur son état, pleurons à chaudes larmes !
L'instant approche, où, de même en défaut,
Le con pour nous n'aura pas plus de charmes !
Mais célébrons Madame du Bouillon, (1)
Qui, ne pouvant saisir sa bagatelle,
A, tout un jour, astiqué son bouton,
Sans reculer, dit-on, d'une semelle !

(Y..., 1847).

(1) Madame Bouillon, maîtresse d'une maison de filles réputée.

LUCAS

Air : *à faire.*

Lucas est un fort bon garçon,
    J'aime son caractère ;
Il se montre toujours luron
    Auprès de sa bergère;
Un jour qu'il lui faisait la cour,
La belle approuvait son amour:
      Mais il avait
      Certain objet } (*bis*)
    Après qui le sexe court
      Court !

Après avoir fourni trois fois
    L'amoureuse carrière,
Le pauvre Lucas aux abois
    Ne pouvait plus rien faire.
Chloé, regardant son amant,
Lui dit alors fort tristement :
    — " Ah! quel tourment
      Quand l'instrument
    De qui le bonheur dépend   (*bis*)
       Pend ! "

Le jus dont on s'enivre aux cieux
    Se nomme l'ambroisie ;
La charmante Hébé verse aux Dieux
    Cette liqueur chérie ;
Son flacon rempli par l'amour
A chacun passe tour à tour :
    Mais savez-vous
      Comment chez nous
    On appelle ce flacon ?   (*bis*)
       Con !

Hercule, après ses longs travaux,
    Filant aux pieds d'Omphale,
Ressentit d'un si long repos
    L'influence fatale.
Comme il était brûlant d'amour,
Son fuseau tournait nuit et jour :
    Depuis cela
      On appela
    Le fuseau qui lui servit :   (*bis*)
       Vit !

Composé par R.....-L.....,
(entre 1830 et 1840).

L'ELECTION DES DAMES

De par la loi, Monsieur le Maire
Fait publier dans la cité
Qu'en ce grand jour il nous faut faire
Le choix de notre Député.
(bis)Nobles, vilains, bourgeois, artistes,
Accourez tous, ne tardez plus,
Entrez : vous êtes sur la liste
Des électeurs...... — " (bis)

Mais, quelle rumeur ! quel scandale !
Nos dames en rébellion
Forcent la salle électorale,
Et se rangent en section.
A des formes aussi nouvelles
Nous opposons en main nos lois :
— " Bah ! Bah ! Messieurs, répondent-elles,
Nous voulons jouir de nos droits ! " (bis)

....
A faire leur choix ....
Mais ....
Que siège leur représentant......
Car...
Et toutes ....
— " C'est au centre qu'il faut qu'on place
Le membre dont nous faisons choix ! " (bis)

Jamais on ne verra ce membre
Briller par des discours pompeux ;
Mais dans les travaux de la chambre
Il agit, et cela vaut mieux !

Ah ! ne croyez pas que je raille,
Quand je dis que ce député
Est le seul membre qui travaille
Le plus pour la postérité ! (*bis*)

Dans les débats qu'elle engage,
Quelle âme ! quelle noble ardeur !
Tout prêt à lui rcompter les coups,
Choquons nos verres en cadence !
Si l'on s'insurge, s'on
C'est toujours par lui qu'elle a lieu ! (*bis*)

Ah ! pourrait-on, sans injustice,
De ce membre blâmer le choix,
Lui qui toujours fait son service,
Avec deux boules à la fois !
Comme on jouit quand il s'agite,
Et loin de lui crier : — " Assez ! "
Chacun lui dit : — " Recommencez ! " (*bis*)

Patriote vraiment, farouche,
S'il voit sa patrie en danger,
Sans que son intérêt le touche,
Soudain il voudrait la venger !
Il est l'ami de la guerre,
Il est l'ennemi de la paix ;
Soudain il se met en colère
Quand on lui parle des Anglais ! (*bis*)

Composé par C..... *et* R.....
(*entre 1794 et 1799*).

CHANSON DE NOCE

Mes bons amis, faisons la noce !
Fêtons Bacchus et les amours !
Faisons-nous chacun une bosse
Aussi grosse que trois tambours !
Choquons, sans que la main nous tremble !
Mangeons, prenons-en jusqu'au cou !
Buvons, et répétons ensemble :
— " Encore un coup ! Encore un coup ! "

Que le voisin et sa voisine
Chantent tous deux sur même ton ;
Qu'on fasse honneur à la cuisine,
En attendant le rigodon !
A table, au lit, sur la pelouse,
A la nuit, entre chien et loup,
Que l'époux dise à son épouse :
— " Encore un coup ! Encore un coup ! "

Assurons à la mariée
Qu'elle peut en boire à gogo,
Qu'il ne faut faire la sucrée,
Pour jus qui ne porte au cerveau !
S'il en survient légère enflure,
Femme jamais n'en perd le goût,
Et crie,... en lâchant sa ceinture :
— " Encore un coup ! Encore un coup ! "

Le lendemain, la jeune femme,
En s'éveillant au point du jour,
Et ressentant nouvelle flamme,
En fera l'éloge à son tour...

Puis, moins timide que la veille,
En s'approchant de son époux,
Fredonnera pour qu'il s'éveille :
— " Encore un coup ! Encore un coup ! "

Attaquons donc brocs et bouteilles,
Que nos verres soient toujours pleins !
Si le vin sort par nos oreilles,
Nous les boucherons des deux mains !
Vidons la cave et la cuisine,
Et chantons au dernier ragoût,
Levant le cul... de la terrine :
— " Encore un coup ! Encore un coup ! "

Y...., 1847.

CHANSON GRAMMATICALE

Triste et pensif,
Je tenais mon canif,
Tout prêt à mettre à l'ablatif
Mon pauvre génitif,
Lorsqu'une jeune bergère
Vit de loin sur la fougère
Ce préparatif :
— " Quoique vieux Juif,
" Dit-elle au vocatif,
" Pourquoi de ton datif
" Faire un sot ablatif ?
" Fais-en donc un comparatif,
" Puisqu'il est adjectif,
" Dessous un if ! "

"Quand il tient dans sa cellule
"Un fort bon subjonctif,
"Fier gérondif !
"Je veux qu'un amant
"Aime l'infinitif
"Lorsqu'il est à l'actif
"Et qu'il soit bon superlatif
"Au moindre impératif
" — Encore un coup ! Encore un coup ! "

P...... père, 1819.

*

LA JOUISSANCE

CHANSON GRAMMATICALE

Excité par un feu naissant,
Priape s'éveille à l'instant,
Sort, et se montre à la lumière ;
Levant en l'air sa tête altière,
Par des bonds souvent répété,
Il se balance avec fierté,
S'enfle, s'agrandit et s'allonge,
Puis s'élance, et d'un coup se plonge
Dans l'antre de la volupté.
Là, se sentant précipité
Dans le brasier d'une follenaise,
Il fouille, il sillonne à son aise,
Tous les coins de la volupté
Se fondre et pénétraire...
Souvent, jusqu'il n'est usé,
Il suspend sa course brûlante,

Semble façonné pour l'amour,
Et qui, proches de l'hermitage
Où le plaisir est en otage,
Prennent part au choc amoureux,
Et sont d'un secours merveilleux ?
D'ailleurs, croyez-vous qu'une belle
Qui se prête et n'est pas rebelle,
Mais qui sait combien le devant
Pour le plaisir est important,
Voudra recevoir par derrière
Votre baiser comme un clystère ?
Non, sans doute ; elle voudra voir
Vos yeux, votre nez, votre bouche,
D'un Priape ardent et farouche
L'air et l'appareil menaçant,
Ce vaiqueur fier et s'élevant
Du fond d'une forêt épaisse ;
Elle voudra flatter sans cesse
Ce conquérant qui, sans pitié,
Doit la partager par moitié ;
Puis, s'étendant sur une couche,
Vous coller sur son sein la bouche,
Vous serrer, presser dans ses bras ;
Par la chaleur de ses appas
Vous communiquer son ivresse ;
Vous sucer, vous mordre sans cesse,
De ses doigts brûlants vous pincer,
Sur le fessier vous agacer,
Et, vous animant au service,
Hâter l'instant du sacrifice ;
Ensuite, vous abandonnant
A vos efforts, et vous donnant
L'ordre de limer à votre aise

Tous les parois de la fournaise,
Vous secouer, vous agiter,
Vous faire en tous sens pirouetter
Par sa force et par sa souplesse,
Jusqu'à ce qu'une douce ivresse
Fasse enfin jaillir la liqueur
Qui met au comble du bonheur !
C'est ainsi que les courtisanes
Savent, par le jeu des organes,
Prendre et donner la volupté,
Et trouver la félicité.
Je conviendrai que la manière
De s'en servir par derrière
Est du goût de beaucoup de gens,
Pour le visage indifférents,
Et que l'orbiculaire image,
Quoique muette et sans langage,
D'un beau fessier, bien arrondi,
Blanc comme un lys, et rebondi,
Charme les yeux : il faut, sans doute,
Le caresser comme un enfant ;
Mais, s'il devient autel ou route,
Que ce ne soit que pour l'instant !

S......, 1784.

———>+<———

UN RÊVE

Je croyois cette nuit, dans l'ardeur d'un beau songe,
Chère Eglée, te prouver l'excès de mon amour.
Tu me payois, hélas ! du plus tendre retour...
Charmante illusion ! Agréable mensonge !

Ma main, mon œil, errant de tous côtés,
Trouvoient toujours de nouvelles beautés ;
Toujours je te voyois plus belle, plus charmante :
Tu pressois ton amant sur ta gorge naissante
Enchaîné dans tes bras, appuyé sur ton cœur,
Je suivois de ton sein le mouvement flatteur.
Une douce fureur s'emparoit de notre âme,
Tu m'accablois de tes baisers remplis de flamme...
O nuit, charmante nuit ! ô ravissants transports !
Eglée, tu méprisais ton antique chimère,
Ce fantôme d'honneur, cette vertu sévère ;
Nos corps entrelacés ne formoient plus qu'un corps ;
Sans voix, sans mouvement, de plaisir enivrée,
Sous le poids de l'amour ici te sentois pâmée ;
Des sons entrecoupés exprimoient nos plaisirs,
Eglée, tu répondois par de tendres soupirs.
Rois des cieux, votre sort égaloit-il le nôtre ?
Heureux par nos transports, confondus l'un dans l'autre,
Nous goûtions un bonheur inconnu même aux Dieux.
Nous faisions rejaillir d'une source féconde
Un torrent de plaisir, ce nectar amoureux,
Ce jus divin, par qui renoît le monde :
Enfin j'étois au comble de mes vœux
Quand tout à coup l'odieuse lumière,
De ses tristes rayons entr'ouvrant ma paupière,
Du plus heureux mortel fit le plus malheureux.

ENVOI :

UN RÊVÉ

Fais-moi passer, inflexible beauté,
De mon vain songe à la réalité !

MADELEINE

Madeleine à bon droit passa
Pour une débauchée affamant
En luxure elle dépassa
Toutes les gals de Judée.

De sa beauté Jésus touché
Vous la tira, vous la tira,
Vous la tira de son péché.

On voyait deux globes naissants
Palpiter...
Des pieds, des bras, des yeux puissants,
Dont l'amour... les péchés...

Ses reins souples et vigoureux
Etoient d'un con, étoient d'un con,
Etoient d'un contour délicieux.

La sainte cachoit tant d'appas
Sous une belle chevelure,
Qui, flottant et tombant en bas
Descendait jusqu'à la ceinture.

Mais pourquoi ces trésors divins ?
Pour les gros, iv, pour les gros,
Pour les gros vilains Philistins !

L'Esprit immonde et tentateur
Fit choix de cet objet aimable,
Pour présenter au Créateur
L'appât d'un piège inévitable.

...Jésus ne la vit pas plutôt,
Qu'il vous la fou, qu'il vous la fou,
Qu'il vous la foudroya d'un mot !

Par la vertu du Saint-Esprit,
Ce mot toucha la pécheresse ;
Son cœur sincèrement contrit
Du plaisir abjura l'ivresse,
Et craignit depuis ce moment
L'ombre d'un cu, l'ombre d'un cu,
L'ombre d'un cupide galant.

Sur sa gorge, un grand fichu noir
En cacha les globes d'ivoire ;
Du plus voluptueux boudoir
Elle fit un sombre oratoire ;
Son cœur, du monde détaché,
Pleuroit le vi, pleuroit le vi,
Pleuroit le vice et le péché.

La sainte pleura tant et tant,
Qu'elle acheva sa pénitence ;
Son esprit s'envole à l'instant
Au Paradis, sa récompense ;
Jésus, touché de sa ferveur,
La met au com, la met au com,
La met au comble du bonheur.

Si le Seigneur au rang des saints
Admet toutes les Magdeleines,
Si le ciel propice aux catins
Fait grâce aux galantes fredaines,
Combien de dames de Paris
Iront par trou, iront par trou,
Iront par troupe au Paradis !

S......, 1784.

————:o:————

J' PEUX PAS TROUVER LA RIME

Air : *Un bal à l'Hôtel de Ville.*

Après lui avoir fait quat' enfants,
    Je connais mon épouse,
Je lui laisse avoir des amants :
    Ça la rend moins jalouse.
    Vivre en liberté,
    Chacun d' son côté,
Chez nous c' n'est pas un crime ;
    Mais j' suis convaincu
    Qu'elle me fait...
J' peux pas trouver la rime. (*bis*)

Me promenant, un beau matin,
    Ecoutez l'aventure,
Je rencontre, rue Saint-Martin,
    Fille à leste tournure :
    Elle avait des yeux !
    Et puis des cheveux !
Le reste..... je supprime.
    Maint'nant j' suis certain
    Qu' c'était une...
J' peux pas trouver la rime. (*bis*)

Agissant comme un bon garçon,
    J' la pousse dans une allée ;
Elle me traite de polisson
    Et fait la désolée.
    J' la serr' tendrement,
    Ell' me r'pousse durement,
Mais c'était pour la frime ;
    En m'poussant elle vit
    Qu' j'avais un gros...
J' peux pas trouver la rime. (*bis*)

J' l'emmène dans un cabinet,
Nous dînons à merveille ;
Mais la lutine ne comprenait
Qu'à la troisième bouteille.
J' la prends dans mes bras,
Ell' ne se défend pas,
C'est l' moment l' plus sublime.
La belle, au Mâcon,
Me fit voir son...
J' peux pas trouver la rime. (*bis*)

La belle enfant du jeu d'amour
Se tirait à merveille.
Je me disais : — " Quel heureux jour ! "
Car elle est sans pareille ;
Son joli minois
Me fit faire cinq fois
Et sagement je m'exprime ;
J'étais abattu
D'avoir trop...
J' peux pas trouver la rime. (*bis*)

Huit jours après ces doux ébats,
Amis plaignez ma peine,
Je marchais à tout petits pas,
Buvant à tasses pleines
Orgeat et chiendent.
Dam' ! voilà l' chiendent,
D' l'amour j'étais victime :
Avec mon aplomb,
J'avais gagné l' plomb.
J'ai trop trouvé la rime. (*bis*)

LE PASSE-TEMPS DE MONTROUGE

Le cul est une bonne chose ;
Rien d'utile comme le cul.
C'est sur le cul qu'on se repose ;
On se rafraîchit par le cul.
Femme rit, quand on lui propose
De lui prendre un instant le cul ;
Et de son cœur si l'on dispose
On le doit souvent à son cul.

Au séminaire de Montrouge,
Dieu ! comme on s'occupait du cul.
Chacun des Jésuites tout rouge
Adressait son hommage au cul ;
Et, se moquant de perdre l'âme,
Chacun, en amateur de cul,
Loin de jouer au trou-madame,
Jouait toujours au trou du cul !

Les dévotes ont, d'ordinaire,
Le con noir, mais un beau cul.
Aussi le fin missionnaire
Au con préfère-t-il le cul.
Enfants de chœur, bedeaux ou suisses
Au cloître ne rêvent que cul,
Et tous leurs vits ont la jaunisse,
A force de frotter le cul.

LE DÉCALOGUE DE MOUSTACHE

Célébrité chorégraphique du Quartier Latin.

(En onze commandements).

Dans la dèche quand tu seras,
Mets ta robe à triple volant,

Et, laissant retomber tes bras,
Marche mélancoliquement.

Les chaînes d'or tu lorgneras
Et les hommes de quarante ans.

D'un doux sourire accueilleras
L'offre d'un rafraîchissement.

Un léger pleur tu verseras,
En contant tes égarements.

Bouquets, voiture accepteras,
Et plus encore s'il a des gants !

Mais surtout tu te garderas
De l'amour d'un étudiant ;

Toujours d'avance exigeras
Qu'il fasse tinter son argent ;

Sinon tu le balanceras :
On ne vit pas de l'air du temps.

Avant tout, tu te souviendras
D'un précepte très important :

C'est qu'entre Russe et Auvergnat
Le plus habile se méprend.

LE THÉATRE DE LA NATURE

Lorsque je vais chanter, pour la race future,
Le théâtre charmant de l'humaine nature,
Dieu qui soutiens ma voix déserte l'Hélicon :
Je t'offre, pour m'entendre, une place au balcon.

D'abord, avant d'entrer, admirons l'édifice :
Deux globes, les plus beaux, ornant le frontispice,
A nos regards charmés se montrent les premiers.
Au-dessous, s'élevant en forme de palmiers,
Deux colonnes de marbre en sont le péristyle.
Quelle simplicité ! quelle grâce ! quel style !
Ce chef d'œuvre, signé du plus grand des sculpteurs,
Fait l'admiration de tous les amateurs.
Plus haut, vers le milieu, sur un coteau d'albâtre,
Apparaît le décor de ce joli théâtre.
C'est un bois, où l'Amour bien souvent s'égara,
Tel qu'on n'en vit jamais, pas même à l'Opéra ;
Une source limpide y forme une rivière,
Et le trou du souffleur se trouve par derrière.
O chef d'œuvre nouveau ! par un miracle adroit,
L'architecte a placé l'orchestre en cet endroit.
C'est de là qu'à grand bruit, un simple virtuose
Etonne le public par les airs qu'il compose
Et, prodige inouï, cet artiste savant
N'a, pour un tel concert, qu'un instrument à vent.

Là, point de régisseur ; cet homme est mis au large
Et quant à ses trois coups, c'est l'auteur qui s'en charge.
J'admire, quant à moi, ce système nouveau;
Car, partout, c'est avant le lever du rideau

Que je vois sottement remplir cette corvée.
Mais ici, c'est au moins quand la toile est levée.

Cette toile elle-même est un tissu léger
Que l'on peut à toute heure aisément déranger ;
Pas n'est besoin de gens suspendus après elle;
Qui la tirent d'en-bas avec une ficelle ;
Son mécanisme est simple et comme on en voit peu :
Un jeune enfant, l'Amour, machiniste du lieu,
De ses doigts délicats, la soulève sans peine
Quand l'acteur se décide à monter sur la scène.

C'est alors qu'imposant, plein de nerf et d'ardeur,
Le premier rôle en chef paraît dans sa grandeur !
Deux nobles confidents, ses amis, ses complices,
A quelques pas de lui restent dans les coulisses.
Il prélude... Et les sens, par les plaisirs troublés,
Jusqu'à la passion sont touchés, ébranlés !
Quels gestes éloquents ! Quels soupirs ! Quelle joie !
Déjà, de son sujet élargissant la voie,
Jusques aux profondeurs on le voit s'enfoncer...
Un autre, en pareil cas, craindrait de s'avancer ;
Mais lui, sans nul effroi, plein du feu qui le brûle,
C'est pour mieux avancer que toujours il recule !
Cependant si, parfois, s'exposant au hasard,
Il s'engageait trop loin, par suite d'un écart,
Soudain les confidents, que l'amitié transporte,
Pour l'arrêter à temps, frapperaient à la porte.
Mais à leur résistance il n'a jamais d'égard ;
Il sait qu'un beau désordre est un effet de l'art
Et que la passion, dans ses moments suprêmes,
Peut braver au besoin les règles elles-mêmes.
Mais par quels mots heureux, quels sublimes accords,
Dirai-je la fureur de ses derniers transports ?

Il s'agite en tous sens, se démène, se dresse !
On le claque de joie ; on trépigne d'ivresse ;
On en pousse des cris de satisfaction !
Oh ! pouvoir de l'artiste en situation !
Lui-même, trop ému par ce jeu plein de charmes,
Sur la scène, à grands flots, laisse couler ses larmes ! ! !
Alors, sur ses amis retombant affaissé,
Il remet au fourreau son poignard émoussé :
Le calme, en cet instant, voilà ce qu'il envie.
De ce lieu, tête basse, il déserte le seuil,
Ayant encore, souvent, une larme à l'œil.
Si, content de son jeu, parfois on le rappelle,
On ne le voit jamais prompt, à cette nouvelle,
Comme certains acteurs, de leurs succès épris,
Accourir aussitôt en recevoir le prix.
Mais il est plus modeste et même, je l'avoue,
Pour le faire avancer, il faut qu'on le secoue.
Après quoi, néanmoins, se remettant un peu,
Il paraît de nouveau devant la rampe en feu.
Tel est, en général, cet artiste modèle,
Immense sur la scène et tout petit loin d'elle...
Le contraire, en un mot, des acteurs d'aujourd'hui,
Petits sur le théâtre,... immenses loin de lui.
Voilà ce qu'un auteur tant soit peu moraliste
Doit écrire et penser de ce puissant artiste.
Loin de lui le costume, utile à maint acteur !
De la vérité pure ardent admirateur,
Le plus simple appareil lui sert toujours de mise ;
La capote, pourtant, lui fut souvent permise.

Quant à la pièce même, elle est, à tous les yeux,
Ce que l'on vit jamais de plus ingénieux.
On la joue, à son choix, en un ou plusieurs actes :
Quelquefois un acteur, en faisant des entr'actes,

Peut fournir, à lui seul, six actes excellents ;
Mais ceci n'appartient qu'à de rares talents.
Ajoutons que l'ouvrage est du genre classique ;
J'en appelle à Boileau, à son *Art Poétique* :
" Qu'en un lieu, qu'en un jour, un seul fait accompli
Tienne jusqu'à la fin le théâtre rempli. "
Conséquemment, c'est là qu'Aristote lui-même
Des *trois unités* a trouvé le système.
J'y vois encore l'*Intrigue* et l'*Exposition*.
Mais, parmi les moyens mis en action,
Il en est un surtout que je tiens infaillible :
C'est le *nœud*, sans lequel la pièce est impossible ;
Le nœud dont à son tour découle heureusement
Le dernier coup de scène appelé *Dénouement*.

. . . .

Barbouilleurs de papier, que la foule idolâtre,
Qui de vous inventa pareil coup de théâtre ?
Voilà ce que j'appelle un dénouement heureux.
Aussi, que de succès, de triomphes nombreux,
Depuis que dans l'Eden, théâtre de sa gloire,
Le serpent tentateur l'a mis au répertoire !
O Satan ! Que ton nom soit béni dans mes vers !
Car si Dieu fit la pièce en créant l'Univers,
Toi seul, pour amuser toute la race humaine,
Eut l'honneur, le premier, de la mettre à la scène.

Mais comment, de nouveau plein d'admiration,
Louerai-je dignement l'administration ?
O politesse insigne ! ô bonté sans égale !
Désirez-vous, pour rien, pénétrer dans la salle ?
Parlez ; jamais théâtre, avec plus de ferveur,
N'a donné tant de vogue aux billets de faveur !
On peut toujours gratis obtenir une entrée.
Quelle scène, à Paris, est mieux administrée ?

Et que d'égards charmants vis-à-vis des acteurs !
Fi de ces trafiquants qu'on nomme directeurs,
Qui, créant à l'artiste un éternel obstacle,
Lui donnent, en dix ans, un congé par miracle.
Tous les mois des congés sont accordés ici ;
Les règles du théâtre en décident ainsi.
Par un sage décret que la nature impose,
Il faut que tous les mois l'artiste se repose.
Alors, adieu la caisse, adieu le contrôleur...
Une affiche à la porte, affiche de couleur,
Sur laquelle à-travers une bande s'attache,
Avertit le public qu'ici " l'on fait relâche ".
Ce sont les seuls instants pendant lesquels l'acteur
Peut aller au-dehors jouer en amateur.
Mais il ne doit pas trop se livrer à la foule,
Car il devient malade et le théâtre coule.

Tel fut et tel doit être, en tout temps et partout
Et tant que des plaisirs le monde aura le goût,
Ce théâtre charmant où le public se porte :
On verra constamment une queue à la porte.

La Grisette et l'Étudiant

Pièce en un acte

par

HENRY MONNIER

LA GRISETTE ET L'ÉTUDIANT

Personnages :

L'ETUDIANT,
LA GRISETTE,
LA VOIX DE M. PRUDHOMME.

A Paris, dans une chambre meublée, rue de la Harpe, entre 1830 et 1840.

L'ETUDIANT

(Lisant une lettre.)

" ... Mardi, à midi, je serai chez toi, plutôt avant qu'après. Aime-moi toujours comme je t'aime. Sois bien sage et bien raisonnable, mais pas trop cochon. Si nous voulons, nous ferons des bêtises... " *(Parlé.)* Onze heures dix... Elle ne viendra pas. *(Relisant.)* " ... Mardi, à midi... " *(Parlé.)* Elle n'est pas en retard... Mettons sa chaise... Onze heures et demie ! *(Relisant.)* " ... Je serai chez toi plutôt avant qu'après... " *(Parlé.)* Onze heures trois quarts !... *(On entend toc, toc, à la porte.)* Qui est là ?...

UNE VOIX FLUTÉE

Moi !

L'ÉTUDIANT

(Faisant semblant de ne pas la reconnaître.)

Qui ça, vous ?

LA MÊME VOIX FLUTÉE

Moi !!...

(Il ouvre. Entre la grisette, rouge comme une pivoine qui aurait monté six étages.)

LA GRISETTE

Bonjour, mon chien. Comment ça va ?... Dieu, que c'est haut ! Je suis tout essoufflée... Et ta portière qui me demande

toujours où je vais, comprends-tu ça ?... Elle me fait répéter
pour me faire endêver... aussi, je l'abomine, cette vieille
bosco-là !... M'embrasses-tu ?... Laisse-moi ôter mon chapeau.

L'ÉTUDIANT

(Avec l'empressement de l'homme qui bande.)

Donne-le-moi, mon ange.

LA GRISETTE

(Se débarrassant de son chapeau.)

Tiens... M'aimes-tu, tit chat ?... Viens m'embrasser.

L'ÉTUDIANT

(Qui la tient dans ses bras.)

Oui...

LA GRISETTE

(Avançant son petit museau contre les lèvres de son amant.)

Nous serons bien sages, par exemple !

L'ÉTUDIANT

(Qui bande plus que jamais, lui faisant une langue.)

Oui...

LA GRISETTE

Ah ! pas comme ça, tit chat, pas comme ça... Ah ! t'es
cochon !... Pas la langue, non, t'en prie, pas la langue...
Devine ce que j'ai sous mon châle ?...

L'ÉTUDIANT

(Qui bande trop pour deviner quoi que ce soit.)

Des bretelles brodées par toi ?...

LA GRISETTE

*(Qui s'est soustraite, pour un instant, aux langues de son amant,
et qui sautille dans la chambre comme une bergeronnette.)*

Non... Dans un pot ?...

L'ÉTUDIANT

Des bretelles... dans un pot ?

LA GRISETTE

(*Riant aux éclats.*)

T'es bête ! Dans un pot, c'est du raisiné que maman m'a envoyé pour mon hiver... Tu l'aimes, le raisiné, n'est-ce pas, gros minet ? Nous le mangerons.

L'ÉTUDIANT

(*Qui n'a d'autre préoccupation que de baiser la grisette.*)

Oui...

LA GRISETTE

(*S'arrêtant devant la cheminée.*)

Tiens ! où est donc ta pendule ?...

L'ÉTUDIANT

Chez l'horloger.

LA GRISETTE

Et le verre aussi, n'est-ce pas ?... Elle est chez ma tante!...

L'ÉTUDIANT

J'en ai peur.

LA GRISETTE

(*Boudeuse.*)

Ah ! oui, je sais... C'est pour l'autre jour, avec ta madame Machin, que vous avez été à Meudon me faire des queues... (*Avec élan.*) J'avais justement de l'argent, vingt-cinq francs... je te les aurais prêtés !...

L'ÉTUDIANT

(*Qui est parvenu à l'attirer sur une chaise.*)

T'es bête, va !...

LA GRISETTE

Baisez-moi vite, mauvais sujet... Baisez-moi !... (*Il lui fait une langue prolongée.*) Non... pas comme ça, mon chien, pas comme ça... t'en prie !....Recommencez... Pas de bêtises, tit chat !... t'en prie !... *(Il lui pince amoureusement le cul.)* Je veux pas... non !... travaille !... *(Il lui patine la poitrine.)* Non... laisse-moi... te dis... Je viens ici pour que tu travailles... Je vais me mettre à côté de toi.. *(Elle saute sur une chaise voisine.)* C'est ça... Sois bien zentil !... Y a-t-il longtemps que je t'ai vu!... Baisez-moi, vilain méchant... baisez-moi mieux que ça... Dis donc, a-t-elle autant de gorge que moi, ta madame ?...

L'ÉTUDIANT
(Qui en a plein les mains.)

Hou ! hou !...

LA GRISETTE
(Se cambrant pour mieux faire saillir ses tétons.)

Je suis sûre qu'elle ne se tient pas comme la mienne... C'est que tu n'en trouveras pas comme ça tous les deux jours, sais-tu, tit chat ? Non !... Elle est mieux mise, ta dédame mais elle n'a pas mon corps... Tiens, vois mes nénets, comme ils sont engraissés... *(Elle les met à la fenêtre de son corsage.)* Les aimes-tu, mes pommes ?... *(Il les branle du doigt et de la langue.)* Oh ! non, n'y touchez pas, monsieur!... Je veux les conserver longtemps... Non, t'en prie... Ah !... non... tit chat... non... Travaille... Ah !... cochon!...

L'ÉTUDIANT
(L'attirant sur ses genoux, et lui retroussant sa robe.)

Mais je travaille aussi.

LA GRISETTE
(Se défendant mollement.)

Pas ce travail-là... Je veux que tu sois raisonnable... *(Il lui écarte les cuisses.)* Eh bien !... Eh bien ! où vas-tu comme ça ?... Qu'est-ce que tu fourrages là-dedans?.. Ah !

comme t'es cochon ! comme t'es cochon !... Je ne veux pas, non... je te connais : quand tu l'as fait, tu me renvoyes... Non... t'en prie ! Non... te dis... tit chat... Non !... Non !... pas comme ça... ça me tire l'estomac... (*Il la branle.*) Laisse mon bouton... mon tit bouton... Bien !... Ah !... oui !... (*D'une voix languissante.*) Travaille...

L'ÉTUDIANT

(*Remplaçant son doigt par sa pine.*)

Je travaillerai après...

LA GRISETTE

(*Qui commence à faire ses yeux blancs.*)

Non... tit chat... Sais bien ce que t'as fait l'autre fois.. Non ! Oh ! non !... Faut donc toujours vous céder ?... Oui... tu veux le faire... Ah !...

L'ÉTUDIANT

(*Poussant sa pointe.*)

Oui...

LA GRISETTE

Sur le lit, mon chien... sur le lit... on est mieux pour faire ça... (*Il la porte sur le lit, et commence l'assaut avec une certaine furie.*) Attends... attends donc que je relève ma robe dessous... tu veux donc tout me déchirer !... Tiens.. me voilà... Va... Pas comme ça, donc ! tu vas chez le voisin... Laisse-moi le conduire... Na !... Attends, mon petit homme... Oh !... attends !... Faisons-le longtemps, bien longtemps ; n'est-ce pas, tit chien ?... Tu y es... Me sens-tu ?...

L'ÉTUDIANT

(*Jouant avec vigueur des reins.*)

Oui...

LA GRISETTE

(Jouissant, et ne pouvant retenir ses soupirs de bonheur, qui ressemblent au cri du geindre.)

Han !... han !... han !... Que c'est bon !... Je jouis... Va !... Han !... Ah ! que c'est bon...

L'ÉTUDIANT

(Jouissant, mais plus silencieusement.)

Cher ange !... je t'aime !...

LA GRISETTE

(Répondant aux coups de pine de son amant par autant de coups de cul.)

Tu... m'ai... meras... tou... toujours ?...

L'ÉTUDIANT

(Qui n'est pas encore désarçonné.)

Oui !...

LA GRISETTE

(Au paroxisme de la jouissance, et criant.)

Va !... va !... va !... petit homme... Pas tout de suite... Pas encore... Ah ! cela vient... Tu me mouilles... Ah ! comme je jouis, mon Dieu ! comme je jouis !... Ça me va dans la plante des cheveux... Ah !... oui !... tue-moi !... Ah ! tue-moi... Ah ! tue-moi !...

LA VOIX DE M. PRUDHOMME

Pas d'assassinat dans la maison, s'il vous plaît !... Eh ! là-bas, avez-vous bientôt fini vos turpitudes ?...

LA GRISETTE

(Gigottant toujours.)

Qu'est-ce qu'est donc là, à côté ?

LA VOIX DE M. PRUDHOMME

Vous allez me porter à de regrettables attentats sur ma personne...

(Les deux amants, qui n'ont pas encore tout à fait fini, ne soufflent mot ; le lit seul parle pour eux, éloquemment.)

LA GRISETTE

(Dans les dernières convulsions du bonheur.)

Qu'est-ce qu'est donc là, à côté ?

L'ÉTUDIANT

(Limant encore, pour l'acquit de sa conscience, car il ne bande plus aussi raide.)

Une vieille bête !...

LA GRISETTE

(Qui bande toujours.)

Nous le faisions si bien !... Je voudrais recommencer... Et toi, tit chat ?

L'ÉTUDIANT

(La branlant, pour laisser un instant souffler sa pine.)

Moi aussi...

LA GRISETTE

(Qui est pour la jouissance sérieuse, et non pour les à peu près.)

Pas comme ça !... Polyte, mon Lylite, ôte ta main, ôte ta main... Non ! veux pas... Ote ta main... t'en prie !

LA VOIX DE M. PRUDHOMME

Hippolyte, ôtez donc votre main !

L'ÉTUDIANT

(A M. Prudhomme.)

Vous n'allez pas nous foutre la paix, vous !...

LA VOIX DE M. PRUDHOMME

Très bien, Monsieur... Vous me faites sortir de mon lit. J'abandonne la place... Je vais achever ma sieste dans une chambre voisine, pendant que vous achèverez vos impudicités dans la vôtre...

L'ÉTUDIANT

Enfin, il est parti, cet imbécile... Qu'est-ce que nous disions déjà ?

LA GRISETTE

(Qui ne perd pas son sujet de vue ni de main.)

Nous disions, tit chat, que nous faisions des bêtises... Je voudrais bien vous embrasser... Donnez-moi votre petit bécot... *(Lui pelotant les couilles et lui chatouillant le membre.)* Je veux voir si vous êtes en état *(S'apercevant qu'il bande)*... Oui, vous êtes en état, cochon !... *(Avec admiration, et voulant profiter de l'occasion.)* Il est plus fort qu'il n'était tout à l'heure... Et dur ! on dirait du fer !... Comment une si grosse affaire ne vous crève-t-elle pas le ventre quand elle entre ?... *(Elle s'en empare avidement et se l'introduit.)* Attends, mon chien, attends... Ça y est bien, à présent... Va !... Ah !... maman... Ah !... maman !... maman !...

L'ÉTUDIANT

(Qui jouit plus silencieusement, mais tout aussi profondément.)

Ah ! cher ange ! cher ange !

LA GRISETTE

(Nageant dans un lac de félicités.)

Oh ! va ! va !... Mais va donc !... Pousse, tit homme... pousse !... mais pousse donc !... Ah ! comme je te sens bien !... Ah ! maman, maman, que c'est bon !... Comme tu fais bien ça, mon chéri... As-tu autant de bonheur que moi?... Parle-moi, t'en prie... Ah! que c'est bon!... Dis que tu m'aimes bien... mais, là, bien!

L'ÉTUDIANT
(Poussant toujours.)

Oui...

LA GRISETTE
(Tortillant des fesses.)

Dis-le toi-même!...

L'ÉTUDIANT

Je t'aime bien.

LA GRISETTE
(Suppliante.)

Donne-moi ta langue... ta chère bonne petite languette... *(Impérieusement.)* Ta langue! ta langue! Ah! mon minet... Ah!... ah!... ah!...

L'ÉTUDIANT

Ma poulette!...

LA GRISETTE
(Pâmée.)

Ta poulette, oui... Ta petite poule chérie... Ta... ta... poule... chérie...

L'ÉTUDIANT

Oui...

LA GRISETTE
(Faisant casse-noisette.)

Sens-tu comme je te le serre?... Va au fond... bien au fond... Pousse, mon petit homme... pousse... Tu me diras quand ça viendra...

L'ÉTUDIANT

(*Précipitant ses coups.*)

Oui...

LA GRISETTE

(*Suppliant.*)

Pas sans moi ! pas sans moi !... Ensemble !... jouis... jouissons... ensemble... bien... ensemble !... Oh!... maman !... maman !... maman ! que c'est bon... Tue-moi !... tue-moi !... tue-moi !... Oh !

L'ÉTUDIANT

(*Qui a déchargé.*)

Oui...

LA GRISETTE

(*Crispant pieds et mains.*)

Ah !... ah !... ah !... j'ai bien joui... oui !... Et toi, tit chat ?... Et toi ?...

L'ÉTUDIANT

(*Retirant sa queue.*)

Moi aussi...

LA GRISETTE

(*Avec reproche.*)

Ah! tu te retires !... Pourquoi ne l'as-tu pas laissé dans moi ?... Je ne l'aurais pas mangé, va !... Reste encore comme avant... là... ventre contre ventre... Déjà fini!... Ah ! c'est bête !... Ça devrait durer toute la vie...

(*Silence... Les deux amants, toujours entrelacés, se becquètent tendrement encore, mais sans jouer des reins. La grisette serre avec énergie l'étudiant contre sa poitrine, en soupirant et en tressaillant sous les derniers frissons de la jouissance ; pour un peu, elle recommencerait ; déjà même, sa main, se faufilant sous les couilles de son amant, s'apprête à les chatouiller et à réveiller en elles le sperme qui dort ; mais l'étudiant, qui n'a que deux coups à son arc, se soustrait brusquement à cette invitation, en sautant à bas du lit.*)

L'ÉTUDIANT

Est-ce que je ne t'ai pas dit que j'avais à sortir ?

LA GRISETTE

(*Etonnée.*)

Non... Vois comme tu es cochon... Quand tu l'as fait, tu me renvoyes !... C'est toujours la même chanson...

L'ÉTUDIANT

Puisque j'ai à sortir.

LA GRISETTE

(*Toujours sur le lit, et pleurant à chaudes larmes.*)

Hi ! hi ! hi !... hi ! hi !...

L'ÉTUDIANT

(*Contrarié.*)

Ah ! si tu pleures, nous allons joliment nous amuser.

LA GRISETTE

(*Toujours pleurant.*)

Moi qui comptais tant que nous sortirions ensemble !... Hi ! hi ! hi !...

L'ÉTUDIANT

(*Avec impatience.*)

Puisque je te dis que j'ai une commission pour ma mère !

LA GRISETTE

Elle vient donc d'arriver, ta mère ?

L'ÉTUDIANT

Je ne te l'ai pas dit ?...

LA GRISETTE

Tu me l'as dit la dernière fois... Ah ! je suis pas heureuse, moi... Non... j'ai pas de chance... C'est comme la robe que tu m'avais promise...

— 408 —

L'ÉTUDIANT

Tu l'auras !...

LA GRISETTE
(Sautant à bas du lit.)

Quand ?... la semaine des quatre jeudis, n'est-ce pas ?

L'ÉTUDIANT
(Allant à son secrétaire.)

Tiens, la voilà, ta robe !... (*Il lui jette avec colère une pièce de vingt francs.*)

LA GRISETTE
(Eclatant de douleur.)

C'est pas comme cela que je la voulais !... C'est pas comme ça !... Ah ! mon Dieu !... mon Dieu !... (*Elle sanglote et se pâme.*)

L'ÉTUDIANT
(Courant à elle.)

Eh bien ! quoi ! tu vas te trouver mal, à présent ! Fanny ! Fanny !... Pauvre chatte chérie... Réponds-moi...Fanny ! Fanny !... Je t'en prie !... (*Il la prend dans ses bras et la caresse tendrement.*) Tu pleures !... Fi ! que c'est vilain ! Voulez-vous bien vite essuyer ces vilaines larmes-là !...

LA GRISETTE
(Riant d'un œil et pleurant encore de l'autre.)

Non ! je pleure plus... je ris... tiens !... Et toi aussi, t'as pleuré... Baise-moi, et sois plus méchant, tit chat ! T'en veux plus, mais plus du tout !...

Compendium Erotique

COMPENDIUM EROTIQUE

Jouir, faire jouir, lecteurs, est un grand art ;
Plus d'un s'y croit savant, qui n'est qu'un sot paillard.
On peut foutre, il est vrai, sans grandes aptitudes ;
Pour devenir cochon il vous faut des études.
Les branches de cet art sont des mondes distincts
Qui ne sont révélés qu'à de certains instincts ;
Le vulgaire fouteur ne les saurait connaître.
L'artiste en jouissance, avant de passer maître,
Doit savoir finement, par principes, branler,
Peloter, caresser, sucer, foutre, enculer.
— " Mais nous savons cela, pour sûr ", allez-vous dire.
Hélas ! vous le croyez, et c'est bien là le pire.
Avant que d'être experts en notre Académie,
De la pine et du con sachez l'anatomie ;
Etudiez à fond les organes divers
De ces puissants engins, pères de l'Univers,
De ces beaux instruments, aux touches merveilleuses,
Que le plaisir parcourt en gammes amoureuses.

O naïves beautés ! avez-vous conscience
De l'art de bien branler ? — C'est toute une science,
Et que vous ignorez. Que vos doigts polissons
Bien attentivement répètent ces leçons ;
Votre main, inhabile à caresser la pine,
Sous peu la maniera d'une façon divine :
A la base du gland est une cavité ;
Chez l'homme siège là la sensibilité.
De votre dextre main, d'effluves imprégnée,
Passez à cet endroit, en pattes d'araignée,
Le rose bout des doigts. D'abord de haut en bas,
Puis circulairement. C'est là le premier pas.

Parfois aussi, prenant à pleine main la pine,
Descendez, remontez de façon pateline.
De la gauche, pressant les couilles assez fort,
Frôlez les poils du cul — l'omettre est un grand tort.
Pratiquez lentement les passes que j'indique :
Le toucher léger rend le bander énergique,
Facilite beaucoup l'éjaculation.
A ce moment surtout prêtez attention :
Ne faites qu'effleurer, sans jamais passer outre,
Pour ne pas empêcher de s'élancer le foutre.
Le branlage attaquant le système nerveux,
En serrant vous rendriez le plaisir douloureux.
Une bonne branleuse est un être fort rare,
Une artiste de prix, de son talent avare.
Pendant que, sottement, la vulgaire putain
Vous éreinte le nœud en agitant la main,
Comme on voit secouer un vase que l'on rince,
L'autre fait éprouver plaisir digne d'un prince.

Peu d'hommes sont assez experts en la matière
Pour bien branler un con : c'est une erreur grossière
De chagriner en vain, au-dessous du pubis,
Ce bouton délicat qu'on nomme clitoris.
Il est autre façon, permettant de mieux faire ;
Je me croirais ici coupable de la taire :
Les lèvres s'écartant, introduisez un peu
Dans le vagin, en haut, votre doigt du milieu.
Le con ainsi saisi, que vos doigts, les quatre autres,
Aillent sournoisement, comme de bons apôtres,
Fourrager dans les coins. Remuez en cerceau :
Opérer autrement est le fait d'un puceau.
Avant de commencer un chapitre plus grave,
Je réfléchis. Lecteur, sais-tu faire l'octave ?
Chacun sait que les doigts d'un joueur de piano,

Pour doubler une basse — en exemple le *do* —,
S'écartent, pour frapper les deux notes extrêmes.
Pour doubler le plaisir, les procédés sont mêmes :
Faites l'octave au cul quand vous branlez le con.
Ne l'oubliez jamais, chatouillant un téton.

Je parlerai fort peu des manières de foutre ;
C'est l'enfance de l'art et c'est vulgaire, en outre.
Donc deux mots seulement, quelques sages conseils,
Pour vous guider dans l'art de faire vos pareils.
Laissez aux jeunes gens les poses fatigantes,
Qui, pour l'expert fouteur, sont plus qu'extravagantes.
L'amateur sensuel, qui goûte le plaisir,
Baise à la paresseux. Encore il faut choisir,
Car la pose se fait de plus d'une manière.
Je préfère beaucoup le faire par derrière ;
J'ai pour ce, croyez-moi, de fort bonnes raisons :
C'est la pose propice aux grandes pâmoisons.
Vu de dos, d'un beau corps la ligne gracieuse,
Bien plus que par devant, est chose précieuse ;
De plus, ainsi placé, vous pouvez tout saisir ;
Voir deux fesses se tordre excite le désir.
Tant que dure le coup, faites — cela chatouille —
L'octave au cul, au con. Femmes, pressez la couille.

Branler, une science ; et sucer, un grand art
Que Saturne inventa pour croquer son moutard.
Sur tous les jeux d'amour le suçage l'emporte.
Je dois vous dire ici comment l'on s'y comporte :
Un jeune amant, épris du corps de sa maîtresse,
Lui fait, avant baiser, minette avec ivresse ;
Puis, tous deux s'oubliant, ceci n'est pas très neuf,
Sans mesure et sans art ils font soixante-neuf,
Cela ne manque pas, pour sûr, de poésie ;
Mais, au fond, ce n'est rien que pure frénésie,

Et, bien que quelquefois on puisse en faire cas,
Croyez que la méthode à l'acte ne nuit pas.
Au lit, nu, sur le dos, les jambes écartées,
Le vrai gourmet attend, les pièces apprêtées.
Lors, femme, écoutez quel est votre devoir ;
Las ! combien d'entre vous manquent de le savoir !
Au préalable, il faut de l'homme être à droite :
Posée ainsi, l'on est, vous verrez, plus adroite.
La chose ne doit pas s'attaquer carrément.
Araignez, pelotez pendant un long moment,
Du pouce de la gauche entourant bien la pine,
Par instant froissez-en, en jouant, la racine ;
Du reste de la main pressez les couilles fort :
Cela vous jette un homme en le plus doux transport.
Que la droite, moëlleuse et doucement traînée,
Du genoux remontant jusques au périnée,
Sur la cuisse, en-dedans, se promène avec art ;
Ce sont passes qu'adore un fieffé paillard.
Tout ceci fait, mettez la queue en votre bouche ;
Prenez garde, surtout, qu'aucune dent la touche ;
Sucez de haut en bas cinq ou six fois le gland,
Avec sage lenteur, comme goûte un gourmand.
Laissez-le, lutinez, recommencez encore ;
Cette fois attaquez, comme lorsque l'on dévore ;
De la langue effleurez, pour changer, les contours,
En ayant soin, parfois, de tourner au rebours.
Mais le vit, tout gonflé, par petits bonds s'élance ;
A cet instant suprême où vient la jouissance,
Des lèvres relâchez un peu la pression.
Pour le foutre n'ayez pas de répulsion ;
Avalez-le toujours. Femme qui se retire
Et qui vous laisse en plan, oh ! l'on devrait l'occire !

Pour vous faire minette, il est des amateurs,
Mesdames, je le sais. Soyez leurs instructeurs :
Pour se faire arranger chaque femme a sa mode,
Je crois donc superflu d'exposer ma méthode.

Plus d'un esprit mal fait, et qui s'est cru fort sage,
De crime d'hérésie a traité l'enculage ;
Est-ce dire, pour ça, qu'il faille y renoncer ?
Essayez, comparez, avant de prononcer.
Quant à moi, je vous dis : — " Enculer ses maîtresses,
" C'est leur montrer le cas qu'on fait de leur deux fesses."
Les femmes aiment ça, sans l'avouer pourtant ;
Si d'elles on l'obtient ce n'est qu'en insistant ;
Elles veulent laisser bien croire qu'elles dorment,
Mais se le faire faire est projet qu'elles forment.
Essayez-le, surtout le matin, au réveil :
Alors que votre amante, encore en son sommeil,
Vous a le dos tourné. Soulevez sa chemise ;
Caressez doucement, et comme par méprise,
Son cul tout chaud encor des ardeurs de la nuit.
A ce contact si doux le bander se produit.
Promenez en pinceau le bout de votre pine
Du con jusques au dos ; cette mode est divine.
Parfois arrêtez-vous dessus le trou du cul ;
Cela prépare bien, soyez en convaincu.
Branlez toujours le con pendant cet exercice ;
Vous en retirerez un très grand bénéfice.
Pour lors, vous n'avez plus qu'à pousser en douceur ;
Vous entrez, sans avoir causé nulle douleur.

Croyez-vous qu'Eve seule ait avalé la pomme ?
Vous souriez, je vois, et vous dites : — " Et l'homme ? "
Un avis, là-dessus, n'est pas simple à donner.
Pourquoi, si cela plaît, ne s'y pas adonner ?

Pourquoi n'admirer, et cela fort nous vexe,
Que les beautés dont Dieu gratifia le sexe ?
Par sottise, pourquoi traiter d'iniquité
Ce que, par hygiène, aimait l'antiquité ?
On prétend qu'au couvent, jadis, au Moyen-Age,
Les moines pratiquaient fortement l'enculage.
Les femmes n'étant pas admises au dortoir,
C'était entre eux, dit-on, qu'ils jetaient le mouchoir.
Tous se déshabillaient sans besoin de prière ;
Disposés en un rond se prenaient le derrière ;
Les frères enculés, enculeurs à la fois,
Formaient une couronne à faire envie aux rois.
Le prieur, bénissant et se branlant en outre,
Se tenait au milieu, les aspergeant de foutre.

Je vous ai dit comment l'on baise, l'on encule.
Avant de terminer ce petit opuscule,
Dans l'intérêt de tous et surtout des puceaux,
Je voudrais vous donner des conseils généraux :
Comme l'amour ne vit rien que de poésie,
Ne pas se parfumer est presque une hérésie ;
Que jamais votre amante, en se couchant, le soir,
N'aperçoive sur vous un sale suspensoir ;
Si vous voulez baiser et jouir à votre aise,
Jamais ne vous servez de la capote anglaise.
Outre que ce boyau ne préserve de rien,
Il est d'un goût douteux. Pour moi, sachez-le bien,
J'aimerais mieux risquer chancre, poulain, fistule,
Qu'user de cet engin stupide et ridicule.
Si vous avez gardé grande dévotion
Pour les choses du cul, chercher l'occasion
De vous coucher à trois. — "Trois ? très bien ! Dites comme?
" Deux hommes, une femme ? Ou deux femmes, un homme ?"

De ces combinaisons, la première, je crois,
Vous permet de goûter deux plaisirs à la fois.
La dernière surtout ne manque pas de charme ;
Mais, las ! plus d'un chasseur déposerait son arme,
S'il lui fallait tirer, pendant toute une nuit,
Sur deux cons affolés que le bander poursuit.
Si de ce grand travail vous vous sentez la force,
En ce cas, de vous guider il faut que je m'efforce :

Une brune, une blonde — il faut les deux couleurs —
Sont les sujets voulus pour calmer vos ardeurs ;
Côte à côte placez les femmes sur la couche ;
Contemplez un instant. — Que ce spectacle touche !
Caressez leur con, les cuisses et les seins.
Comparez leurs appas, si doux à vos desseins.
Ceci fait, entrez bien dans le chat d'une d'elles ;
Sortez, rentrez, dix fois... Vif comme l'hirondelle,
Changez-moi de vagin. Pendant que vous foutez,
L'une des femmes doit — celle que vous quittez —
Vous chatouiller la couille et la pine et les fesses :
Cela vous plongera dans de douces ivresses.
Le coup fini dans l'une, en se faisant sucer,
Pour bien contenter l'autre, on peut recommencer.
Reposez-vous un peu. Bientôt le pelotage
De la bouche et des doigts vous rendra le courage.
Du premier des deux cas je n'en parlerai pas.
Lecteurs, je le divine, on n'en fait nul cas.
N'écoutez pas les gens qui s'en viendront vous dire
— Ce sont fouteurs naïfs, des cochons la gent pire —
Qu'ils ne sont bien, vraiment, et sur tous points heureux,
Qu'en baisant femme chaude et qui jouit plus qu'eux.
Pour moi, la femme froide est, c'est incontestable,
La plus propre à l'amour et la plus désirable.
L'homme seul fut créé pour le rôle agressif ;

27

Donc celui de la femme est tout à fait passif.
A moins qu'à vous sucer, branler, elle travaille,
Tous ses déhanchements ne donnent rien qui vaille,
Et l'on a vu souvent des coups de cul fâcheux
Faire sortir la pine au moment d'être heureux.

Lectrices et lecteurs, un mot philosophique,
Pour clore ce petit entretien poétique.
S'il en est parmi vous qui soient d'un autre avis,
Tant pis, car ils n'iront jamais en Paradis :
— " En ce monde, prisez la jouissance seule ;
" Il n'est de vrai, de bon, que le cul et la gueule. "

L'Examen de Flora

EXAMEN SUBI PAR Mlle FLORA

A l'effet d'obtenir son diplôme de putain et d'être admise au bordel
de
Mme Lebrun, 68², rue de Richelieu, à Paris.

Dix-sept ans, des yeux noirs et fendus en amande,
Avec des cheveux blonds, une bouche un peu grande
Sans doute exprès et pour laisser voir en riant
Un brillant chapelet de perles d'Orient ;
Un sein rose, arrondi, ferme à ne pas le croire,
Un cul dur comme un marbre et plus blanc que l'ivoire,
Un con si mignonnet qu'il semblait que jamais,
Même au vit d'un enfant, il pût donner accès !
Telle est, en raccourci, l'image ravissante
De Flora la putain, qu'on croirait innocente
Et vierge, tant ses yeux rayonnent de candeur,
Tant tout en elle exhale un parfum de pudeur,
Et qui vient cependant, loin d'être encore novice,
Ayant fait dès longtemps ses débuts dans le vice,
Sans avoir peur, sans être émue un seul instant,
Et comme devinant un succès éclatant,
Passer cet examen aux fatales épreuves,
Pour lequel la Lebrun demande tant de preuves !
Dont il faut nettement, sans hésitations,
Résoudre, ex abrupto, toutes les questions,
Pour acquérir le droit de voir couler sa vie
Dans ce charmant bordel, que toute fille envie,
D'y vendre au poids de l'or toutes les voluptés
Et des charmes souvent qu'on n'a pas achetés.

A midi, dans la salle, en ce but préparée,
De toutes ses putains la Lebrun entourée,
Assise gravement sur un mœlleux sopha,
Tenant sur ses genoux un énorme angora,
Donne l'ordre de faire entrer la néophyte.

La jeune fille fut aussitôt introduite.
Un simple peignoir blanc, à peine retenu,
Laissait, entièrement, ses épaules à nu,
Et sa gorge charmante, au lieu d'être enfermée
En un affreux corset, qui l'aurait déformée,
Montrait à découvert ses deux globes polis,
Se tenait d'elle-même, et sans faire aucun pli.
Elle était ravissante ! Aussi dans cette salle,
Où pas une en beauté ne se croit de rivale,
Chacune, malgré soi, sentant ce qu'elle vaut,
Au lieu de l'admirer, lui découvre un défaut :
L'une de ses cheveux critique la nuance
Et prétend hautement qu'ils frisent la garance.
L'autre dit que sa gorge a l'air d'un mou de veau,
Et toutes sont d'accord que ce n'est qu'un chameau !

Flora, sans s'inquiéter de leurs canailleries,
D'un geste réfuta leurs sottes railleries
Et, jusqu'au nombril retroussant son peignoir,
Leur montra qu'étant blonde elle avait le poil noir.
Nulle autre ne fit voir une beauté pareille !
Prises au trébuchet, toutes, baissant l'oreille,
Ne purent rien trouver contre un tel argument,
Et gardèrent alors un silence prudent.
La Lebrun, qu'amusait beaucoup cette aventure,
Pour sa nouvelle fille en tira bon augure.
— " Petite, lui dit-elle, allons, viens te placer
Sur ce tabouret-là : Je m'en vais commencer,

Pour être admise ici, sais-tu bien, ma chérie,
Qu'il faut être très forte en polissonneries ?...
Que, pour vendre l'amour, il ne nous suffit pas
D'avoir de jolis yeux, d'avoir de frais appas,
Une gorge bien ferme, et des fesses bien blanches,
Une croupe soignée, un beau cul et des hanches ?....
Qu'il faut de tous ces dons savoir bien se servir,
Savoir les employer à donner du plaisir
A ceux qui dans nos bras cherchent la jouissance,
Ensemble ou l'un d'eux seul, selon la circonstance,
Surtout selon l'argent donné par le michet !
Qu'il faut promettre, avant d'enlever son corset,
Et jamais ne l'ôter, à moins pourtant que l'homme
Ne se laisse tenter, et ne triple la somme !
Mais, au lieu d'examen, je fais une leçon :
Assez comme cela... Sais-tu d'abord quel nom
Donner à l'instrument par où le mâle pisse
Et par lequel, aussi, lui vient la chaude-pisse !

FLORA

L'académicien dit : mon vit ; le médecin :
Ma verge ; le curé : mon membre ; une putain :
La queue ; il est nommé : pine, par la lorette ;
La chose, ou bien ; cela, par une femme honnête ;
Jacques, par le farceur ; braquemard, par l'étudiant ;
La bibite au petit, par la bonne d'enfant ;
Le jeune homme puceau l'appelle : son affaire ;
L'ouvrier : son outil ; la grosse cuisinière :
Une courte ; il devient : dard, avec le pioupiou ;
Mais si vous entendez : mon nœud ! C'est le voyou !

LA LEBRUN

Parfaitement. La chose est très bien expliquée
Et par personne ici ne sera critiquée,

Peux-tu me dire aussi tous les différents noms
Que l'on donne parfois aux deux brimborions
Qui sont pendus après ?.....

FLORA

J'essaierai. Les arsouilles,
Si vous les embêtez, vous répondent : mes couilles !
L'apprenti carabin dit, en se rengorgeant :
Ça, c'est un testicule ! Un banquier, un agent
De change, un financier, disent qu'il ont des bourses ;
Un vieux passionné les appelle : les sources
D'où jaillit à flots blancs la sève du plaisir...
Que rarement, hélas ! il parvient à saisir !
Le troupier : mes roustons ; le cocher : mes roupettes ;
Le marchand de coco : mes gourdes ; les Grisettes :
Des machines.....

LA LEBRUN

Très bien, petite. Sur le con,
Je ne te ferai pas la moindre question ;
Tu connais cet objet. — Puis, la langue française
Est encore aujourd'hui si pauvre et si niaise
Qu'elle n'a vraiment pas deux termes pour nommer
Ce petit trou mignon qui sait si bien charmer,
Source de volupté si douce et si suave,
Et duquel, bien souvent ! l'homme devient esclave !
Et maintenant, voyons si tu sais bien comment
Des deux sexes on peut nommer l'accouplement !

FLORA

Tout le monde, à peu près, putain ou femme honnête,
Ministre ou chiffonnier, marquise ou bien grisette,
Dit : faire ça ; piner est le mot du maçon ;
Monter chez une fille en lui disant : oursons !
Est une expression commune, saugrenue,

Propre aux palefreniers. La femme entretenue
Dit : aimons ; le commis se plaît à rouscailler ;
Le terme que le vieux préfère employer
Est : enfiler ; aux champs, le paysan bourrique ;
Je vais tirer mon coup, ma crampe, ou bien ma chique,
Dit le futur Gerbier (1) ; et l'homme marié
Baise, tout simplement, quant il peut, sa moitié.

LA LEBRUN

Connais-tu de baiser les diverses manières ?

FLORA

Toutes ! ce serait trop ! mais les plus ordinaires :
C'est ventre contre ventre et la femme dessous,
Celle-là satisfait à peu près tous les goûts ;
Celui dont la pine est mollasse, filandreuse
Et lente à décharger, fout à la paresseuse.
En levrette est encore un moyen fort joli,
Quand on a sous son ventre un cul ferme et poli ;
C'est, pour faire un enfant, une bonne recette
Qui fut, dit-on, donnée à Marie-Antoinette ;
Louis Seize, enchanté, tellement en usa
Que, depuis, autrement jamais il ne baisa.
Mais, je dois l'avouer, par dessus toute chose,
Je préfère en amour une certaine pose :
Le mâle, sur le dos, sous la femme est placé ;
Son corps est fortement avec l'autre enlacé ;
La femme d'une main lui pelote la couille,
L'autre, dans mille endroits, en tous sens le chatouille ;
L'homme, de la main droite, ou lui fait postillon,
Ou la glisse en-dessous et lui branle le con ;
La gauche, autour du cou bien doucement passée,

(1) Gerbier doit, sans doute, signifier ici Avocat. (En souvenir du célèbre avocat P. J.-B. GERBIER, 1725-1788).

Taquine le bouton de la gorge agacée ;
Il admire les bonds du cul impétueux
Qui s'élève semblable aux flots tumultueux,
Redescend aussitôt pour s'élever encore,
Alimente et nourrit le feu qui le dévore !...
Les membres sont mêlés, les souffles confondus,
Les deux corps en un seul semblent s'être fondus...
Le foutre, à flots brûlants, de la pine s'élance !...
C'est une volupté, c'est une jouissance
Qu'on éprouve et ressent, sans pouvoir l'exprimer...
On ne voit, n'entend rien... On vient de se pâmer !

LA LEBRUN

Quelle est, pour le plaisir, l'heure la plus propice ?

FLORA

Selon moi, c'est le soir. Dès que le sacrifice
Se trouve consommé, l'on se tourne le dos,
Et sur vos fronts Morphée effeuillant ses pavots,
Pendant que la veilleuse agonise dans l'urne,
On peut faire à deux nez un superbe nocturne !
Pour le coup du matin, j'ai de l'aversion
Et je ne m'y soumets qu'avec répulsion :
Le lit est imprégné de cette sueur moite
Qui fait toujours trouver large la plus étroite,
Car du con qu'elle baigne elle amollit le bord,
Et, sans rien ressentir, le vit sort et ressort.
Puis, lorsqu'on a dormi, l'haleine est si mauvaise
Que pour faire une langue on n'est pas à son aise,
Enfin, beaucoup sont pris de ce désagrément
Qui frappait, le matin, sur mon dernier amant:
S'il bandait, de pisser c'est qu'il avait envie,
Et sa queue en était tellement engourdie
Qu'il ne déchargeait pas.... S'il venait à pisser
Et qu'ensuite il voulût encore recommencer,

J'avais beau patiner sa couille renfrognée,
Lui faire avec cinq doigts la patte d'araignée,
Sa pine, peu sensible à mes soins superflus,
Demeurait flasque et molle et ne rebandait plus.

LA LEBRUN

Je suis de ton avis. Aussi, lorsque ma motte,
Qui n'est plus aujourd'hui qu'une vieille marmotte,
Rayonnait de fraîcheur, de sève et de santé
Et que mon clitoris, par tous étant fêté,
Aurait pu faire au tien beaucoup de concurrence,
Au soir, j'ai, comme toi, donné la préférence.
J'ai longtemps exercé ! mais j'ai vu rarement
Une putain sachant branler parfaitement.
As-tu fait là-dessus une étude profonde ?
Et te sens-tu de force à contenter ton monde ?

FLORA

Je l'espère... Et pourtant, si j'ai reçu du ciel
Ce talent admirable et providentiel
— Car on peut devenir une bonne fouteuse
Mais on ne devient pas, il faut naître, branleuse !!—
Toutefois la pratique, et l'art et le travail
M'ont nécessairement appris plus d'un détail
Dont je sais, à-propos, faire un très bel usage,
Selon l'individu, surtout selon son âge.
Mais, pour faire jouir, j'ai d'ailleurs un moyen
Qui jusqu'à ce jour m'a réussi très bien :
Du vit, dans mes deux mains, je fais rouler la tête
Vite et fort ; par instant tout à fait je m'arrête ;
Quand la pine se gonfle et que le foutre est prêt,
En pressant le canal, j'en modère le jet ;
Je bouche, quelquefois, tout à fait la soupape
Et par petit filet seulement il s'échappe...,

Et ce manège-là, plusieurs fois répété,
Au suprême degré porte la volupté.

LA LEBRUN

Au moyen de la langue, as-tu parfois d'un chibre,
Sans le secours des mains, fait raidir chaque fibre,
Et, rien qu'en lui pompant l'extrémité du gland,
Fait jaillir de son trou un foutre ruisselant ?

FLORA

J'ai souvent à ce jeu prêté mon ministère.
J'en connais les secrets, les ruses, les mystères...
Cependant en suçant il est bon que la main
Joue autour des roustons un air de clavecin,
Et, lorsque du plaisir est arrivé le terme,
Dans ma bouche je sais conserver tout le sperme.

LA LEBRUN

Dans mon bordel, surtout, il vient beaucoup de vieux
— Ce sont ceux-là d'ailleurs qui nous paient le mieux. —
Sais-tu par quel moyen, petite, on les amuse,
Et de quelle façon, à leur égard, on use ?

FLORA

Le vieux, plus que le jeune, aime à polissonner.
Parfois il lui suffit de voir, de patiner,
De poser sur la motte une brûlante lèvre :
Il satisfait ainsi son amoureuse fièvre.
Mais souvent, par malheur, tous ces attouchements,
L'aspect de ces appas jeunes, frais et charmants,
Ces formes en tous sens trop longtemps regardées,
Dans son crâne embrasé font germer des idées !
C'est à ce moment-là, pour le mettre en état
Et pouvoir arriver à quelque résultat,
Qu'il faut de son métier connaître les roueries

Et n'être pas novice en polissonneries !
Dans les bordels soignés, il est un instrument
Qui, pour un pareil cas, sert admirablement :
Ce sont, tout simplement, deux très fortes ficelles,
Qu'on lui noue en passant par dessous les aisselles ;
On le tient quelque temps suspendu dans les airs...
Alors, pour l'exciter, on lui raidit les nerfs ;
Tantôt on fait glisser sur ses couilles pendantes
De la plume de paon les barbes irritantes ;
Tantôt, avec le doigt fourré profondément,
On cherche à stimuler les chairs du fondement ;
Des pieds on lui chatouille artistement la plante ;
On fait une omelette, et, dès qu'elle est brûlante,
On l'applique aussitôt sur son vieux cul vidé ;
Si son vit impuissant n'a pas encore bandé,
Malgré tous les moyens qui lui viennent en aide,
Comme à tous les grands maux, il faut un grand remède,
On saisit le paquet de verges à deux mains,
On fustige le vieux sur la chute des reins...
La douleur qu'il éprouve est quelquefois bien grande...
Mais il ne se plaint pas, il est heureux... il bande ! !
On le décroche alors, on le met sur un lit ;
Pendant longtemps encore on lui branle le vit ;
A force d'agiter cet antique viscère,
On en tire à la fin quelques gouttes d'eau claire !
Il est vrai que le corps, par mille excès usé,
Demeure anéanti, moulu, rompu, brisé ;
Qu'il est sans voix, sans souffle, et qu'un bon rhumatisme
Est fort souvent, hélas ! le prix de son cynisme.
Mais, lorsque nous avons rempli notre devoir
Et fait de notre mieux, nous n'avons pas à voir
De quel mauvais côté se tourne la médaille...
Qu'on amène un sapin et que le vieux s'en aille ! !

LA LEBRUN

Je ne t'ennuierai plus que d'une question :
Connais-tu bien le goût de chaque nation ?

FLORA

L'Allemand ne fait rien... il vient, regarde... paie
En or, et, quand il s'est fait rendre sa monaie,
S'en va fort satisfait... Le Suédois, dit-on,
Aime qu'on lui taquine un peu le hanneton ;
Le Russe gamahuche et l'Italien encule.
L'Anglais, même au bordel, stupide, ridicule,
Fait laver quatre fois le cul de la putain ;
Puis, quand il est bien sûr, en y mettant la main
Et le nez, que la place est bien propre et bien nette,
Sans mot dire, il se fait secouer la houlette.
L'Espagnol, amoureux, se fait pomper le dard ;
En aisselle, en tétons le Turc met son bracquemard.
Le Français, plus adroit, plus fécond en pensées,
N'a pas, à cet égard, de routes bien tracées ;
Selon l'âge, l'époque et selon ses désirs,
Il sait habilement varier ses plaisirs,
Et, quand parfois il trouve une motte bien fraîche,
Ce qu'il aime, avant tout, c'est faire tête-bêche ! ! !

LA LEBRUN

Je suis contente. — Après un pareil examen,
Tu me feras honneur et profit. Dès demain
Je ferai demander ta carte à la police
Et tu pourras alors commencer ton service. "

La Lebrun tint parole... Et, du bordel, depuis,
Flora fait les beaux jours... Surtout les belles nuits.

La Morpionéïde

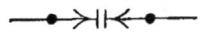

LA MORPIONÉIDE

Poème en deux chants et un prologue.

DÉDICACE

A toi, mon vieil ami, cette farce en deux chants
Résumant le gros rire et les mots indécents.
Dans mes vers assez durs, rarement je caponne
Devant la crudité d'un mot à la Cambronne,
Et, s'il faut parler net, j'engage les mamans
A ne pas les laisser aux mains de leurs enfants.

PROLOGUE

Ils étaient cent ! Tous gros et gras comme des Carmes.
Loin des soucis mondains et des vaines alarmes,
Depuis sept ou huit jours leurs escadrons vainqueurs
Sondaient de mon pubis les chastes profondeurs.
D'où venaient-ils ? Longtemps je fus tenté de croire
Qu'un ange, à mes côtés certain soir endormi,
M'avait, sans y penser, fait ce don méritoire.
Voyez comme à l'envers nous écrivons l'Histoire !
Je sus, trois jours après, qu'ils venaient d'un ami.
O ! toi qui fus ma vie et mes seules délices,
O ! femme inoffensive et candide à ravir,
Ange qui n'a sur moi laissé pour souvenir
Qu'une bourse trop plate et quelques chaudepisses,
Tu sais que ce bas monde est pétri d'injustices ;
Pardonne au vil soupçon dont j'allais te noircir !
Grâce à toi, j'ai longtemps absorbé de l'eau claire ;
J'ai, grâce à toi, gardé la goutte militaire ;
Et si quelqu'un osait fouiller dans mes tiroirs,
Il pourrait, à côté des lettres de mon père,
Rencontrer d'aventure un ou deux suspensoirs.
Oui, pour toi j'ai souffert, ô ma noble maîtresse !
Tu m'as bien extorqué des écus et des louis,
Mais jamais ta réserve et ta délicatesse
Ne m'ont fait dépenser pour un sou d'onguent gris.
On pardonne, après tout, à l'infidèle amante
Qui vous laisse impuissant, goutteux et vérolé,
Mais honte au traître ami dont l'âme insouciante
Laissa trois morpions sur moi planter leur tente !
Sais-tu qu'un jour après les bougres étaient trente
Et que le lendemain leur nombre avait triplé ?

Vainement la pudeur me disait de me taire,
Vainement l'amitié m'ordonnait d'oublier ;
J'ai dû descendre, hélas ! jusqu'au fond du mystère,
J'ai vu la vérité dans toute sa lumière
Et devant l'Univers je la dois publier.

O nuit lugubre ! ô nuit désastreuse, effroyable !
Où, pressés et tassés comme des grains de sable,
J'ai senti sur mon cul, ma pine et mes roustons
Passer, la lance au poing, leurs sombres escadrons.
En vain d'un ongle aigu j'étreignais les rebelles,
On eût dit que pour fuir ils possédaient des ailes.
Sous les poils, sous la peau, sous les chairs abrités,
Ils se léchaient encor leurs dards ensanglantés ;
Et puis, se ravisant, ils mordaient de plus belle.
Et si, pour les guetter, j'allumais la chandelle,
Plus rien : les sacripants, confinés dans leurs trous,
Barricadaient la porte et tiraient les verrous.
Enfin, ivres de sang, repus de chair humaine,
Je les sentis marcher d'un pas plus chancelant ;
Ce n'était plus qu'un morne et sourd fourmillement,
Une démangeaison vague et comme incertaine,
En un mot, mes amis, la fin de mon tourment.
Je pus alors fermer ma paupière alourdie...
Dans l'inerte langueur de ce dernier sommeil,
Voici la vision de haute fantaisie
Qui, jusqu'au jour naissant, me tint l'âme en éveil :

Certes, on a vu des rois épouser des bergères,
Et partir des fusils qui n'étaient pas chargés ;
On a vu, dans Paris, des familles entières,
Femmes, enfants, vieillards, par les puces rongés ;
On a vu des gandins qui portaient des bretelles ;
On a vu, Dieu me damne ! accoucher des pucelles ;

Eh ! que dis-je ? on a vu des maris impuissants
Monter sur leur femelle et faire des enfants ;
St-Paul a vu Jésus debout sur un nuage ;
St-Jean, sur cette terre, a vu le Paradis ;
Voltaire a vu du bleu dans tout ça ; mais je gage
Que pas un être humain n'a vu ce que je vis :

Dans l'humide vallon qui sépare mes couilles,
Les morpions s'étaient en cénacle assemblés ;
Seuls les déshérités qui revenaient bredouilles
Erraient encor, cherchant de sanglantes dépouilles,
Sur les maigres plateaux et les pics désolés.
Le reste était plongé dans une douce ivresse.
Tous s'étaient réunis dans le fond du ravin :
Là, les vieux rabâchaient leurs hauts faits de jeunesse ;
Les jeunes gens faisaient minette à leur maîtresse ;
Les moins saouls se brossaient le ventre dans un coin.
C'était de toutes parts des rires frénétiques,
Des propos insensés et des refrains bacchiques !
Où donc vont se nicher la gloire et la fierté !
Et comme ils vous traitaient la pauvre humanité !
Ils se croyaient géants ! Pour eux, ma couille ronde
Etait ce qu'est, pour nous, l'immensité du monde !
Eh ! qui sait, après tout, humanité crédule
Si notre terre à nous n'est pas le testicule
D'un géant dont le corps emplit l'immensité ?
Tandis qu'à ses ébat la troupe abandonnée
S'en donnait à gogo, le doyen de l'armée,
Seul, à l'ombre d'un poil, se tenait à l'écart,
Grave et rêveur : c'était un type de grognard,
Buvant beaucoup, jurant toujours, ne parlant guère.
Lui, qui perdait par an deux membres à la guerre,
Qui goûtait aux combats le bonheur des élus,
Il languissait. Pourquoi ? le sang ne coulait plus !

Il allait, pour dormir, se coucher dans son antre,
Quand un jeune soldat du régiment des fous
Vint, d'un geste amical, lui taper sur le ventre :
— " Holà ! Mon vieux, dit-il, viens trinquer avec nous. "
Le vieillard, fièrement levant sa noble tête :
— " Qu'à recevoir son chef la légion s'apprête,
" Dit-il ; je vais, soldats, vous chanter à mon tour
" Un chant que vos aînés chantaient avec amour ;
" Je vais, puisque chacun doit donner son offrande,
" Du premier morpion vous dire la légende. "
Il dit. Et, s'emparant d'un luth en poils follets,
Il donna fièrement carrière à ces couplets :

CHANT PREMIER

— " Quand Dieu, l'Esprit du Mal, eut enfanté le Monde,
      Et pétri de sa sale main
L'homme, être malfaisant, être abject, être immonde,
      Qu'il fit roi du pays d'Eden ;

" Satan, l'Esprit du Bien, fut piqué de la chose :
      — " Holà ! dit-il, je suis maté ;
" Je suis mort, du moment qu'à ma barbe l'on ose
      " Faire un acte d'autorité.

" Créons à notre tour et faisons concurrence
      " A ce forban de Jéhovah !
" Le bougre a le prestige et moi j'ai la puissance :
      " Lequel des deux triomphera ? "

" Satan créa le pou, la puce et la punaise
      Et lança l'infernal troupeau
Sur l'homme, encor garçon, qui s'était mis à l'aise
      Et se branlait sur un coteau.

" Le pou, quoiqu'on en dise, est une noble bête :
      L'aigle et lui hantent les sommets.
Le pou plaça son aire au-dessus de la tête ;
      La puce habita les mollets.

" La punaise, à vrai dire, est moins noble et moins fière :
      Elle se fit un cabaret
Dans l'invisible val de la moëlle épinière,
      Gras pâturage et nid discret,

" L'orgie alla bon train : la punaise en fut ivre
           Et la puce obèse en deux jours ;
Le pou, chose incroyable, engraissa d'une livre !
           — Et l'homme se branlait toujours !

" Chacun piqua si bien que mille égratignures
           S'entrecroisaient le long du corps :
Le sang coulait à flots des béantes piqûres...
           — Et l'homme se branlait encor !

— " Palsambleu ! " — dit le diable, en creusant quatre rides
           Entre ses yeux d'un rouge ardent, —
" On fait autant de cas de mes trois Euménides
           " Que d'un crachat qu'on jette au vent.

" Faudra-t-il l'écraser tout vif, le ladre infâme,
           " Pour troubler sa si belle humeur ?
" Dois-je attendre que Dieu lui fabrique une femme,
           " Pour mettre un terme à son bonheur ?

" Ah ! malin que je suis, d'avoir pris tant de peine
           " Pour accoucher d'une souris
" Et donner un sujet de fable à La Fontaine !
           " Ah ! malin que je suis ! "

" Et, tandis qu'à cœur-joie il lançait l'anathème
           Sur son beau chef-d'œuvre mort-né,
Il lui semblait entendre au loin l'Etre Suprême
           Rire à ventre deboutonné.

— " Tu ris, pauvre insensé, tu vas pleurer de rage,
           " Ou le diable perdra son nom ! "
C'est alors que Satan, ayant repris courage,
           Donna naissance au morpion !

" Baisse la tête, homme superbe,
L'Univers à trouvé son roi.
Te voilà moins fort qu'un brin d'herbe :
Homme superbe, gratte-toi !

" En vain par de tendres caresses,
En vain ton ardente maîtresse
Te provoque à la volupté ;
Tu tournes le dos à ta femme,
Car tu n'assouviras sa flamme
Que quand tu te seras gratté !

" A voir ta grandeur éphémère
Et ta pompe et tes falbalas,
A voir l'insolente poussière
Que tu soulèves sous tes pas,
On dirait que ta fière altesse
Traîne après soi le monde en laisse,
Et que tout marche sous ta loi !
Tu ris bien haut quand le ciel tonne ;
Mais, allons, mon vieux, je l'ordonne,
Homme superbe, gratte-toi !

" Dieu, m'a-t-on dit, a chassé l'homme
Des verts bocages de l'Eden ;
Il l'a forcé, pour une pomme,
A pétrir lui-même son pain.
Moi j'ai, quand je veux, sans culture,
Bocage épais, riche pâture ;
L'homme n'obtient que des chardons,
Il gémit, il sue, il travaille ;
A ses dépens je fais ripaille,
Car c'est de lui que nous vivons,

" J'ai fini ma longue carrière.
Mes chers amis, quand je mourrai,
C'est parmi les poils du derrière
Que je désire être enterré.
Il est, dans ce discret parage,
Un bois touffu dont le feuillage
Par les zéphirs est agité :
Des zéphirs l'haleine légère
M'apportera vos cris de guerre,
Vos chants d'amour et de gaieté ! "

CHANT DEUXIÈME

Harpes du roi David, Harpes des Saints Cantiques,
Feu sacré de Mahom, chants apocalyptiques,
Immortels ci-devants, Muses des temps passés,
Livrez, livrez ma verve à ses feux insensés !
Je ne sais quelle ardeur, quel démon me domine,
Mais je me sens dispos à faire une tartine.
A moi ! Déesse, à moi ! Je sais qu'on ne veut plus
De tes vers surannés, de ta robe fripée,
Ni de ce narcotique, inventé par Morphée,
Que depuis six mille ans nous versent tes élus :
Ce siècle en veut aux dieux du temps jadis ! Qu'importe !
Je me laisse entraîner où mon sujet m'emporte.
Je n'ai pas, après tout, de vulgaires héros,
Braillards, paillards, vantards, bêtes comme des pots :
Achille irait à peine au talon de leur botte ;
Il sont taillés à neuf, et ce n'est pas ma faute
Si, malgré moi, cédant à ma fougueuse ardeur,
Je me laisse enlever aux cieux en leur honneur.

Quand les Carthaginois, lassés par la victoire,
Vinrent prendre, à Capoue, un repos mérité,
Ils lâchèrent la bride à leur brutalité,
Chantant, fumant, baisant, passant la nuit à boire
Et le jour à jouer au rams ou l'écarté.
Le rams, assurément, est une bonne chose ;
L'Amour n'est pas sans charme, au moins je le suppose ;

Quant au vin, je puis dire, avec feu St-Matthieu,
Qu'il n'est pas de gaillard plus gai sous le ciel bleu.
Mais le plaisir sur terre a cela de stupide
Que celui qui le tient ne peut s'en séparer :
A son brutal instinct il lâche alors la bride
Et livre sa faiblesse à ce bonheur acide ;
Il s'en gorge et finit par se faire enterrer.
Tel l'escadron dont Rome allait être la proie,
Terrassé par le punch et les filles de joie,
Au lieu d'aller sur Rome et d'y mettre la main,
Haletant, s'arrêta pour dormir en chemin ;
Tels les cent morpions qui labouraient mes couilles
S'endormirent un jour dans un fatal repos.
Ils digéraient gaîment leurs opimes dépouilles ;
Leurs abdomens faisaient concurrence aux citrouilles...
Mais nous allons chanter comme ils furent capots.

Sous le taudis meublé qu'occupaient mes pénates
Habitait d'Esculape un disciple en renom,
Fabricant breveté de sirops et de pâtes,
Un potard, puisqu'il faut l'appeler par son nom.
Jamais je n'absorbais un gramme de guimauve
Sans prendre les conseils du savant pour appui,
Et, pour tout ce qui touche à mes secrets d'alcôve,
Jamais un confesseur n'en sut autant que lui.
Bien que, depuis longtemps, les hasards de ma vie
M'aient fait porter ma tente en une autre patrie,
J'ai gardé, malgré tout, dans le fond de mon cœur,
Le vivant souvenir de ce défunt docteur.
Parfois même, en fouillant mes vieilles redingotes,
Je retrouve aujourd'hui des lambeaux de ses notes.
Ici, trois francs cinquante, un pot de copahu ;
Là, vingt sous (grand rabais), suspensoir élastique ;

Trois sous d'eau blanche ; un franc de vin aromatique ;
Et je songe en pleurant à cet ami perdu.

Quand j'eus frotté mes yeux et passé ma culotte,
J'allais trouver notre homme et lui dis, en deux mots,
Qu'un infernal troupeau de nombreux asticots
A mes frais, jour et nuit, sur moi faisaient ribote.
— " Holà ! dit-il, la chose est grave. Ecoutez-moi.
" Je m'en vais vous parler, mon cher, de bonne foi.
" J'étais bien jeune alors, quand le troupeau vorace,
" Autour de mon nombril, vint se jeter en masse.
" Chaste et naïf, je crus le mal sans gravité ;
" Je laissai le fléau grandir à volonté.
" Si bien qu'au bout d'un mois la phalange cruelle
" Avait posé son camp jusque sous mon aisselle.
" Les plus impatients parmi les plus gloutons
" Se jetaient, en passant, autour de mes tétons,
" Oasis dont le ciel embellit la poitrine
" Dans les steppes qui vont de l'épaule à la pine ;
" Et, comme tout fléau se propage et s'accroît,
" Bientôt le triple camp se trouva trop étroit ;
" Et j'incline a penser que si Dame Nature
" M'avait doté d'un poil ou deux à la figure,
" A la face du ciel, qui s'en serait terni,
" L'escadron infernal en aurait fait son nid.
" Bientôt, ne trouvant plus d'abri sur mes domaines,
" Le reste alla chercher des places plus sereines
" Et, sans bruit, s'élançant vers un monde meilleur,
" S'abattit dans les poils de mon instituteur.
" L'étique magister bientôt ne put suffire
" Au fléau dévorant : le maire en eut sa part ;
" L'adjoint vint à son tour ; le curé, vieux paillard,
" A l'instar de chacun, atteint par le vampire,
" Sans se douter de rien, dota tout le canton

" De ce levain magique appelé morpion.
" On vit alors, on vit d'héroïques pucelles
" Souffrir sans murmurer des piqûres cruelles,
" Et chercher en tremblant le coin le plus discret,
" Pour pleurer et gratter leur pubis en secret.
" Il eût été plaisant de voir ces pauvres filles
" D'heure en heure enfiler un monstre à coups d'aiguilles
" Et s'aller confesser ensuite à leur pasteur
" D'un mal, dont le mâtin peut-être était l'auteur,

" Vous savez à présent le mal qui vous dévore.
" Avez-vous eu la gale, ami ? C'est pis encore.
" Jugez donc, mon enfant, du mal qui vous désole.
" Craignez les morpions autant que la vérole.
" Et si chacun de nous ne veille sur sa peau
" Le monde entier sera rongé par le fléau.
" Le monstre a pénétré déjà chez les sauvages.
" A Quimper-Corentin il étend ses ravages.
" Le coupé de Vénus, en place de pigeons,
" Sera bientôt traîné par trois cents morpions...
" Mais je veux au fléau me livrer en pâture
" Si demain vous sentez encore une piqûre.
" Tuez ! voici la mort ! la victoire est à vous ! "
Je partais : — " Eh ! dit-il, vous me devez deux sous ! "

Pour deux sous vous aurez des journaux de portière,
Des canons de Suresnes et des mêlé-cassis ;
Vous pourrez rendre heureux des titis de barrière
Qui vous appelleront prince, duc ou marquis.
Mais ce sont là régals de gent millionnaire,
Et s'il faut vous donner un conseil, mes amis,
Quand vous aurez deux sous, à ne savoir qu'en faire,
Dans la prévision d'un accident vulgaire,
Prenez chez un potard pour deux sous d'onguent gris.

J'ai longtemps fréquenté des caboulots infâmes ;
J'ai souvent trébuché le soir sur les pavés ;
J'ai donné bêtement ma jeunesse à des femmes
Qui me faisaient porter ma montre où vous savez ;
Mon âme s'est grillée au feu de la bamboche.
Hélas ! loin de m'avoir maintenant en mépris,
Je pourrais me tâter sans honte et sans reproche,
Si, quand je me sentais des gros sous dans ma poche,
J'en avais acheté des paquets d'onguent gris !

O sacré talisman ! O pommade divine !
Sœur de l'insecticide et de la mort-aux-rats !
Que l'homme sera grand, le jour où tu pourras
Le purger à plaisir de toute la vermine
Et de tous les gêneurs qui règnent ici-bas !
Tu pourfendras alors l'insecte appelé Grue,
Le morpion chétif qu'on nomme Cocodès,
Le pou sale et malsain qui rôde dans la rue
Et qu'on nomme Mouchard quand il n'est pas trop près.
Tu pourfendras les sots, les pédants et les cuistres,
Les joueurs de piano, les voleurs, les huissiers,
Et puis, sans négliger de brûler les registres,
Tu nous délivreras de tous nos créanciers ;
Et puis enfin, s'il reste au fond de l'Amérique
Quelqu'oncle aux sacs dorés qui se porte trop bien,
Purge le Nouveau-Monde au profit de l'Ancien,
Et nous t'entonnerons un chant dithyrambique !
En attendant ce jour, modeste et sale onguent,
Au souple morpion jette un défi sanglant.
Regarde : le ciel brille et le jour vient d'éclore.
D'habitude, il m'est doux de voir lever l'aurore,
D'écouter vaguement jacasser les portiers
Et les garçons d'hôtel cirer les escaliers.
Mais, aujourd'hui, je songe au mal qui me ravage :

Trève aux douces langueurs d'un rêve matinal !
J'ai laissé les portiers gazouiller leur ramage,
J'ai suspendu ma lyre aux saules du rivage
Et, d'un œil froid et sec, j'ai mesuré mon mal.
Mettant mon corps à nu du nombril à la cuisse,
J'ai préalablement laissé sur mes talons,
Comme au N° 100, tomber mes pantalons.
D'une main j'ai saisi l'instrument du supplice...
Mais encore un instant, O mort ! suspends tes coups !
Contemplons leur sommeil si paisible et si doux,
Et faisons, à part nous, un discours salutaire
Sur la fragilité des chose de la terre !

Je n'ai jamais sondé les arcanes sacrées
D'où Dieu tira la vie et ses divers secrets.
Mais, entre nous, Messieurs, je le trouve un peu bête,
Lui, le bon Dieu, qu'on dit être une forte tête,
Lui qui nous a donné la vie et ses douceurs,
De souffrir, comme un gueux, sans logique et sans cœur,
Que de chacun de nous la fragile existence,
Qui pour son possesseur est une jouissance,
Soit un sujet de pleurs et de calamités
Pour les êtres qu'un sort fait naître à nos côtés.
Le ver vivrait heureux s'ébattant dans la fange,
Mais le ciel a créé le crapaud qui le mange ;
Le hareng coulerait des jours purs et sereins,
Mais il est pour orner la table des requins ;
Deux époux bien unis auraient des jours prospères,
Mais le ciel inventa contre eux les belles-mères.
Et vous, troupeau sacré, vous, crasseux morpions,
Qui vivez si joyeux autour de mes roustons,
Pourquoi faut-il qu'un jour, celui qui vous fit vivre,
En vous donnant la mort, de vos dards se délivre ?

Et que votre hôte aimé goûte d'un œil content
La fin de vos plaisirs qui faisaient son tourment ?

Tandis qu'à qui mieux mieux ils ronflaient sous la tente,
J'ai sur le camp muet jeté l'onguent fatal.
Cette forêt de poils, naguère frisottante,
N'offre plus qu'un amas de matière gluante
Qui dépasse en horreur les égoûts d'hôpital.
Les premiers qui du mal ont senti l'influence
S'éveillent en frottant leurs yeux ensommeillés :
Sur leurs orbites creux leurs cils restent collés.
Chacun voudrait crier, mais un morne silence
Succède à quelques cris à peine articulés.
Quelques-uns cependant veulent tenter la fuite :
L'un sur l'autre à l'envi la mort les précipite ;
Leur corps svelte et léger dans la glue reste ancré,
Comme un soulier de bal dans l'ordure empêtré.

Si l'Histoire mettait le nez dans ces abîmes,
Quel tissu glorieux d'épisodes sanglants,
Quels efforts de héros et quels trépas sublimes
Elle raconterait aux fils de nos enfants !
L'un, se précipitant dans les bras de sa mère,
Reste collé sur elle et ne peut s'en défaire ;
L'autre, qui ne fait pas les choses à demi,
Emporte, en la pressant, la main de son ami.
Mille seraient tombés, s'ils eussent été mille !
Poussés par la terreur, tous ces vieux éclopés
Tombèrent sans gémir, l'un sur l'autre, à la file,
Comme un chaînon lascif de jeunes enculés.

Cependant, plus heureux que ses compagnons d'armes,
Tandis que l'onguent gris sabrait la légion,
Seul, entre deux longs poils, un jeune morpion
Dormait, près de l'anus, d'un sommeil sans alarmes.

Il rêvait de joyeux banquets comme jadis :
Ainsi l'on vit la Seine, autrefois, dans Paris,
Rouler des citoyens les phalanges meurtries,
Tandis que Badinguet dansait aux Tuileries,

A l'odeur du poison qui lui montait au nez :
— " Morts ! cria le dormeur, tous morts empoisonnés !! "
Alors, soit pour jouir du lugubre spectacle,
Soit pour sauver aussi son corps de la débâcle,
A la cime d'un poil, lentement, il monta
Et puis, levant les yeux vers le ciel, il chanta :

     — " Naguère, au sein de ce domaine,
" Nous étions cent. Le poison gris
" Sorti d'une boutique humaine
" Dans les flots roula la centaine
" De mes amis morts et pourris.

" Mon père est mort, ma mère est morte,
" Mes fils sont morts, ma femme aussi,
" Et de la joyeuse cohorte
" Un seul est resté, qui se porte
" Assez bien : c'est moi, Dieu merci !

" Quand la mort frappe votre frère,
" Je sais qu'il est de mauvais ton
" D'en parler de façon légère ;
" Mais, puisque je suis seul sur la terre,
" Je me fous du qu'en dira-t-on.

" Si je versais une ou deux larmes,
" Je perdrais ma peine et mon temps.
" Au fond, la vie a bien des charmes
" Quand vous voyez vos frères d'armes
" Autour de vous agonisants.

" Je proclame, sans artifice,
" Qu'il est bien doux pour un coquin
" De voir son benêt de complice
" Tomber aux mains de la Justice
" Et de mordre, seul, au butin.

" Au sommet d'un poil, dans l'espace,
" Qu'il est doux de se balancer,
" Quand on songe que la mort passe
" A deux pas de vous, et repasse
" Et repasse sans vous toucher.

" Quand on sait que la nuit dernière
" On fut treize au même banquet,
" Que douze sont déjà sous terre
" Et qu'aux cyprès du cimetière
" Seul vous faites un pied-de-nez !

" Je chante et ris : la vie est belle !
" Je vous plains, mes pauvres amis,
" D'avoir soufflé votre chandelle...
" L'âme, après tout, est immortelle :
" Nous nous verrons en Paradis.

" Moi, je veux encore en ce monde
" Contenter mes esprits gloutons,
" A moins que tout homme ne tonde
" Son noir pubis, sa couille ronde,
" Ses aisselles et ses tétons. "

Il avait les yeux bleus, l'air jeune, la voix douce,
Mais ce cynisme altier m'inspira du dégoût :
Je le mis bravement entre un livre et mon pouce :
On entendit craquer un corps..... et ce fut tout !

TABLE DES MATIÈRES

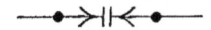

TABLE DES MATIÈRES

————ç————

— 458 —

www.ingramcontent.com/pod-product-compliance
Lightning Source LLC
Chambersburg PA
CBHW070752030726

47504CB00003B/527